青春阅读　幸得相见

有爱的青春陪伴者

开在乱世暗黑里的花
比星光更明亮

春风吹散小眉弯

小眉弯

著 晚乔

上海故事会文化传媒有限公司

上海文化出版社

·作者简介·

晚乔

| 小 花 阅 读 签 约 作 者 |

热衷于美食、画画和文字，汉服日常党，永远在刷游戏追新番。

时刻都是奇怪的想法，习惯于用意念和人交流。

一直做梦活在武侠世界里，开始以为正常，后来发现好像只有自己是这样，难怪和人讲话永远跑偏跟不上。

伙伴昵称：乔妹、仓鼠

已上市：《妖骨》《顾盼而歌》《云深结海楼》《烟雨斋》《原来他也喜欢我》《你好，牵手向前走》

目录
Contents

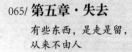

目录
Contents

第一章
初见

他 觉 得 她 苦, 她 觉 得 他 凶

1.

南方的冬天湿寒,那风刮在身上,像是携了无数根针,冷得刺骨。

陆青崖站在人群里,排着队往前走,她衣着单薄,嘴唇冻得发紫,背脊却依旧笔挺,不见一点儿瑟缩。

现在时间晚了,街上没人走动,日本领事馆的门口却挤着许多来等孩子的家长。不远处,几辆接人的黄包车停在瓦檐下边,白日里积攒的雨水顺着瓦片的凹槽滴落在车篷上,打湿了上边一块,车轮上的泥巴却差不多干了,看上去等了许久。

被警卫拦在外边,他们踮脚探头,朝着门里投去一道道目光。

却没有一道是望向陆青崖的。

她抬头,望了一圈,不久又低下去。

陆青崖抿了抿嘴唇,觉得有些奇怪。

父亲没来接她?为什么?有事耽搁了吗?可现在都晚上十点半了,

有什么事情会耽搁到这会儿？

刚刚想到这儿，陆青崖便听见远处传来了汽车的声音，车灯照射过来，晃得众人迷了眼睛。警卫们下意识赶着人群往后退，想给这车让路，站在边上的老人一个不稳摔在地上，他们也不管。

眼见车子开近了，警卫们急得连推带搡地将众人赶到墙根。

覆着雨水的青石板很滑，那车之前开得又快，摔倒的老人来不及站起，车子眼见就要轧上来。众人的惊呼压在嗓子里，然而，那车猛地停了下来。

黑色的别克车熄了灯，从车上走下一个人。

这是个很年轻的男人，看上去比在场的学生大不了几岁，可他站在那儿，谁也不会把他当成学生。

顾终南下车，看见摔倒的老人，下意识便上前将人扶了起来。

接着，他回头，有光从上而下，在他脸上打出分明的阴影，也照出他眉宇之间的轻狂意气。

被关押的这几日里，陆青崖心里有事，没怎么睡，眼睛本就累得发酸，这下又受了车灯打来的强光刺激，瞬间更难受了。她狠狠揉了几下，手还没放下去，就听见不远处响起一个声音。

"陆青崖是哪个？"

许是揉眼的力道太重，陆青崖的眼前一片蒙眬，即便眯着眼努力往声音的来处看，也只能勉强看见夜下一个模模糊糊的影子。那人身形颀长，站得像一棵树，待在灯下亮着的那块地方，给人的感觉却像是黑夜的一纸剪影。

顾终南见没人回答，又问一遍："陆青崖在这儿吗？"

　　路灯从侧后方打过来，将他的影子拉成长长一条。人群里有谁走出来，正好停在他的影子前边。

　　眼前的人穿着件茶白色斜襟长衫，长衫下边露出一截墨绿色长裙。那长衫的领子很高，扣子扣得严实，看上去颇有些严丝合缝的感觉。顾终南从前看人穿过类似的高领，总担心对方低个头就喘不过气，可她脖颈细长，这么穿很合适。

　　不过那布料很薄，而眼下正巧入冬，寒意料峭，顾终南望着她，只觉得冷。

　　可他没表现出来，只确认似的问一句："陆青崖？"

　　"是。"

　　得到回应，顾终南几步上前，影子覆在了她的身上。

　　"我是来接你的，喏。"他掏出一封信，"你看看这个。"

　　陆青崖一顿，很快接过信封。

　　周围光线太暗，而写信的人因为匆忙，笔画有些乱。陆青崖看不清楚，于是侧身借光，和信纸凑得很近。

　　顾终南见她这个动作，误以为她是怕自己看见，是以转了个身。

　　这里虽是日本领事馆，警卫却多是附近调来的，领头的常年在各种场所出入，是个有眼色的，他瞥一眼车子又瞥一眼人，眼珠子滴溜着转上一圈，弯着腰就迎了上去。

　　"顾少将来接人？"

　　领头的笑得有牙没眼，满脸的肥肉堆在一起，油光发亮之下是明晃晃的谄媚。周围几个人在听见这声"顾少将"的时候，明显一惊，先前还敢偷瞄几眼的那些人，现在却是连眼皮都不敢抬了，生怕招惹了他。

　　可惜，警卫长点头哈腰，笑得脸都快要僵了，顾终南却连一个眼神也没分给他。顾终南扫了一眼不远处那些团在一起取暖的年轻人，凝重的面色终于有了一丝动容。

这事不小，他也听说了，前几天华夏学生联合会发起抵制日货的游行，可惜不过一个上午就被日本领事馆出面镇压。镇压时产生了暴乱，领事馆借故抓人关押，经由外交部出面协商，今天才把人放出来。

夜里寒风瑟瑟，学生们看上去大多稚嫩，神情里却都有着相似的倔强。即便力量微薄也要发声和行动，相较而言，他们比这些揣着枪却无所作为的警卫强大太多。

夜间多风，自西而来，卷着落叶不轻不重刮过这儿。陆青崖拿在手上的信纸在这时候掉了下来。

信纸很薄，打着旋儿落在顾终南脚边，他一顿，蹲下身子，想要帮她去捡。

不料有水滴在了他的手背上。

他顺着水滴来源抬头，看见了脸色煞白的陆青崖。

"信上说的是真的？"

顾终南不知道信上写的是什么，他只知道这是老头子叫他来接人的时候一起给他的。原以为不是什么大事，顾终南想的是给人看了信直接带走就成，没想到还会有这么一出。

可即便不知道，他也稳稳回她："嗯，真的。"

老头子给的应该没什么假话。

陆青崖闻言，身子猛地一晃，仿佛有千斤重物压在肩上，她的背脊顷刻弯了下来。

顾终南一愣，他在裤子上蹭了蹭手，看她一眼，想说什么，又因为不知说什么而移开了视线。他有些纳闷，心道这是发生什么了，怎么看个信也能哭成这样。

末了，他轻咳一声："时辰也不早了，我们走吧。"

陆青崖顿了许久才点一点头。

那些警卫手上拿着名单，起初说对一个名字才能放一个人，可顾终南真要带谁走，也没有人敢来阻止，更何况还是核对名单这样的小事。倒是顾终南走到车边又返回来，抽出警卫手里的名单，用随身带着的签字笔在哪个名字上画了一下才又上车。

车里没比外边暖和多少，唯一的优势是能挡点风。

顾终南搓了搓手，准备开车，却在这时，他听见后座上很轻很轻、隐忍着的一声啜泣。他回头，后边的人察觉到他的动作，偏头抿紧了嘴唇，不愿再出声，眼泪却大颗大颗地掉，看得人心都揪起来。顾终南皱皱眉，被狗啃过的同情心在这一刻稍微长回来了那么一点点。

可怎么想是一回事，怎么表现又是另一回事。

"天挺冷的，你要不披着点儿？"

顾终南脱了外套递过去，陆青崖却不接，只是摇摇头。

他见状，又穿回来。

"对了，听说你要在我家住几天。怎么，家里有事回不去，还是不想回去？"说完，顾终南见着陆青崖明显顿了顿。

他从来都不会看人脸色，经常将好歹弄混，这下以为自己帮人家转移了注意力，于是讲得更起劲了。

"哎，你该不会是和家里闹别扭了吧？"

后座上的陆青崖在这句之后，终于忍不住了，从喉头泄出压抑的一声。但很快，她又将头埋了下去，嘴唇咬得更紧，哭得也更厉害了。从顾终南的方向，他看不见她的表情，只能看见她额角上的青筋和憋红了的耳朵。

完蛋，把人惹着了。

顾终南愣了会儿，在脑内搜寻许久都没找到应对方法，末了，只能摸摸鼻子，承认自己在哄人这方面实在没天赋，默默转回去开车。

2.

日本领事馆离顾终南住的地方不远，车程半个小时。

可顾终南回到房里，想起陆青崖下车时的情形，总错觉这一路走了许久。如果真的只有半个小时，好好一个大活人怎么能在这么短时间憔悴成这个样子？丢了魂一样，连进房间都是他扯着袖子领进去的。

随便把外套一脱，他倒在床上。

从参州赶回长津，三天两夜的车程，刚刚到家就被叫去接人，站着的时候还没觉得，但这一躺下来，顾终南忽然就有点累了。在外边，他总是绷紧着神经过日子，即便困了累了也难得睡着，这个毛病，就算回家了也没好多少。

在清醒和困倦里反反复复，他的脑子一秒一顿，零零散散闪过许多东西。

今早好像没来得及吃饭，好巧，晚饭也没来得及吃。

这次他回来参加授勋仪式，走得早些，没和兄弟们一起过来，不晓得他们走到哪儿了。

明天有什么事儿来着？没事，算起来他还早到了一天，挺好的，能出去溜达几圈。

隔壁院子那个接回来的姑娘叫什么来着？看上去苦兮兮的，干脆叫她"小黄连"好了……

脑子里闪过一圈乱七八糟的事儿，顾终南眼见着要睡过去，然而，这时外边传来了响动。

在眼皮抽动的同时，顾终南的脑仁儿也疼了疼。

他心情不佳，起身时带出的响动很大，披外套的姿势都像是在抄家伙。路过桌子时，他给自己灌了一口凉水。他喝得很凶，从牙到胃里一路冷下来，大冬天的让人很不舒服。

"这是怎么了？"

走出小院还没几步便看见被陈伯拦下的陆青崖，顾终南皱着眉头上前。大晚上的，她在闹什么呢？

"我要回去。"陆青崖的眼睛血红，像是哭得太久，头发也被泪水糊在了脸侧，"我要回家。"

"回家？你回呗。"顾终南一脸莫名其妙。

可陈伯轻轻扯了他的袖子，贴耳上去："局长说陆小姐暂时不能离开。"

"不能离开？为什么？"

"局长走得着急，没细说。"

顾终南摆摆手，转向陆青崖："虽然我不知道发生了什么，但你要么先在这儿待一晚上，等明天我问了我爸，看看什么时候送你回去，怎么样？"

无缘无故被弄醒，还是没由头的事儿，顾终南表面上看起来和和气气，心底却早开始骂娘了。他现在就和油罐子似的一点就能着，偏偏眼前的人还不配合。

"我现在就要回去，我要找我爸。"陆青崖不止眼睛，整张脸都涨红了，她整个人绷得很紧，紧得几乎失去理智，说话也语无伦次，只反复念着这一句。

顾终南强忍着不耐，长长吐了口气。

他不是什么怜香惜玉的人，相反，他最不喜欢和这种小姑娘打交道，柔柔弱弱，说不得骂不得打不得，语气稍微重点对方就开始闹，整得倒像是他在欺负人。

"回去睡吧，我爸既然让你待在这儿，肯定有原因。"他尽量放轻声音，"对了，你是刚刚参加完游行？你想想，会不会是你触着了哪条线，有危险来着？"

陆青崖还是摇头，她嘶着嗓子："不是！"

她有些失控，声音很尖，顾终南忍不住捂了耳朵。

"我要回去，我……"

这哭腔弄得顾终南一阵头疼，忍无可忍之下，他一记手刀打昏了眼前的人。在陆青崖摔倒之前，他扶住了她，往肩上一扛。

"你要回去，要找你爸，我都知道你想说什么。"顾终南纳闷道，"回来那会儿还好好的，现在抽什么风呢。"

陈伯无措道："少将，这……"

"行了行了，再这么下去还睡不睡了？"之前憋着的火气全跺在了脚上，顾终南扛着人，步子很大，甩手就走，"我把她放回去，你也早点儿休息，天冷，别忙活太晚了。"

更深露重的，他正说着，脚下陡然就是一滑，差点儿没把人给摔了，还好他身手灵活，左腿一退便把身形给稳住了。只是，稳住脚步之后，他的眉头皱得更紧了些，毫不客气地把这件事也算在了陆青崖头上。

推门进去，把人丢在床上，随便扯了被子往她身上一铺，也不管盖没盖好，顾终南转身就走，整个人冲得很。

临走之前，他还念叨着，说她真是个麻烦。

3.

随着夜渐渐深了，外边的风也慢慢大了，一阵一阵刮过来，不晓得是穿过了哪里，风声尖得有些瘆人。但顾终南却将它当作曲子，闭着眼睛点着手指给风声打节拍，试图把鬼叫一样的声音转化成催眠曲来平复心底的燥意，让自己入睡。

然而事与愿违，半晌之后，好不容易酝酿出了困意，他却再次被吵醒。

盯着不远处响起的电话，顾终南一双眼睛几乎锋利成了刀子。

乒乒乓乓卷了一地东西，他带着火气接起电话："谁……"

还没来得及发作，他的火气就被镇压下来。

"爸。"顾终南使劲揉了把自己的头发，"您这么晚打过来有什么事吗？"

电话另一边的人有些严肃："人接到了？"

"早接着了，这会儿都睡下了。"

"我叫你接到之后给我打个电话，忘了？"

顾终南瘫在了椅子上，干干脆脆回答道："忘了。"说着，他想起什么似的，"对了，爸，您让我接的那个人，她没病吧？"

如果不是隔着电话，顾常青大概一掌就拍上来了。

"臭小子说什么浑话？"

"不是。"顾终南用手指卷了电话线绕着玩，"那为什么她一会儿安静一会儿闹的，还专挑半夜闹，您说这不是发作了吗？"

电话那头的人沉默许久。

外边的风声依旧，却没灌进顾终南的耳朵。比起那些声音，他更奇怪的是为什么他爸不说话了？

"爸？"

顾常青叹了口气，带着重重心事。叹完，他问："你还记得陆元校长吗？"

"记得，长津大学现任校长，同盟会的元老。"顾终南顿了顿，"怎么了？"

顾常青的声音沉了下来："青崖是陆校长的女儿，而陆校长在今天下午去世了，据说是一场暗杀，我们一直在查，但对方没留下什么痕迹……"

闻言，顾终南一时愣住了。普通的暗杀是不需要惊动刑侦调查局的，换言之，这桩案子既然转到了他爸那儿，那便不是什么小事。

不自觉坐直了身子，随着电话那头的讲述，顾终南想起许久以前的事情。

顾终南见过陆元校长，那还是在他十六岁的时候。当年，他爹把他从军营里骗回来，想把他丢去学校。那时他很暴躁，比现在的性子更躁一些，觉得读书无用、拳头有理，满脑子想的都是当兵打仗，觉得男人就该拿枪，而不是去握笔。

开学那日，他几乎是被绑过去的，心里别提有多不爽了。

可那位校长衣着整洁、风度翩翩地站在校门口，对每一个入校的学生点头微笑。当时陆校长的年纪还不大，因此不好说他慈祥，可他看上去如兄如父，意外地叫人觉得亲切。

后来，顾终南在学校待了几周，故意惹事耍赖，还在班上鼓动同学参军，一个劲儿捣乱，就为了被开除。可当他真的如愿被请去校长室，站在门口，却又有些犹豫着不想进去。他也说不上来是为什么，但他就是不想看见那位校长失望。

也就是这一犹豫，顾终南在门口听见了一番话。

他不清楚前因后果，却记得陆校长带着笑意在劝服谁。

"……每个人都有擅长和不擅长的东西，就像孙教授，他博古通今，对于历朝历代的史学如数家珍，却不善于数学，可我也只要他教文史，数学当然重要，但放在这儿便可以忽略了。学生也是，他们各不相同，拘于一格未免可惜。孩子们有自己的路，他愿意，那便让他去吧。"

陆校长叹了一声，语气里带着欣赏："顾终南，他是将才。"

听见这句，顾终南的心里忽地升起一团火。

当年他还小，枪都没摸熟，虽然怀着热血，但对自己也并不是毫无怀疑，而陆校长是第一个肯定他的人。

从回忆里走出来，顾终南已经坐直了身体，嘴唇也抿得死紧。他既不会夸人也不会表达，但论教书育人，陆校长没得说。

这位老师，他是很敬重的。

"我接到消息的时候走得着急，怕陆校长这件事有什么未知的牵扯，只能叫你去把青崖接回来，以防意外。对了，我信上写得也清楚，你之前说青崖情绪不稳？那现在呢，现在怎么样了？"

顾终南喉头一涩："爸，您给她的那封信里写的是这件事？"

"怎么了？"

直到这时候，顾终南才知道自己干了一件什么混账事情。陆校长走了，在这样的情况下，他对陆青崖不仅不耐烦，还嫌她哭闹，把人打昏了……

他怎么就这么欠呢？

"我……"

他刚要说话，顾常青那边便传来了人声，似乎是有紧急的事情，几句之后很快挂了电话。

像是被水泥堵住了气管，顾终南只觉得自己闷得慌。

他放下电话，走回床边，整个人出了一身汗。

末了，顾终南给了自己一拳。那拳头用了狠劲儿，直直打在脸上，他尝到了满口的血腥味，但心头的郁结并没有因此消退几分。

他这干的叫什么事儿啊。

4.

顾终南心烦气躁地在椅子上坐了一宿，次日刚刚破晓便爬起来，擦了把脸、穿好衣服就到隔壁院子门口等着。

清晨的风很凉，顾终南本就一夜没睡，洗脸的时候又有些急，水溅起来弄湿了领口和额发，这时被风一吹，只觉得脸上冷，脑子热，头很疼。他坐在门槛上，抱着手臂望着那扇关着的门，冷风从外边卷来，纠缠成细细一股，钻进他的衣领。

寒意顺着背脊往上探，顾终南不自觉打了个哆嗦，接着鼻子便有些痒，想打喷嚏但又打不出来，难受得很。顾终南努力找着打喷嚏的感觉，放任自己的表情狰狞，找着找着，那边的门忽然开了。

刚一开门就看见院门口坐着的人，陆青崖的动作一滞，一时不知道作何反应。倒是顾终南先站了起来，他腿长步子大，两三步就走到了她的面前。

"你……"

顾终南明显没准备好，话头起了却不知道该说什么，末了，他干咳一声："你昨晚休息得怎么样？"

之前走得太急又快，顾终南站得和陆青崖有些过近，这样的距离多少让人不自在，可她没有后退，只是微微抬头，看他一眼。那双眼清凌凌的，带着薄薄一层冷雾，站在这样一道目光里，顾终南忽然生出错觉，以为她是从千山万岭走来的远归人，衣裳沾了岭上积雪，与他擦肩而过时，便自然留下清寒孤高而不可攀的气息。

"哎，等等！"

陆青崖不欲理他，关了门就要离开。

顾终南连忙拉住她的袖子："你要去哪儿？"

许是一夜都皱着眉，直至睡醒才松开一些，这下子哪怕稍微牵动一下都疼。陆青崖回头，神情有些麻木，轻轻将自己的衣袖从他手里扯出来。

"回家。"

直到这时候，顾终南才发现，她的眼圈有些肿，泛着红，约莫是在梦里哭过。见她这情状，顾终南像被一只无形的手掐住了嗓子，瞬间就不知道该说什么了。

他也知道，她该是很不待见他的。毕竟将心比心，若他处在她的状态，在陌生的环境里对着一个陌生人，被冷言冷语不耐烦地对待，最后还被打晕，他醒来之后怕是能一枪崩了对方。

看他不说话，陆青崖再度想走，而他伸伸手，到底没有再拉她。现在情势确实不明朗，但拦着一个女儿去见自己去世的父亲最后一面，也不是多有理的事儿。顾终南跟着她走了出去，眉头拧成个结。

他什么也不说，就背着手跟在她的身后，而她也不管，径直往大门处走。庭院长廊，青砖瓦墙，两个人走了一路，最终停在门前。

大门上落了锁，陆青崖怔了怔，用手扯了两下。

顾终南终于找到可以插话的地儿："这样打不开的，要钥匙。"他说，"我有，你等我，我回去给你拿。"

陆青崖回身，困惑于他的改变，如果她没有记错，昨天他可不是这样的。顾终南看出她的想法，刚想说些什么解释的话，就看见她微微颔首："谢谢。"

顾终南欲言又止，本想直接回去拿钥匙，但没走几步又停了下来。纠结了一小会儿，他反身走向她，站军姿似的立在她面前。

陆青崖不清楚这是怎么了，只是顺势望他。

薄雾流动在徐徐晨风里，朝阳为砖瓦镀了金边，而他站在流光中间，背着手，看着她，带着几分生疏。

他说："对不起。"

陆青崖一愣，没想过他会对自己说这个。毕竟顾终南给人的感觉太过于桀骜恣意，而这样的人或多或少会有些自我，不会对人道歉。

"对不起啊，我昨天有点儿过分了。"顾终南说，"也没什么别的意思，就是觉得应该和你说声抱歉，不是说要你原谅我。"开口之前有些别扭，真正说完却轻松了些，他松开背在身后握拳的手，"那我去拿钥匙了，你等我，一会儿就来。"

说完，顾终南转身快步朝着自己的院子走，心上压着的大石稍微变轻了点儿，他也终于能喘一口气。

然而，顾终南没走几步，就看见陈伯从另一边走来。

因为错开了些，陈伯没看见侧后方的顾终南，只看见站在门前的陆青崖。

"陆小姐，你这是要上哪儿去？"陈伯腰间别着钥匙，本来是到了点儿想来开门，这下子却也不敢随便开了。他为难地看她，"局长说了，陆小姐这几天还是待在这儿为好……"

话还没说完，腰间的钥匙便被人从身后抽走。

那串钥匙碰在一起，带出清脆的声音，陈伯一惊，回头就看见顾终南在那儿找大门的钥匙,并且一找到就往门锁那儿套。

"少将……"

"怎么?"顾终南手上不停,"你不是来开门的?"

陈伯虚虚扶住顾终南的手,有些着急:"局长说陆小姐不能出去。"他顾忌着身边的陆青崖,不敢说得太明显,只是低声念着,"怕有万一。"

"万一?"

伴着门锁被打开的"咔嗒"轻响,顾终南偏一偏头,笑了出来:"有我在她身边,会有什么万一。"

"可……"

"我还护不住一个人吗?"

在开完门后,顾终南将钥匙放在了陈伯手上,一连串动作看似随意却也骄傲至极。

轻尘散落在朝阳金色的光辉里,像是浮光碎星,陆青崖永远记得这一幕。

这是她人生里最灰暗的一个早晨,她被困在阴影当中,而他打开那扇沉甸甸的大门,站在光雾里朝她回头伸手。

他说:"走,我带你回家。"

第二章

冒失

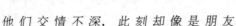

他们交情不深，此刻却像是朋友

1.

陆元校长的尸体停在医院，不在陆家，可顾终南之前并不知道，因此，他们跑了一圈也联系了一圈，兜兜转转再到目的地的时候，已经是中午了。

这儿的光线很暗，即便是在白天且开了灯也还是不甚清明，房间里很冷，床上白布盖出模糊的人形。陆青崖站在床边，她拽着白布的一角，手指微微颤抖，想拉开又不敢拉开。顾终南在身后看她，而她微微低头，头发散在脸侧，遮住了所有的情绪。

"不好意思。"

像是还没有凝聚成水滴的雾气，轻飘飘的，即便落在了湖面也惊不起涟漪。她的声音很低，低得只有微弱气流一般，顾终南怕听漏了，于是微微弯腰，离她近了一些。恰好这时陆青崖也微微侧过头来，他便看见她脸侧的水痕。

"我能单独待一会儿吗？"

顾终南不大会应对这样的场面也不晓得怎么安慰人，于是他拍了拍她的肩膀，退到门外站着发呆。

医院里没别的颜色，白墙配着白瓷砖，一片了无生气。顾终南把左手插在兜里，右手摩挲着一只火机。那火机做工精美，花纹细致，中间嵌着一颗红宝石，看上去很是独特。

"咔嗒"一声，他将火光打燃，那暖光晃在他的脸上，阴影处却带着同环境的冷蓝。

他忽然叹了一声。

打了几年仗，也不是没见过死人，事实上，他自己都在生生死死里翻滚过几遭，可他还是不知该如何面对这场景。

顾终南曾经的战友里有一对兄弟，说曾经，是因为他们都已经不在了。

那是一对亲兄弟，他们俩都不吸烟，但他们的娘是个老烟枪，而且他们的娘不抽烟卷，有一杆自己的烟斗，她每天叼着烟斗在村里晃，点不点都喜欢叼着。在当时，火机还是个稀罕玩意儿，大多数人都只是知道这么个东西却买不起。

但有一年东南山村剿匪，他们缴获了一只。这东西和火柴的作用一样，但它稀奇小巧，拿在手上更有面子，大家凑在一起玩了会儿，都觉得喜欢。

那只火机比这只华贵些，当晚，大家伙儿对着缴获的物资开怀畅饮，那对兄弟也挺兴奋，说想去买一只给自家老娘。其实那不过是一只火机，又不是枪杆弹药，拿了也没什么关系，小玩意儿罢了。

问了一圈，弟兄们都没意见，顾终南于是做主，想将火机给他们。

但他们拒绝了。

黝黑的汉子笑得憨傻，态度却十分坚决，说纪律就是纪律，不该他们拿的他们就不能拿。因此，最后那只火机也被记录在缴获的物资里上交上去。

那对兄弟，他们实在是给他上了一课。

而后，战事又起。

不管是出身城市还是乡村，正常长大的孩子大概都想象不到那样的场景。

在炮火连天的那段日子里，大家不能撤离，只能日夜坚守，吃睡都在战壕。那一仗发生在梅雨季，天气不好，战壕里积着脏水，虫和老鼠从一头游向另一头，逃命似的，而士兵们没它们自由，只能泡在里面，眼睁睁看着自己从脚腐烂到小腿。

起初，战壕是他们作战的地方，可随着战事逐渐激烈，那道道深坑便成了坟坑。

"战争"这两个字，要写出来，一定是血色的，打仗不可能不死人。

他们每一次的损失都很惨重，尤其那一仗，顾终南是从死人堆里爬出来的，可看着那片碎肢残骸，他不害怕，只是愤怒。恰时风雨又起，他踩着被血染红了的土堆一步步走着，好不容易才找到几个活人。

然而，其中有两个，他们在被找到的时候确实活着，却没有撑到援兵过来。

他们便是那对兄弟。

顾终南握着火机，视线有些模糊。

他还记得被风雨席卷起来的灰土是怎么往人脸上拍的，它们真迷眼睛，迷得人眼睛发疼。

他仿佛又回到了那时，从那汉子手上接过火机。

这只火机很好看，很贵，但当兵没几个钱，也不晓得他们是省吃俭用了多久才存下来的。

他们叫他帮忙带给家里的老娘。

但是，乱世里，哪有家。

等战事平息，顾终南好不容易按照地址找过去，那个村子已经被烧光了，一个活人都没留下，自然，他也没能完成那对兄弟的遗愿。

这只火机便也就一直跟着他，直到今天。

2.

走廊的尽头传来脚步声，那人原先走得很快，赶路似的，却在看见顾终南的那一刻慢了下来，有光在他的眼镜上一闪而过。

"这位先生，请问您是？"

从回忆里抽身，顾终南抬起眼睛。在他眼前的是个中年男人，一身西装配着细边眼镜，头发整齐，像是抹了油，看上去斯斯文文，只是身材有些发福。

"顾终南。"

没一句废话，顾终南报了个名字。

来人微愣，很快笑了笑："原来是顾少将，少将今天在这儿做什么？"

顾终南瞥中年男人一眼："不做什么。"他几步走到了门前，守护着什么似的，"你是谁？"

"哦，对，我还没自我介绍呢。"中年男人伸手，"我是长津大学的副校长，姓张，弓长张，张乌酉。"

在听见这个名字的时候，顾终南微顿，想到了什么。

他低了低眼睛，看一眼那只手。

有些人生来自带傲气，即便只是垂眼，也给人感觉是在鄙夷些什么，不好接近。过了会儿，张副校长见顾终南还没动静，正想把手收回去，就看见顾终南伸手与他轻握了一下。

"副校长习惯用左手？"

"对，小时候就这么着，家里没留神，等长大已经改不过来了。"

顾终南轻轻挑眉，没说什么。

而他身后的门在这时被人从里打开。

陆青崖的眼睛比早上来的时候更红，脸色也红，倒是有血色了，只是这血色是哭出来的，所以并不精神。

"青崖？"张副校长似是震惊。

因为看着陆青崖，顾终南没注意到副校长的表情，只知道，在他回头时候，那张脸上带着的是长者的关切。

张副校长往门里看一眼，很快又将目光放回她的身上："你怎么在这儿？唉……"

他拍拍陆青崖的肩膀，叹了一声。

"别太难过，保重身体。"

陆青崖头点了点："谢谢张叔叔。"

从事教师这一职，字总会写得多，张副校长左手的中指上有一层厚厚的茧，和一般的左撇子没有区别。顾终南的目光在那只手上停留了一会儿，脑子里转着的是今天打电话打探到的消息。他听说，这位张副校长是第一个发现陆校长遇害的人。

张副校长脸上恰到好处的遗憾和关心，无一不显示出这是一个再正常不过的长者，他细声安慰着陆青崖。而顾终南环着手臂，微微皱眉。也不知是不是因为那个消息让他对张副校长有了"第一嫌疑人"这个先入为主的印象，他对这个人始终有些防备。

可他也知道，嫌疑归嫌疑，除非有证据，否则谁也不知道真相到底如何。

停放尸体的房间很冷，冻得人手指都是僵的，陆青崖在里边待了太久，一走出来，整个人都冒着丝丝寒气。顾终南见状，找地方给她倒了杯热茶，可她只是握着杯子，没有去喝。坐在医院门口的长椅上，她安安静静在听顾终南说话。

陆校长死因不明，身份牵扯又多，因此很受重视。之前来的检验吏只能检查尸体外表，而这样并不能够弄清陆校长的死因，因此，法医院又派了医师过来剖检，那位医师所在地距离长津略远，大概明天才能到。

人在经历了伤心绝望和崩溃无力之后，反而会显得平静，便如现在的陆青崖。她始终面无表情，然而，在顾终南说到"尸体"这两个字的时候，那杯子里的水晃了晃。

陆青崖手指一紧："剖检？"

顾终南抿了抿嘴唇，他知道大部分人不能接受至亲被剖开，但即便陆校长的情况再怎么特殊，剖检也该获得家属同意。在这一点上，他觉得他爸做得没有道理，不仅剥夺了陆青崖的决策权，甚至也剥夺了她的知情权。

虽然顾终南明白他爸瞒着陆青崖的原因——她毕竟年纪不大，又是个姑娘，在这件事情上未必能够想得通，而调查是讲究时机的。

但她有知道这件事的权利。

"这个是不是需要家属同意书？"

大概是握着杯子的力度太大，陆青崖的指节泛白，杯子也在她的手里微微发颤。

"你和我说这个，是需要我签字吗？"

其实这件事已经定了，同意书什么的，顾终南根本不清楚。可如果说不是，那他也没法解释为什么忽然和她说这个，难不成还真说自己是因为不平？

对上她的眼睛，他支支吾吾应了一声："对。"

"同意书在哪儿？"

闻声，顾终南有些意外："什么？"

陆青崖鼻头发红，不晓得是被冻的还是忍哭忍的。

"不是要签字？"

"啊，对，要签！"顾终南比画了一下，"但是那个我没带在身上，等会儿回家，我让人送过来吧。怎么样？"

枯草摩擦出沙沙的声响，微风卷着细小的枝叶划过地面。

她沉默许久，终于抬头，望他时，脸上带着勉强的笑。

"麻烦了。"

3.

鸟雀顺着风飞进院里，在白雪上踩出几个脚印，高处有树枝因为撑不住积雪而被压折，坠下时打落了霜雪重重，扑簌簌落了一地。

顾终南拿手指在窗户上抹着，从白雾里擦出一小片清明的地方，正看见鸟雀被惊飞。他用目光追过去，被屋檐上反着金光的雪给晃了眼睛。

握着电话讲了许久，直到对面准备挂了，他忽然追问："那您今年能回来过年吗？"

"说不准。"顾常青换了只手拿电话，他翻动着资料，"我尽量回来吃顿年夜饭。"

"如果局里事多就算了，跑来跑去麻烦。"顾终南垂下眼睛，捻了捻指间，"对了，爸，陆元校长那件事怎么样，有结果了吗？"

"暂时还没出来，"顾常青叹一口气，"剖检的结果还需要等，没那么快。青崖怎么样？"

"还好。"顾终南想了想，"不，也许不太好。"

陆校长剖检完，没怎么耽搁，次日便下了葬。

葬礼非常简单，可大概是登了报纸的缘故，来的人并不少。

顾终南原先以为丧事麻烦，担心陆青崖处理不好，还想帮她打点，所以一直陪在她的身边。却没想到，那些他觉得难办的事情，陆校长早就安排好了。

陆青崖的母亲离开得早，陆家没什么人，亲戚都是远房的，也不在长津。而陆校长深知人生变数，因此，他早选好了寿衣和地方，也和专门处理丧葬的人签了字交了钱，甚至早早把房子和财产过到了陆青崖的名下，就是怕个万一。

怕自己突然出了意外，她会不好过。

这件事，陆校长没想过要瞒着陆青崖，他只是没来得及告诉她。

顾终南还记得，当时陆青崖正准备联系人安排丧葬，就看见那一队人过来，而这个消息，她也是通过那一队人晓得的。那些人给她带来了一纸书信。

又是一纸书信。

明明是这么沉重的事情。

她在葬礼开始之前，抓着那张纸哭了许久，接着便是强撑，撑到葬礼结束，又哭了许久。

陆青崖总是喜欢咬着嘴唇哭，把所有的声音都咽回去，好像不出声就不会有人发现。但顾终南一直关注着她，哪会发现不了。

她这种哭法，看得人太揪心了。

顾终南没有带手帕的习惯，外套又太厚太硬，顾不得行为过于亲昵，他用手给她把眼泪擦了。他的手上有茧，力道又大，在她脸上胡乱抹了一通，比起给人擦眼泪，那感觉更像是在刷锅。

虽然这锅也就刷了一次。

不过两天，陆青崖就平静了下来。

比起之前的哭闹，她这几天非常安静，安静到，如果不是多有留心，顾终南几乎都要忘记家里还有这么个人。他不觉得这事过去了，相反的是，她像是越来越过不了这个坎儿。这几天她总像在忍，但忍多了其实不好，有些发泄是必要的。

"对了，爸，她说她想回学校上课。"

顾常青顿了顿。之前因为陆元校长的事情，调查局怕有牵扯，担心陆青崖的安全，因此对她限制颇多，现在想想，在这样的情况下，这些限制可能会让她更加压抑。

他屈指在桌上敲了两下。

"让她去吧。"

这件案子疑点很多，短时间理不出来，陆青崖也不是犯人，总不可能一直扣着她。

"其实在她刚说出来的时候，我就让她去了。就是想告诉您一声。"顾终南玩着随手拿来的小玩意儿，抢在被教训之前抛出一句，"行了，您忙吧，我挂了。"

完了收获他爹一声"小兔崽子",之后就是挂断的忙音。

顾终南放下电话,起身舒展了一下筋骨。他从来都闲不住,长津对他而言实在无聊,授勋仪式在明天,那今天要做什么?

他望一眼院子,忽然挑了挑眉头,转身拿起外套。

不如去长津大学走一圈好了。

4.

长津大学的学术氛围极重,作为华夏学生联合会的组织院校,这儿一直是学生运动的一股重要力量。

虽然顾终南从前在这儿读书的时候满心不耐烦,却也不得不承认,校内英才云集,不论师生都极有担当和抱负。校内每天收到的入学申请亦是不计其数,半点儿不愧"第一学府"的称号。甚至于他偶尔在军中也会和大家伙儿吹一吹,说自己是长津大学走出来的。

也不算说谎,他的确是长津大学走出来的。

不过是用腿走出来的而已。

顾终南走得随意,背着手偶尔左右看看,一副悠闲老大爷的模样,可偏偏因为几分军营里长久积攒下来的威势和挺得笔直的背脊,硬生生把散步走出了领导视察的感觉。

转进一条石子路,脚下积雪松软,顾终南看见几个留学生,他们说说笑笑,路过时还同他打招呼。他挥挥手,转身时碰着了枯枝,细雪落了一小股在他的身上,而他轻轻在肩上一掸,自雪中走过。

在战场上待得久了,所听所见都是残酷的东西,如今看见这样的和谐安定……

顾终南停下脚步,忽然笑了。希望有朝一日,不论去往何方,目之所及,皆是如此。

"真是了不起哟，年纪小小就这么了不起啊？你是不想赔咯？"

刚刚走到石子路尽头，顾终南就听见这阴阳怪气的声调。顺着声音来处，他望了过去，第一眼看见的却不是说话的人，而是一个熟悉的背影。

是陆青崖。

她今天穿了双绒布面的靴子，有雪水化在上面，把颜色染深了些，也不知道那水有没有透进去，这几天她有些着凉，受不得冷。

"怎么不讲话，你也晓得自己理亏是不啦？"那女人穿一身花花绿绿的棉袄，头发在头上盘成个髻，眉毛又细又长，脸瘦得吓人，"有能耐组织没能耐负责还是怎么回事？同学出事了都不赔一点钱的？"

顾终南并不熟悉陆青崖，在他的认知里，她只是个苦兮兮的小黄连，能忍住就背着人哭，忍不住就扭头抹眼泪，话也不多，好像天生就是要人保护的。其实他欣赏不来这样的姑娘，觉得过于文弱，少了性情，不大爽利。但毕竟他们有些渊源，遇见这事儿，他是得护一护。

"抱歉。"她低一低头，礼貌而不弱势，"您是张思敏的母亲？我听说过您。"

顾终南停住脚步，忽然有些好奇她会怎么反应。

"怎么，套近乎咯？"

那女人嗤笑几声，开始说些有的没的，她说话粗，声音又尖，顾终南听着都觉得脑仁疼。然而，不同于女人的高调跋扈，陆青崖始终安安静静，有条不紊。

她等到女人吼完了才开口。

"对于这次游行时发生的意外，我们很抱歉，这是我们思虑不周，学生会不会推卸责任，我们已经对受伤的同学进行了赔偿以示歉意。可是同时，我们不接受任何别有居心的闹事行为。"

被最后一句话激怒,眼看那女人就要发作,陆青崖却抬手制止。这个手势很明显,是让对方噤声,但在不讲道理的人面前这么做,简直像是开玩笑。

这个女人怎么会听她的呢?

寒风卷下高处松软的雪,霞光从枝叶中透出来,正好落了一束在她脚边。而那落雪在红光里随着她的脚步低滚向前,光雾一般,竟像在浮动着。虽然顾终南看不见她的表情,但他感觉到了她的变化。

便如此时,那撒泼的女人见陆青崖朝自己走来,竟不自觉退了一步。

"我们前几天去医院看过张思敏同学,他是这次游行中受伤最重的一个,看得人很揪心……"

女人听到这里找回了反应:"哦哟,你还知道揪心?我们家孩子躺在那儿都起不来的,你倒是站在这里好好的,你怎么不去躺医院?那里冷得哟,被子又薄,你们不负点责吗?"

女人说来说去就这几句,每一句都围绕着赔偿。

陆青崖不理会她,继续说下去:"而更揪心的,是我们听说在他入院前夜,他家里存的钱被人拿走了。张叔叔喜欢把钱包着放在柜子后的墙缝里,那人没翻动他家,门锁也没有被撬开的痕迹,那人准确地拿走了钱,这说明那人对张家很熟悉……"

"乱七八糟讲什么讲!"那女人预料到什么似的,急忙打断陆青崖,伸手就要来挠她,"你这小丫头片子……"

却不料陆青崖灵活地侧退一步,轻轻笑道:"虽然阿姨您已经和张叔叔离婚了,但看您这么关心他们,晚辈也颇有触动,深觉亲恩不易。张同学的医药费,学生会已经交完了,阿姨请宽心。但那桩盗窃案报到警局,被怀疑是熟人作案,看起来有些蹊跷,阿姨来得正好,不如我们一起去做个笔录，说不定还能提供一些线索。"

女人扑过来的时候，头发有些乱了，气息也逐渐不稳。

四周围过来的人越来越多，有几个学生见情形不对，还商量着跑去喊了保安。

"我们也知道，医药费和赔偿不能混为一谈。赔偿金的事，等张同学恢复之后，我们会去协商，但毕竟准备也需要时间。当务之急，不如我们先看看能不能找回张家丢失的那笔钱？"

顾终南眉头一挑，有点儿意思。

那女人四处瞥了瞥，强装镇定，但那游离的眼神已经出卖了她。

陆青崖见状，有意无意追加一句："对了，听说阿姨您最近还清了一笔赌债？"

女人闻言一滞，眼睛忽然红了。若说先前她还维持着什么，这下完全是打算撕破脸来闹。她发狠冲过来，嘴里骂骂咧咧，声音很大，泼妇似的，一脚就要踢上去——

却不料踢了个空。

顾终南揽着人一旋转，又很快松开揽在陆青崖腰上的手，站在她的身前。

"这是在吵什么呢？"顾终南很高，站得又直，冰天雪地里，松柏一样立着。

"怎么，闹事的？"他冷着脸，毫不留情地对女人道，"这里是学校，不是街头，要撒泼也挑挑地方，站在这儿瞎吠什么？瞎吠不够，还想动手，没读过《民律草案》也该知道这么做犯法，还是你觉得没地方能管你了？"

他说话不好听，声音又大，每一个字都像击在人的心上，比风刃还割人。

女人本来就是个欺软怕硬的，之前见陆青崖文弱可欺，便嚣张了些，没承想碰了这么个硬茬儿，这才恼羞成怒壮了壮声势，可声势刚起就又遇见个更强硬的顾终南。在被赶来的保安架走之前，她回头瞥了一眼，嘴里无声地骂骂咧咧，却半点儿声音不敢发出来。

女人年岁不小了，虽然世面见得少，但她不蠢，她知道有些人是招惹不得的。

天色渐晚，霞光渐散，白羽纷飞。周围的学生早在女人被带走时便散去了，顾终南没开车来，他和陆青崖走在回程的路上，肩头、发顶落了些薄雪。

两人本来无话，可走了一段，顾终南想起陆青崖先前的模样，觉得有点儿意思。

他于是笑了笑："没想到你还挺厉害的。"

陆青崖不置可否，反问他："你也不了解事情如何，怎么就那样说那个女人？"

他听了，无所谓地摆摆手："我了解这个干什么，看个当下就是。在这当下，我不信你，难道信她？"

他们交情不深，相处了这么一阵，统共也没说过几句话，现在却像朋友。

陆青崖轻笑："说的也是。"

顾终南望她："说起来，你刚才为什么激怒她？她不都已经怕了。"

"因为不开心。"

她说这句话的时候无意识地噘了噘嘴，看起来有些孩子气。

没想到是这么个答案，顾终南一愣，他先前觉得这姑娘秀气沉稳，办事只看规章，竟没想到她还有这样的一面。也是，少年人总该有些脾气，不计后果，不计得失，爽个当下，也许显得冒失，但至少还生动。

他心思一动，鬼使神差地问了句："你打过鸟吗？"

"什么？"

"有一种枪叫鸟铳，射程远，稳定性高，铳管洗起来也方便，野外打鸟一打一个。"他说着，挑了挑眉，"有机会我带你试试。"

陆青崖也不知道话题怎么就跑到这儿来了，但少年飞扬的情绪极富感染力，她被顾终南带着笑出了声："行，如果有机会的话。"

对于她的回应，顾终南很满意，就着这话题说了几句和兄弟们打鸟烤肉的事情，伴着故事里的酒肉，整个人都快意起来。

他背着手走了几步："不过话说回来，如果那女人真打你，你能打得过她？"他问，"对付像她那样的，其实很简单，给了钱吓几句就能解决，为什么不给钱换个清净？"

顾终南不缺手段，但他很懒，喜欢用简单的办法做事。只是在这样的事情上经验稍有欠缺，毕竟从小到大，还没有谁敢在他面前撒泼。

陆青崖对于他的想法毫不意外，站在他的位置上，有些东西就是理解不来的。

她于是答道："如果这次她得到了自己想要的，那么对她而言，这就成了一个有效的手段。这次之后，还会有下次，下下次。"她说，"对付这样的人，给钱是换不到清净的。"

顾终南饶有兴味："你这一套从哪儿学来的？"

长街上空飘着小雪，雪细且薄，落在人身上，被温度一染，就融成了小水滴。其中有一滴，正巧落在她的睫毛上，轻轻一眨，就将上下睫毛沾成簇簇的湿润模样。

陆青崖的鼻头有些红，大概是被冻的。

"我爸教我的。在我很小很小、还没读书的时候，他教我谦让；稍稍长大一些，他又教我，说忍让无度是祸，叫我记得，与人相处，谦让之外，应知以德报德、以直报怨。那时候我不懂，觉得他说话矛盾。"她低了低头，"后来却证明他是对的。"她说，"从小到大，我有过许多不明白的问题，我爸总说我能够理解，只要再大一些，而他总是对的。"

顾终南沉默片刻。

"陆校长是个了不起的人。"

"谢谢。"

陆青崖呵出口气，抬头看了看天。

而顾终南微微侧头，看她一眼。

身边的姑娘半眯着眼睛，像是在看天，又像是透过呵出的白雾在看一段过去。

像是在怀念着什么。

第三章

得意

不 是 巧 合， 水 果 和 猴 儿 都 不 是

1.

孟河自西而起，穿过长津，弯弯曲曲沿着两岸向南，汇进平川江。

长津总是灯火煌煌，每到夜里，街上的霓虹广告便接连亮起，映在河里泛起粼粼波光，混合着歌舞厅里飘出来的音乐，叫人感觉很热闹。

顾终南坐在车里，身上带着应酬时的烟酒气，彩光一道道从他脸上闪过，却半点没能够染上去。他只是个过客，沾不上这声色。

黑色的别克车停在顾家门前，顾终南板了一晚上的脸终于松了一些。他扯开衣领，先前焐出的热气随着身上出的酒汗直扑上来，这时，他才发现自己是喝得多了些。

真是不爽。

"少将慢走。"

顾终南和各路人马交际了一晚上，实在不想再多说话，他先不耐烦地摆摆手，顿了顿，又回过头。送他回来的司机年纪有些大，此时正恭恭敬敬站在后边，见他回身，意外之余连忙低下头去，诚惶诚恐，生怕自己说错做错了什么。

可顾终南随口道了句："有劳。"

说完，他转身就进了家门。

老陈伯早听见声响，此时就候在门内，见他回来，递去一杯醒酒茶。

"少将回来了。"

那茶有些烫，尤其是在这晚上，有了对比，存在便更鲜明。

顾终南把杯子握在手里："我爸回家了吗？"

"局长还没回，但大抵快了，刚才打了个电话说让少将等等他，似乎有话要和少将说。"

"嗯。"顾终南应了声，"那我去长廊吹吹风醒醒酒。"

更深露重，天气又冷，还喝了酒，这时候吹风，第二天难免头疼。陈伯原想再叮嘱几句，可顾终南步子迈得大，几步就走远了。

他这辈子都在顾家做事，可以说是看着顾终南长大的。

都说投胎是个技术活儿，而顾终南一出生就占了这么个优势。从前，大家说起他，都讲那是土津顾家的少爷，是刑侦调查局顾局长的独子。当顾终南提着东西说要当兵的时候，多的是人等着看笑话。

他们想当然地认为，锦衣玉食被捧着长大的顾小少爷能吃什么苦呢，心血来潮罢了。

可乱世多纷争，顾终南一仗一仗地打，随着时间流逝，流言也一天一变。

而今，五年过去，看热闹的人闭了嘴，也终于没有人再叫他小少爷。

陈伯在门口站了许久，腰已经有些疼了。他稍微调整了一下站姿，弯腰打开热水壶的盖子，伸手探了探温度，继续等着顾常青。心说，这壶不那么保温了，明天要去换一个。

顾终南边走边喝，一杯茶很快就见了底。

坐在栏杆上，他跷着一条腿，随手把杯子放在旁边，靠着柱子就开始发呆。他仰头，吐出一口气。军队里北方汉子多，大都阔朗，话不多说，干干脆脆，天大的事儿打一架也就过去了，哪像今晚那些人。

"在这里坐着干什么？"

顾常青从后边走来，手里的空杯子往后一放，靠着身后的柱子跷腿，同款姿势坐在了他的身边："这么大的人了，半点儿人情交际都不会做，这种场合是你说走就走的吗？"

"不然呢？我飞回来？"

顾终南的轮廓身形都像极了顾常青，只是他五官更深一些，眉眼间也带着飞扬的傲气，看上去就不好招惹，不如顾常青沉稳温和。

"走到这个位置，你也该学学如何同这些人打交道了，他们不是良善之辈，要整你有的是法子，和他们摆脸色对你有什么好处？"

听到这句话，顾终南想起陆青崖，于是顺口就接了句："要什么好处，我爽不就行了？"

顾常青气得探过去就往他头上敲。

顾终南先是下意识往边上一晃要躲，但很快又凑回来。顾常青原本下的力气不大，可不巧，碰上顾终南往这边接，打得便重了。

"有什么后果我自己担得起。"

顾终南挨了这一下，脑子也清醒了些，态度却不变。

"我就是看不惯那些人，嘴里一套心里一套，当面一套背后一套。烦不烦人，还要我多和他们打交道，做什么梦呢。"

"你当着他们也这么说？"

"我倒是想，我又不傻。"顾终南的脸上浮现出几分嫌弃，"今晚我不还对他们笑了吗，真要忍我也能忍得下来。"

顾常青望着他，忽然觉得神奇，昨天还是个屁大点儿的孩子，不听话抓过来赏一顿"竹笋炒肉"就行，生气了也好哄得很。他什么时候长成这个样子了？以前还能趴在他背上，如今再看，肩膀比他都宽了。

顾常青站起身，走过去，拍了拍顾终南的胳膊。

顾终南有些疑惑："爸？"

"挺结实的，在那边怎么样？"

"参州？挺好，大家伙儿都挺好。"顾终南说着，握拳鼓起肌肉，挑眉笑道，"刚才没注意，您再拍拍，更结实。"

这哪像个少将，分明还是那个皮孩子。

顾常青看得好笑，直接一巴掌呼上去："你啊，就是走得太顺了。"

是啊，顾终南这一路走得太顺了。

在家的时候是小少爷，想参军就升到了少将，不是说他没有付出、没有本事，也不是说他没经历过凶险。他的确是靠着自己走到了现在的位置，家世是保不出一个少将的。便如陆校长所说，他是将才，但有能力的人不少，只那些人都不如顾终南有大运傍身。

顾常青道："你如今立场不明，在他们眼里便是敌非友，尤其是段林泉……"

"他在西南，我在西北，我们不搭界。更何况他是军阀，我又不是，我也没他那个心思，去架空什么总统，争什么权、夺什么利。"

2.

自上任大总统病逝之后，西南军阀便把持住政府，明眼人都知道，新总统杨胜夕不过是个傀儡，反而是西南军阀段林泉操控着实权。同样带兵，同样占据一方，段林泉原先独大，却不料几年前横亘出了一个顾终南。

他像只年轻的狮子，嘶吼着在乱世里登场，亮眼得叫所有人一下就记住这个名字。

顾常青道："你这么觉得，人家可不这么想。"

顾终南原是少将，管辖西北军区，近日又新立战功，按说是要受封的，没想到"大总统"却借此机会，将他的部队与另一支合并，同时增加一个调度部门。而顾终南也在明面上接管了这个部门，现在，说得好听一些，他是调度总指挥，但真要细究起来，这个"总指挥"却没什么实权。

明升暗降，有人在忌惮他。

顾常青叹了一声："很多东西你心里也清楚，多说无益，你自己小心就是。"

顾终南不以为然。

"能有什么，我不过就在长津待个一阵子，等到时候回了参州，我兵照带，仗照打，弟兄们该听谁的听谁的，是总指挥还是其他有什么分别？"

闻言，顾常青从这句话里意识到什么，气势一变。如冰潭寒风，如高山积雪，冷厉得叫人呼一口气都被冻得鼻腔发疼。

"在你眼里，西北军区属不属于国军？"

这话问得顾终南一愣。

按道理来说，所有军区、所有军队都该属于国军，都归国家管制。但总有些地方权力过大，不仅不受中央管制，甚至还与中央分庭抗衡。便如段林泉，他占据西南，以九康为据地，西南军区只服从于他，不服从于中央政府。

按土话说，他是西南王，在那块儿，他比皇帝大。

顾终南略微沉默。

他知道顾常青的意思。

割据一方，占地为王，不受法律法规限制，不受任何人管，自然也就不需要理会任何外界施加的压力。若他也学段林泉，那么这个调度总指挥，他自然不用放在心上。

如若这般，他自然可以照自己原先所想，回到参州，不管不顾，兵照带、仗照打。可如今内忧外患，国力衰微，他带兵打仗，想的从来都是把破碎的山河拼凑完整，而不是借此机会分一杯羹。

沉默许久，顾终南终于抬头。

眼眸坚毅，语气肯定。

他道："当然。"

这两个字里带着他的坚持也藏着他的妥协。

即便不甘心也没办法，有些东西必须放弃。

顾常青不自觉松了口气，浮出的笑里带着欣慰。

"今晚你累了，回房休息吧。"

什么都没发生过似的伸了个懒腰，顾终南拽着顾常青站起身来，他笑出一口白牙："您也是，早点儿休息，别熬夜了，您看您都这岁数了，还是多喝热水早睡早起才行。"

"什么时候轮到你教训你老子了！"顾常青又是一巴掌拍过去。

顾终南从小到大都是这样，挨家人打只会龇牙咧嘴叫唤两声，然后就当事情解决了，一溜烟跑回自己房间。

夜色弥弥，顾常青看着顾终南拐弯回了房间，自己却没动。

他在长廊上又站了会儿。

顾终南一路走来，只管做自己想做的事情，并不清楚那些被家里打点过的人情。如今他功名渐成，有了本事，站得稳，心气高，自然越难磨平。不过本就如此，哪个年轻人不想做自己愿意做的事，走自己喜欢的路？哪个有抱负的人愿意被别人限制？

他清楚这个，也清楚顾终南的冲动和骄傲。

冲动和骄傲不是大缺点，只是放在某些时候，容易被人利用。

没有哪个父亲不担心自己的儿子，顾常青也不例外，好在他正值壮年，也有门路，私下还能为顾终南打点一二。

他还有许多时间让这小子慢慢成长。

3.

瑞雪至，正月初。

今年是羊年，街边的小摊上多了许多卖剪纸的，有手巧的能在一张纸上剪出四只小羊，边上还有镂空花纹，大红色的一片糊在窗户上，看起来热闹又喜气。

顾终南没怎么买过这些东西，但走在街上，看着来来往往的人手里提着的大包小包，忽然也想凑个热闹。于是，他先去提了几挂鞭炮，顺路又去看了眼窗花。

只是那窗花纹样虽多，在他眼里却没什么差别，他看了眼，随手拿了几张付钱就走。

回家的路上遇见一个报童，他原想去买份报纸，但刚刚走近，就听见那报童喊："卖报啦！最新消息！顾少将升任西北军区调度总指挥啦——"

闻声，脚步一顿，顾终南绕了过去。

也不是别的，只是"升任"这两个字叫他不舒服。

但转念一想, 觉得自己介意这种事实在小气, 于是他又给自己找个理由, 心说那消息过了几天才报出来, 已经不新鲜了。

"麻烦让一让……"

街上虽然人多, 但并不拥挤, 可身后那人愣是推了顾终南一下, 要不是他手快捞住, 那鞭炮就要掉地上了。

前边的人身形窈窕, 寒冬腊月的只穿了一件黑长皮衣, 脚下踩着一双短靴, 长卷发在脑后束成高马尾, 被风吹得有些乱。顾终南正觉得这人有些眼熟, 刚想到什么就看见她停了下来, 站在那儿忽然笑弯了腰。

她回头时恰巧有风, 那风将她额前的碎发往后拂去, 一双笑弯的眼睛粲然生光, 给人的感觉明艳又飒爽。

顾终南在看她的时候有些意外, 直到对方爽朗拍上他的肩膀: "怎么, 回来才多久, 我都认不出了?"

他有那么一瞬间的恍惚, 但很快恢复如常, "哟"了一声, 眼底含笑。

"什么时候到的?"

"刚到, 来时路上走了偏路, 被泥石流拦了两天, 有几个兄弟帮忙救人受了伤, 小四季顾着他们呢。"陈柯君环着手臂, "啧啧, 他那小身板, 光救治被泥石流殃及的村民就是几天没睡, 现在还在那儿看着他们, 也真是吃得消。你得给他记上一功。"

顾终南轻嗤: "只要你不去打扰人家, 人家有什么吃不消的。"

"去你的!"陈柯君下手没个轻重, 这下真把顾终南抱着的鞭炮给拍掉了, "什么打扰, 你再给我说一句试试? 我告诉你! 我们这叫打情骂俏, 不懂别瞎说。"

顾终南蹲在那儿捡鞭炮: "是啊, 你倒是想和人家打情骂俏, 你看看人家理不理你。"

"你说什么？"

"我说……"顾终南捡完鞭炮站起身，身上的尖锐和傲气完完全全收了起来，"我说你这何必呢，人家李四季文文弱弱一个医生，随军路上已经够辛苦了，哪能守得住你的厚爱？你要是实在想折腾，来，我就在这儿，你找我。"

"你？"陈柯君撇了撇嘴，满脸的嫌弃，"得了，姑奶奶口味清淡，吃味道重的怕呛着。"

低了低眼，顾终南无谓似的耸肩。再抬眼时，他又是一派自然："你们现在住哪儿？"

"营房呗，不然住你家？"

顾终南想了想："也不是不行。"

"还上瘾了你！"

陈柯君眼睛狭长，眼尾微微有些上挑，睫毛很长，衬得眼睛黑亮，笑不笑都显得媚。偏她性格随了出身，气质英气到把长相上的媚意直接压了下去，脾气也强硬得很，在许多时候都叫人觉得呛。

"那你现在是要回去？"顾终南回家的路该往东走，但他有意无意跟着陈柯君往北拐了好几道，"不然去我家吃个饭呗。"

陈柯君语气干脆："不了吧，我今天都没来得及和我家小四季吃饭呢。对了，你往这边走干什么？"

"我……"

顾终南没想好怎么答，倒是陈柯君帮了他一把。

"哎，也正好，反正你都走过来了，不如把六儿领回去呗。"

顾终南惊讶道："你们把六儿带过来了？"

六儿是一只猴子，极通人性，约莫是从马戏团里逃出来的，顾终南捡到它时，它全身都是伤，一道一道，全是鞭子抽出来的。当时它还小，又弱又瘦，顾终南以为它多半活不下去，只想着带回来养几天，不料它居然撑了下来。

"不然呢，部队合并，军区整改，那个暂代你的新头儿不好说话，你叫我们把它扔哪儿？放回山林当大王？"

顾终南闻声不语，偏偏陈柯君不是什么解语花，对他的情绪毫无察觉。

"说起来那个整改是怎么回事？说是给我们加人，但在加人之外还调走了几支部队，他们这个加人加得不亏啊，真不白送，做整改的人以前干会计的？"

顾终南似笑非笑："谁知道呢，说不准还真是。"

"啧，那他真不该转行，继续待在会计行里，准大有作为。"

"你怎么知道人家转行不是为了作为更大？"

她往他背上一拍："说的也是！"

陈柯君力气很大，尤其是放松下来和情绪激动的时候，经常一巴掌能把人拍蒙。顾终南没有防备，被拍得往前一栽，却一个字也没有抱怨，习以为常似的继续和她说话。

长津因为濒临江海，位置又好，贸易往来不断，即便外边再怎么乱，这儿依旧繁华热闹。白天能听见汽船汽车的声音，而夜里便是歌舞升平，游人来来往往络绎不绝，每天擦肩的都不是同一批人。在这样的地方，没有谁会去注意身边过路的人。

但总有认识顾终南的。

年轻人攥着一份报纸悠悠晃晃，却在看见顾终南的时候停下脚步，一愣过后忙掏出报纸看着照片对比。可报纸上那个人神情严肃、满脸写着不爽，和不远处走过的那位像是两个人。

大家都说顾少将难相处，年轻人挠挠头，心说哪儿啊，顾少将被拍得那么重都不作声，脾气分明好得很。

传言这种东西，果然都不可信。

4.

刑侦调查是个苦差事，没有哪桩案子善解人意，知道在过节过年时候消停会儿。

顾终南打十六岁参军至现在，回家的次数不超过一只手，每年过年，最舒服的也就是和兄弟们喝酒煮火锅。畅快归畅快，也会想家人。

好不容易今年回了长津，原以为能在家吃个团圆饭，没想到他爸却公务缠身回不来。而他爸不回来，他也懒得回祖宅去和那些疏远的亲戚打交道。

顾终南放了电话，心说行吧，把六儿托给陈伯，转头就出了顾家往营房走。等他和兄弟们聚过，吃饱喝足再回来，已经是响着一路鞭炮声、空气里弥漫着硝烟味的凌晨了。

大抵都在守年夜，街上人少，每家窗户里都透着暖黄的光，顾终南抬头，正巧看见一个孩子趴在窗户边上画画。在凝着水雾的玻璃上画出笑脸，孩子手上的"年"字写到一半，忽然低了眼睛，从透明的那块地方看见顾终南。

像是有些不好意思，那孩子咧开缺了门牙的嘴冲他笑了笑就跑回去。

青瓦上结了霜，树枝也被薄冰裹住，石板路有些硌脚，顾终南继续往前走，偶尔因为房子里传出的笑声而侧目。

他路过的每家都好像很热闹。

风雪里走了一路，顾终南到家的时候，已经是凌晨一点了。原以为大家都睡了，没想到门内还亮着一盏小灯，刚一开门，他就看见陈伯从边上的小房间里走出来。

这场景让他想起自己年幼的时候，他那时贪玩好动、喜欢闯祸，每回惹了他爸生气，偷溜出去进不来门，都是陈伯给他开的。

只是那时陈伯的头发还不是这个颜色。

"怎么还没睡？"

"年纪大了，睡得浅，听见响动，想着少将回来了，就起来瞧瞧。"陈伯拿着钥匙锁门。

顾终南也没多想："那早些睡吧，这天寒地冻的，还是被窝舒服。"说完，他转身就要回屋。

"少将。"

顾终南回头，看见陈伯皱着双眉："怎么？"

陈伯满脸担忧："少将，那边院子里，陆小姐待了一整天没出来，我中午和晚上给她送饭也没见着动筷子的痕迹，我看她状态不大好，又不知道究竟是个什么情形。"陈伯说着，有些犹豫，"但我刚才看那院子灯火没熄，想来陆小姐还没睡。"

顾终南听出了陈伯的言外之意，他瞥了那边一眼："行，我去看看。"

他朝那边儿走几步，想到什么，又停下来。

"厨房还有吃的吗？"

"有的，放在灶上热着呢。"

顾终南点点头："那没什么要紧的了，快回去休息吧。"

说完他便朝着那边走。

今儿个下了些雪，白天时，雪水融在了院子里，入了夜温度一降，便结了层冰。而此刻，它们反着些光，碎在他的脚下。

顾终南不会什么委婉的方法，他原先想的是直接把人叫出来吃饭，可当他走到院外，透过门缝看见里边薄薄的火光，便又顿住了。

这个院子的门有些旧，门缝较宽，缝隙最大处约有两指。

透过那道缝隙，他看见了蹲在铁盆边上烧纸的陆青崖。

她身形单薄，风一吹就能倒了似的，夜色里，火光明明灭灭映在她的脸上，将道道水痕照得格外清楚。

顾终南想起一件事，她似乎还没满十八岁，也没什么大的经历，她还是个学生，这大概是她过的第一个没有父亲的年。

这下不好办了。

不能把人直接叫出来吃饭。

他想着想着，有些发愁。

顾终南拧着眉头走回自己屋子，这该怎么办？不然就当作什么都不知道，让她自己冷静一晚上算了？可就她那小身板儿，滴水未进的，能撑过一晚上吗？

正纠结着，他打开门，一个影子飞快蹿过来，顺着他的腿就爬到了他的怀里。

"哟，没睡？"

六儿的眼睛又大又亮，顾终南笑着捋了一把它的毛。

刚刚捋完，他的眼睛便亮了一下。

"有了！"

燃完了最后一张纸钱，铁盆里的火光渐小熄灭，陆青崖眼底那跳跃着的几许亮光也随之消失。她蹲在那儿许久，直至风吹扬了铁盆里的灰才想到该起身了。

可刚站起来就是眼前一黑，有那么一瞬间，她的意识被抽离出去，好在那一瞬很短，她很快稳住自己的身形，不至于真的晕倒在这院子里。

也就是刚刚站稳，陆青崖一愣抬头，忽然看见一个影子。

那是只猴儿，瘦瘦小小，动作却灵活得很。

只见它抱着香蕉、苹果，从墙上一跃而下，几步就跑到她的面前。

陆青崖没反应过来，表情一时有些呆滞，那猴儿也不会言语，他们就站在那儿大眼瞪小眼，相顾无言，对视了好一会儿。

接着，猴儿想起什么——

"你记住，这些等会儿都拿给那个院子里的人。"往前倒几刻，顾终南在院外不远处小声地叮嘱，"千万不能自己吃，你要吃，等会儿回来我再给你拿。"他说完，不放心地又比画着香蕉，做了个剥皮的动作，做完，又比了个禁止的动作，"记住，不能自己吃！"

猴儿歪歪脑袋，照着记忆里顾终南的动作，剥开了香蕉。

很快，它又想起那个禁止的动作，于是恋恋不舍，把剥开的香蕉扔在了地上。

陆青崖看着它这一连串的动作，却是越看越不解。

这猴儿是哪儿来的？它抱着这些水果来这里做什么？就为了丢给她看吗？

"小猴子。"她蹲下身，捡起香蕉递给满脸可惜的六儿，"怎么了？"

六儿听不懂，但它大概猜到了陆青崖的意思。

她把香蕉递给它，大概是让它吃的。犹豫了一小会儿，六儿先是吃了一小口，在接收到认可的眼神之后，终于放心大胆地吧唧吧唧吃了起来。可吃到一半，它又停住了，把手里剩下的苹果递过去，颇有些礼尚往来的味道。

陆青崖接过苹果，她其实没什么胃口，但对面的小猴子睁着大大的眼睛望着她，好像很希望她能咬上一口。

她笑得很轻，对着六儿晃了晃："谢谢。"

就着门缝往里瞧的顾终南终于放下了拍脑袋的手。

他眉头一挑，脸上的表情也从看见六儿扔香蕉时的懊恼顷刻变成了如今的得意。

哟，成了。

一夜，雪意清冷，月光疏淡。

次日徐风和畅，陆青崖醒来的第一件事就是找前一夜陪她许久的小猴子。她的记忆停在睡着之前的片刻，她记得，直到那时，那只猴儿都乖巧地蹲在一边看着她，灵性很很。

可她在顾家院子里逛了一圈，始终没看见那个小小的影子。

直到她遇见陈伯。

原是不抱希望的一问，却得到一个让人意外的答案。

"陆小姐问的是六儿吧？那是少将带回来的，说来，我今早起来想点个炮仗，正看见少将抱着六儿回屋。"他说着，停了停，"想来是六儿贪玩跑去了那个院子，被少将找到捉回来的。它毕竟只是个猴儿，不大通人性，如果打扰了陆小姐休息，还希望陆小姐不要和它计较。"

陆青崖怔了怔，连连摆手："不，它很懂事，没有打扰我。"

陈伯奇怪道："那陆小姐找它是……"

"没什么。"陆青崖一顿，"只是随便问问。"

"这样就好。"陈伯笑了笑，"那我先去准备粥点了。"

陆青崖颔首。

她看着陈伯离开，看着云层渐淡，看着旭日升起。

看向顾终南所在的那间屋子，她低了眼睛，很快又抬起来。

原来不是巧合，水果和猴儿都不是。

无声地念了一句他的名字，接着，她遥遥道："谢谢。"

"这是我加入学生联合会的申请，望批准。"

1.

这个年过得很快，也很冷清，十几天里，顾常青就回来了那么几次，每次都行色匆匆，连顿饭都来不及吃。而最后一次就在昨天，他回来拿箱子，说要到外地进行调查。

顾终南心有疑惑，什么事情这么紧急，连轴转了这么多天，还需要局长亲自去跑一趟？

他这么想，却没多问。

能进刑侦调查局的案子都不简单，大多涉及机密，他也不是小孩子，没那么强的好奇心，只是在顾常青临走之前说了一句"注意安全"，接着就开始晃晃荡荡打发时间。

太闲了。

顾终南叹了口气，比起从前，现在真是太闲了。

披着黑长大衣，脖子上挂着六儿，顾终南走在街上，得到了比平时更高的回头率。外头风冷,他想了想,把大衣扣上,将六儿包在了衣服里面,单手将它托着,抱孩子似的。

六儿的体温偏高,抱着暖和,顾终南低头望它,六儿对上这个眼神,把他抱得更紧了。

"现在知道黏着我了?她去学校你才知道黏着我,她在家的时候你怎么不来找我?"顾终南轻拍了它一下,"真是儿大不中留,白养了你这么多年。"

说来就气,自那夜之后,六儿得空就往陆青崖的院子里跑,几乎要在那儿住下了,也不知道它到底是谁的猴儿。顾终南每日都要去那儿把它提溜回来,早先觉得面子上过不去,他总背着陆青崖在院子外边蹲等抓猴儿。后来她发现了,他尴尬了一阵也就缓过来,之后会名正言顺进去坐坐,说几句话,然后再把那个毛团子带回屋里。

"老在外边跑,你要是丢了怎么办?嗯?有没有想过自己如果跑丢了怎么办?"

六儿听不懂,但大概能够感觉到顾终南心情不怎么好,它眨眨眼,用脑袋蹭了蹭他的下巴,撒了会儿娇。这是它所总结出来的经验,对付顾终南最合适了。

果不其然,顾终南撸了它的脑袋一把,没再说它没良心。

"那个墨块你送人了?花了那么多心思做了这么久,说送就送,你也够大方的。你怎么不给我也送一块?"

刚到营房门口,顾终南还没进去,就听见陈柯君的声音。他不清楚发生了什么事情,却大概能猜到,会让她因为对方送了别人东西就起这么大的反应,在她对面站着的八成是李四季。

"我……"

"行了行了，我就随便说说。"意识到自己之前火气过盛，陈柯君深呼吸了几口气，试图平复心情，但到底平复失败了。

李四季是个文化人，家里祖祖辈辈都是制墨为生，大抵是这个原因，他的身上常年都带着点墨香。陈柯君原先不了解这些东西，再精致的墨块在她眼里也和煤球没区别。什么炼烟蒸墨，什么锤打墨坯，什么轻胶十万杵，她从没想过做个墨块还有这么多工序。

想到这里，她赌气似的："我又不读书写字，墨块那种东西，你送了我也不会用。"

明明是要被磨掉的，他还那么用心地在墨块上雕了画，山峦重重，中有鹿影，别提多费功夫了，即便是陈柯君这个外行也忍不住被那工艺品一般的小东西吸引。

可就是花了那么多时间做出来的东西，他直接就送了人。

"这个年代了，还有人自己麻里麻烦用古法做墨块的，李四季，你真是个宝贝。"

分明她这是句醋话，却不料他半点儿没听出来，反而皱了皱眉。

李四季生得一副少年模样，眉目清冷却不淡漠，身形消瘦却不羸弱，给人的感觉如同寒天雪地里的松柏，积雪压身也不折傲骨。

他将眼镜往上推了一下："不能这么说。近些年来，东西文化冲撞厉害，年轻人都追逐摩登，西服洋装换了长袍高领，古法文化看起来的确都成了过时的玩意儿。但作为文化的载体，物质或非物质的文物都是一样的，保留不易、修复不易、传承不易，要失去却是轻而易举，而这古法制墨……"

陈柯君不懂这些，听了一番说教，她只觉得心口更闷了："这么宝贵，那你还随便送人？"

"不是随便,过几日是她的生辰,我想了许久才想到要送什么。"李四季微顿,"当年我去长津大学求学,中途李家徽墨厂经营不善,几近倒闭,我因此提交退学申请,是青崖知晓之后,组织学生会出资,才将它保了下来。"

青崖?

听到这个名字,门外的顾终南有那么一丝的疑惑,可他懒得多想,很快就把这丝疑惑抛去了脑后。

"当时她尚年幼,心力却比许多成人都强大,实在令人欣赏。她不只是我的朋友、我的知己,在某种意义上,也是我的恩人。况且,她虽为女子……"

陈柯君借题发挥打断他:"行了,什么叫虽为女子?女子怎么了?你……"

她其实知道他没那个意思,话说到一半,毒蛇信子又收了回去。

"你好好休息,我先走了。"

说完,她甩手转身,一脚把门踹开。

而顾终南连忙后退一步,险险躲开那扇差点儿砸上他脸的木门。

陈柯君斜眼朝顾终南一瞥,接着半步不停地走了过去,而顾终南摸摸鼻子,心道又不是我惹的你,对我摆脸色做什么?

看见门外的顾终南,李四季有些意外,却仍对他笑了笑:"少将来了。"

相对而言,顾终南望向李四季的表情显得有些尴尬,不愿意和人多说似的。可他想了想,还是把六儿从怀里拉出来塞给了李四季。

"你先帮我照顾着,我去找她。"

从暖和的衣服里一下子被扯出来,六儿有那么一瞬间的茫然,整个身子冷得激灵了一下。但很快，它抱紧了李四季，并且熟练地又钻进了他的衣服里。这一连串动作看得顾终南没忍住轻弹了下它的后脑勺。

"好好待着，我晚点儿来接你回家。"

说完，他和眼前人打了个招呼，转身就追出去。

2.

陈柯君走得很快，不一会儿就没了影子，可顾终南知道她会去哪儿。

营房建在近郊，位置偏僻，或许是周围人烟稀少的缘故，这儿时常有些野生的小动物乱窜，尤其是后边那座矮山。矮山里树木繁茂，野兔野鸡野鸟什么都有。

顾终南刚走到山边就听见了鸟铳的声音。这枪威力不大，至多也就打打巴掌大的小东西，但声音响得很，老远就能听见。

他朝着声音来源处走去，果然看见蹲在草丛里捡鸟的陈柯君。

"打鸟呢？"

陈柯君头也不回，扯着那只鸟把它的腿儿绑在绳子上就往前走。

顾终南背着手跟在她的身后吹口哨。他吹得不好，声音断断续续，一会儿有气一会儿没气，音也不在调上。

就这么跟了一会儿，陈柯君终于忍不住了。

她转身推他："起开。"

"这山又不是你家的，你让我走我就走？我偏不走！"

陈柯君满肚子的火气："要么起开，要么和我打一架。"

她是山匪出身，在进入军队、遵守纪律之前，几乎每天都在靠拳头过日子，一招一式都带着狠辣的匪气，没有多余的花架子，出手就是要把人揍趴下的。

顾终南轻咳两声："至于吗，不就是李四季送了人家一个礼物？那本来也不是做给你的，你没事儿为这个吃什么弹药呢？"

"我让你说话了吗？"

"那你不也没让我别说话吗？"

"闭嘴！"

顾终南识趣地安静了一会儿。

陈柯君见他不再回话，也不好再发作，于是瞪他一眼，发泄似的吐了口气继续往前走。

这会儿身后没有口哨声了，可顾终南开始踏起了步子，像是跺脚一样，一二一，一二一，极有规律又极重，一听就知道是故意的。

她懒得管他，停步蹲下，抬头瞄准，对着树枝上的麻雀就是一枪。在麻雀被打落的那一刻，她的身后传来了响亮的掌声。

几番下来，陈柯君几乎都要被他气笑了。

"你到底想怎么样？"

顾终南指了指自己的嘴，摇摇头，摊手，满脸无辜。

"行了，想说什么就说呗，什么时候我叫你闭嘴你就真闭了。"

"刚才不就真闭了吗？"顾终南上前几步，把那只麻雀捡起来，从她手里接过绳子，麻利地把鸟腿捆起来，完了和她确认道，"这可是你要我说的。"

陈柯君随意地点了个头。

顾终南定了定："我说，你要么别再这么追着人家了，李四季不喜欢你，你又不是看不出来。你也不是没人要，每天上赶着贴在人家那儿，何必呢？"

陈柯君翻个白眼就往前走："我改主意了，你还是闭嘴吧。"

"怎么，你就这么爱招人烦？"

"管得着吗你。"

她走了几步，背后的人都没动静。

陈柯君觉得奇怪，但也不在乎，反正顾终南在这儿也只会火上浇油，不跟上来更好。

然而，刚想到这儿，她便听见身后响起了脚步。他的步子极快，快得让她反应不过来。顾终南拉住她的动作很突然，她原先步子向前，被他扯得一个没走稳，差点儿摔一跤。

站稳之后，她刚想发火就被顾终南抢了先。

"你就不能不喜欢他吗？"他这句话说得急，声音却压在喉咙里，显得低沉。

比起莫名暴躁的顾终南，陈柯君反而平静下来。

"不能。"

她轻笑，把手从他的手里抽了出来。

"有些话说明白了没意思，所以大家心里懂了就行。"她拿衣袖细细擦着手里的鸟铳，声音轻飘飘又漫不经心，偏偏如风刀薄刃刮进他的心口，"你是一柄刀，而一柄刀要找的无论如何都不会是另一柄刀。顾终南，你需要的，从来都是刀鞘。"

这句话砸在了顾终南的身上，砸得他脑子一蒙，无论如何都回不过神。

"我什么脾气你也知道，很多时候，我就是奔着南墙去的，它挡我，我就把它拆了。我要往哪儿走是我自己的事情，也不是没有能劝得动我的人，只是那个人不会是你。"

他一时怔住："我……"

"行了。"她把鸟铳背好，打的那两只鸟却挂在了他的手上，"拿回去炒了吧。"

顾终南下意识追问："你去哪儿？"

"气也消得差不多了，当然是回去找小四季。"

背着他摆摆手，脑后的高马尾在她做动作的时候轻晃了晃。

陈柯君始终没有回头，也没多在意顾终南是何反应。

她只是按照自己的节奏走着自己的路，看上去不管不顾，好像什么都不会放在心上。

然而，下坡之后，陈柯君的步子渐渐慢下来。她想起李四季从前和她说的一句话。

他说，两个人能不能在一起，看命看运不由人，强求不来。她知道这是他的拒绝，只是当时揣着明白装糊涂，假装没把这句话放在心上过，但那次之后，她时不时会想起来。

她想，怎么就不由人了呢？

她会喜欢上他，从来不关什么命什么运的事儿，只因为她遇见了他。不论是在哪儿遇见的他，只要是陈柯君遇见了李四季，她一定都能喜欢上。

不是命也不是运，这分明只关人的事情。

陈柯君低了眼睛，恍惚间回到过去。

那时的世道比如今更乱，山匪横行，流民遍地。

山匪的名声不好，可不是所有山匪都不是好人，虽然少，但在面对外来侵略时，与军区同仇敌忾的寨子也还是存在的。

然而，那年大当家被人药死，寨子里变得混乱，大家不再讲究道义，开始像隔壁山头一样，到处搜刮，打家劫舍。她不愿看见寨子变成这样，试图争权重新整管，不料因此被人暗算，断了条腿。

不久，西北军区剿匪，她听见消息，想来投军，却被拦在了门外。

现在想想，当时局势敏感，他们对她防备和不信任也是合情合理。但她当年偏激，在接收到看门士兵鄙夷的眼神之后，她拖着伤腿，恨不得崩他一枪，回寨子里算了。

可就是这时，李四季背着医药箱走向她。

他注意到了她腿上的伤，问她伤处如何，问她来意如何，问完略作思虑便将她带进大厅，递给她一杯茶。那是个瓷杯子，里面的水很热，杯子捧在手上，能直直烫到心里。

接着，他对她轻笑："天气冷，暖暖手吧。"

那天其实很重要，是她生命里的转折。

可现在想想，对于那一天，她记得最清楚的，不是后来顾终南和她的谈话，而是李四季递来的那一杯热茶。

站在营房外，陈柯君顿住脚步，她忽然生出了错觉，错觉时间一瞬间凝成了个小点，而过去那一幕，也就在小点里重现。

当初顾终南没有立刻接受她的投军请求，只以合作为名，将她暂时收进军中。

谈妥之后，他像是好奇："你为什么一直握着这个空杯子？"

直到这时，她才发现自己居然一直握着那个杯子。

她若无其事地勾唇："不做什么，只是喜欢。"

"哈哈！"顾终南朗声道，"那不如你把它带走？"

闻言，她低头，看了眼手里的杯子。

轻笑一声，她回了句——

"好。"

3.

从营房回家之后，顾终南明显变得沉默了些，他在屋子里待了几天，实在闷了就在门口转个圈儿，别的地方哪儿也没去。

陈伯见他反常，担心地问了句，他却只是摆手："没什么，最近天冷，懒得动弹罢了。"

陈伯见问不出来，也就不再多话，只是晚饭时又问了一声六儿。

这次，顾终南停顿的时间比之前更长了些。

"六儿放在营房了，那儿有些远，雨天难跑，我再过些时日再去接它。"

陆青崖坐在一边，望他一眼。

即便她并没有那么了解顾终南，听见这句也还是觉得奇怪，这不像他会说的话。

他察觉到她的目光，扯出个笑："怎么了？"

陆青崖摇摇头："你今天一直在吃眼前这道菜。"

"嗯，这道烧得不错。"

那是一碟清炒芽白，如果她没有记错，顾终南前几日还和陈伯说过少买一些。陆青崖知道，他并不爱吃这个。

说完之后，顾终南也发现了这个问题，他略作停顿，放下筷子："我饱了，待会儿有事得出去一趟，你们慢吃。"

等他离开之后，陈伯摇头叹气："少将近日闷闷不乐，莫不是因为调度总指挥那件事？"

陆青崖闻言不语。

她不知道顾终南是怎么回事，但下意识觉得他不是会在乎这些的人。

吃完放下碗筷，陆青崖转向陈伯："我下午要去学校一趟，晚上不知道什么时候回来，不用给我留饭了。"

"陆小姐今天有课？今儿个不是礼拜日吗？"

"有些事情需要处理。"

"陆小姐早去早回，说来锅炉整日都在烧水，饭菜放在隔板上也不碍事。"陈伯笑得慈祥，额上和眼尾的皱纹很深，精神极好，只是背脊微微有些弯了，看上去略显老态。

陆青崖怔了怔，微笑点头。

她想起从前，父亲也是这样，不管她回家是早是晚，都要和她一同吃饭。她那时不大懂事，有一次和朋友出去踏青，回得晚，吃过了，到家看见桌上盖好的几碟菜，还埋怨道说过不必等她。

有些事情，当时只道是寻常，如今却再盼不见了。

外边飘着雾雨，或者说是飘着一些水汽，伞面都打不湿，只轻轻盖在上面，许久才凝成稍大一些的水珠。

这把伞是新做的，桐油味还没散，伞线用同色满穿，柄上吊着一个小坠子。

走到一半，陆青崖换了只手撑伞，她的指尖冻得通红，指甲盖几乎变成了紫色。这天儿真冷，她将手拢在唇边呵了口气，迈步进了教学楼。

教学楼里没风，比外边稍微暖和一些，陆青崖握着收好的伞，像是握着把剑，停在一间办公室门口，她轻敲了敲。

"请进。"

门内传出张副校长的声音。

"青崖来了？"

几乎是在门被推开的那一刻，张副校长同时站了起来。

陆青崖将伞靠着墙边放好。

"张叔叔今天叫我来是有什么急事吗？"

"是这么回事。"

张副校长依然是油头西装，一丝不苟，就连脸上的微笑都和平日里没有区别。可是陆青崖总觉得不对劲。

像是一种直觉，她觉得张副校长有什么地方和过去不一样了。

"近些时日，大家推选我为长津大学的新校长，通知大概下周就会发下去。"

张副校长尽可能保持着平稳，可语气里依然透出些藏不住的得意。这对于他而言的确是一件值得高兴的事情，但这样的口吻还是让她稍微有些不适。升任值得喜悦，可毕竟是师者，若是升任带来的喜悦感大过于升任带来的责任感，那么这味道就有些变了。

陆青崖平淡道："恭喜。"

"谢谢你的祝贺，可这校长的事情，是真多啊。"张副校长绕着弯子，"青崖，你知道吗？我最近接手了许多事情，也开了大大小小很多个会。老师们聚在一起，商量讨论，越看越觉得有一件事情不应当做。"

陆青崖不接话，她只是安安静静站在那儿，仿佛一个对什么都无所谓的听客，你讲或者不讲，都激不起她半分兴趣。

等了会儿，张副校长没有等到陆青崖接话，只得绕过去沏了一杯茶，借着这个动作缓了缓，又自己讲下去。

"青崖，如果我没有记错，华夏学生联合会应当是由你和另一位姓方的同学一起组织起来的，对吧？"

"华夏学生联合会是由全国十余所高校一同建立，长津大学只是当初推选出的总据点。而目前联合会组织的所有活动，都是由方主席负责管理，我负责协助，算不上是我们组织起来的。"

张副校长拍拍她的肩膀："青崖这就谦虚了嘛。我记得，当初你才是被推举出的主席，只不过方同学大你两届……"

"方主席实力非常，办事也更加果断。"陆青崖借着张副校长的停顿，插了一句，"副校长有什么事情吗？"

张副校长一滞，脸色有些不大好看："首先你也知道，我下周就要升任了。所以，你以后叫我，若不是叫叔叔，那便要叫我张校长。"

　　他走回自己的座位，坐下，端起茶杯。

　　那茶是刚沏的，掀开杯盖还冒着热气。

　　他吹了一口，声音极轻极慢，像是在说一件无关紧要的事情。

　　"还有，今天叫你过来，主要的事情，是学校出于学生安全问题的考虑，打算解散学生联合会。"

　　室内的温度和室外相差颇大，窗上被糊了雾气，越来越模糊。

　　那句话刚刚落下，陆青崖便没忍住："什么？"

　　"你们毕竟还是学生，许多事情考虑不周，就像上次游行途中生出的意外，这次是受伤，下次呢？如果有学生因为这样的活动丢了命怎么办？学生联合会有能力负责吗？"

　　"可是……"

　　原先端在手里的杯子被重重一搁，张乌酉扬了声音："青崖，这是通知，我不是来和你商量的。"

　　隔着办公桌，陆青崖和他对视。

　　她深深吸了口气。

　　张乌酉的理由看似有理有据，作为校方的确应该保护学生的安全，可保护学生安全和阻止学生做事是两个概念。如今国家混乱，有志青年纷纷集合，在各种领域尽着自己的一份力，在这样的环境里，没有哪个是绝对安全的。

　　更何况，身处乱世而不争，那才是真正把自己和国家都置身于危险当中，并且那样的险况恐怕会比如今更甚百倍。

　　陆青崖组织了言辞，将自己的想法说了出来，可张乌酉只是坐在那儿喝茶，一副没听见的样子。

她心底一冷，嘴上的话便硬了几分："张校长作为大学校长，还分不清如今局势吗？如若分不清，那么日子久了便难免遭人诟病；如若分得清，那么您强烈要求解散学生联合会这一点就很难解释了。毕竟您所给出的理由略显牵强，而实际目的谁知道呢？"

张乌酉一拍桌子："放肆！"

"如今内忧不论，但对外虎狼在侧，华夏在他们眼里便是块肉饼，谁都想来叼一口。若我们再不团结起来，采取措施，那么国家会如何？分崩离析，甚至不需外强过多费力……"

陆青崖的话音止在了茶杯破碎的声音上。

那茶杯碎在她的脚边，热茶溅在她的鞋面，水渍茶叶沾在她的长裙裙摆上。

陆青崖也不晓得自己是太激动还是太生气，她的手指微微发抖，却仍强作镇定。

"这个结果我不能接受，学生联合会不是小孩子过家家，我们曾经办成过许多事情。这也不是几个人的小团体，华夏学生联合会解散与否，不是一所大学、一两句话就能决定的。"

办公室里，气氛一时陷入僵持。

就在这时，门被轻叩了三声。

张乌酉整了下衣领："请进。"

门被人从外推开，有光从窗户洒进来，正好照在来人身上。

顾终南从那儿走来，带着抹笑，看起来漫不经心，身上却若有似无散发出上位者的威势，随着他一步步走近，张乌酉的气场也在渐渐变弱。直至顾终南停步，低头，睥去一眼。

那一眼很微妙，像极了猎鹰捕食时的目光。

他没同张乌酉打招呼，只是放了一份东西在办公桌上。

"这是我的入学申请。"

张乌酉不自觉松了口气，他拿起那份文件，刚想笑着说些什么，就被顾终南截断。

顾终南有意无意看了陆青崖一眼，接着，拿出另一份。

他把那份文件递给了陆青崖。

"还有，这是我加入学生联合会的申请。"

陆青崖一时失神，顾终南却大大咧咧笑了出来。

笑完，他像是觉得不够严谨，于是敛了笑意郑重其事地行了个军礼。

"望批准。"

4.

顾终南今年才二十一岁，长津大学里，比他年纪大的大有人在。

可陆青崖没想过顾终南会来这儿读书，即便他申请的只是旁听生的名额。

"旁听生"这一位置是当年陆元校长为一些勤奋好学却条件不足的学子特别设立的，要求降低了许多，学费仅为正常收取的三分之一。虽然旁听生得不到毕业证，只能拿一纸证明，说自己曾在这儿学习过，但接收到的知识与录取生无异，而这才是学习中最重要的一点。

坐在回程的汽车上，陆青崖对着手上空白的纸张有些好笑，这就是他所谓的"学生联合会申请书"，难怪方才他不让她打开看。

不过，谁能想到，顾终南只凭着这几张不知从哪儿捡来的草稿纸，就把张乌酉唬得一愣一愣，收回了限制学生联合会行动的决定呢？

陆青崖笑意清和："谢谢。"

顾终南打着方向盘。

他开车很稳，也很认真，表情却轻松。

"不用。"说完，他停顿了会儿，"那个张乌酉你最好提防着点儿，有人看见他从后门进出日本领事馆，并且不止一次。"

陆青崖本该意外的，但或许因为下午发生的那桩事情，这个意外反而让她觉得一切的怀疑和异常都说得通了。

"进出日本领事馆并不能说明什么，即便是我的人，也常要同那边打交道。但他最近的行为有些异常，局里正在调查，也顺着他这条线，查到了平都齐家。"

陆青崖拧眉："那个齐家？"

顾终南点头："那个齐家。"

平都临近东北，在东三省以南。如今东三省与苏俄贸易往来繁多，军事方面又有号称北虎将的郭景林将军坐镇，于是安和富裕，加之东北地广人稀，一时间，周围省份因为混战和灾荒受牵的民众大量拥向东三省。

然而，灾难中有一所宅子安然不倒，仿佛独立于乱世里，半分没有被波及。

那就是齐家。

齐家是平都本地的大家，论起历史，甚至能追溯到唐朝，而现任齐家家主在清朝时曾任都督，便是到了现在，大家也都尊称老爷子一声"门座"。

说来奇怪，平都和长津离得远，那张乌酉和齐家在明面上也扯不上关系，可偏偏最近张乌酉给齐老爷子打了通电话。那电话被监听过，没有什么异常，唯一的不对劲，就在于两个不该认识的人竟然如此熟稔。

的确，他们不该相识，可这与局势又有什么关系呢？

正当陆青崖为此不解之时，顾终南讥讽道："齐家曾经暗中招待过日本的仁和亲王，就在前年七月。齐家献上银钱与美女，在我们与日本打仗的时候，他们享乐三日，听说场面热闹快活，哄得仁和亲王很是开心。"

陆青崖大惊："什么？"

"我们得到消息时，那边已经把一切都处理妥当了，没留下一点儿证据。齐家根基深厚，国家动荡几番，他们却安然无事，如今打的大概是和从前一样明哲保身的主意。"

陆青崖听得愤怒，一时间失去了组织语言的能力："他们怎么可以这样？"

"怎么不可以？"顾终南笑着，眼神却越发冷了，"他们是贵族，是大家。别人的命，哪比得过他们口袋里的钱？"

天色一点点暗了下去，陆青崖的心也因为顾终南这句话而变沉，像是被蒙上了一块浸湿的棉布，她觉得自己有些呼吸不过来。

"不过——"顾终南话锋一转，"不过没什么，他们最怕的就是被人知道，而我们已经知道了。知道了就会有办法解决，不必担心。"

车子路过歌舞厅，店外霓虹灯乱闪，陆青崖被晃了眼睛。她揉一揉，再看顾终南，许是因为视线模糊，她看见他带着重影。

光影幢幢，那些重影最后合成一个人。

接着，他停下车，回头冲她笑。

"到了，回家吧。"

有些东西，是走是留，从来不由人

1.

天气晴了几天，傍晚却下起暴雨，近日积攒下来的暖意顷刻间被毁了个干净。

厨房里，陈伯将烧好的水倒进暖水壶，然后便如往常一样，把水壶放在桌上，打算出去。可大概是年纪大了，眼睛容易花，他把水壶搁得太靠外，待他转身离开之际，衣角碰倒了暖水壶，接着就是"啪"的一声。

陈伯回头，冒着白气的热水洒了一地，水里全是碎片。

就是这一天，顾终南接了个电话。

西北军区曾有七支精锐部队，里边个个都是老兵，每个人身上都有数不清的伤疤，每个人都背着军功章。然而军区调动，总区抽了三支分离出去。

顾终南原先觉得可惜，但转念一想，其实也没差什么，大家依然在为了一个目标奋斗着，只是换个地方，于是便释然了一半。剩下一半释然不了，也只是因为感情。

然而他没有想到，所谓的调动只是幌子，调离的三支部队被拆开，大家被分到了不同的地方。有的成了散兵，有的成了保安，有的心灰意冷，干脆回了老家当木匠。

或许可以这么说，他的部队被解散了。

同时，顾终南知道了其中一个兄弟的死讯。

战场上每个人都是英雄，可那位英雄没死在战场上，而是死在了一桩非常小的市井纠纷里。听说是在街头，一个醉汉闹事，他手里舞着碎了一半的洋酒瓶，见人就砸，那位兄弟想去制止，却在争斗中被碎玻璃刺进了太阳穴，当场死亡。

这两件事，陆青崖是后来才知道的，当时没怎么听说消息，只晓得顾终南挂了电话即刻离开，他走时眼睛血红，参加完兄弟的葬礼也没有回长津。

没有人知道他去了哪里，顾终南就这么消失了。

学校里有老师向陆青崖问起这位刚刚入学就旷课的顾少将，可她什么都不清楚，只是说了些好话，替他去办了请假手续。

长津大学里的老教师很多，有一个在五年前教过顾终南。到了现在，提起他，那位老师依然忍不住叹气，说顾少将或许真的不是个读书的料子。

今日初五，恰是惊蛰。

陆青崖拿起日历翻了几页，随口问了句：“顾少将离开多久了？”

陈伯放下抹布，想了想：“少将是廿四号走的，算一算，有十天了。”

十天。

"他原先是不是说廿八号回来？"

"对。"陈伯道，"少将到地方后打过电话，说廿八号左右回来，最迟不会超过初一。初二是龙头节，少将打算那天去营房和兄弟们出去剃个头。"

屋外春雷阵阵，雷声炸耳，最近的仿佛就落在屋外，打得人心发慌。

顾终南说最迟初一会回，可今日已经初五了，期间他没打过一个电话，就这么和他们失去了联系。若是放在从前，他无故消失必定是大新闻，可最近谁都晓得他"赋闲在家"，于是对他的关注也就少了许多。

按理说，无故消失这么多天，已经可以报案了，可顾终南身份特殊，万一背后有什么牵扯，消息泄露出去，谁也负不起这个责。

陆青崖若有所思，拿着日历又看两眼。

她定了定神，给李四季拨了电话。原先是想问顾终南，她以为他应当比她清楚，却不料他比她更意外。

"什么，少将也失踪了？"

"也？"陆青崖意识到什么，"什么叫也失踪了？"

李四季倒吸口凉气，压低了声音。

"前几天顾局长去外面调查，本来下午就该到地方，可直至次日都没见着人。"

"顾局长是什么时候离开的？"

李四季的声音更低了些："顾局长是廿九号走的，失去行踪，大概在初一。"

"初一……"

又是初一，初一到底发生了什么？

还不等她多想，那边陈伯听见门外有响动，撑着伞就跑了过去。那响动很轻，像是孩子无聊时的恶作剧，没规律地在拍门，没拍多久就停下了。

　　"少将，是少将！"

　　不远处传来陈伯的呼声，带着些许颤意和慌乱。

　　陆青崖听得一愣，生出些不好的预感。她放了电话立刻跑出去，只看见院门口的泥水坑几乎被染成了血水坑。坑里趴着个人，他的衣服已经辨不出颜色了，身上全是污秽，头发也结得一缕一缕的，看上去十分狼狈。

　　"顾终南？"

　　地上的人几近昏迷，仿佛回到这儿已经用尽了他所有的力气。陈伯的伞早就丢在一边，他勉强把人扶了起来，陆青崖也连忙跑去想搭一把手，可她刚刚到顾终南身边就是一阵心惊。

　　顾终南的脸上凝着大大小小许多血块，从眉尾到耳边的伤口也结了疤，算起来不过短短几天，可他已经瘦成了皮包骨的模样，脸色也接近青紫。

　　她费力地将他的手搭在自己肩上，和陈伯一步一步把他搀进屋里，放他躺在床上。她抹了把脸，又用袖子抹了把被雨迷住的眼睛，她的手脚冰凉，脑子里也因为一时涌进了太多东西而变得无法思考。

　　陈伯慌忙往外走："我……我去找医生！"

　　说完，他快步跑了出去。

　　陆青崖不自觉长出口气，这才发现，自己竟然被惊得从方才屏息到现在。她心悸得厉害，正想去拿毛巾和干衣服给顾终南整理一下，就听见不远处有什么声音。

　　顺着声音走到电话机前，陆青崖拿起听筒的手忍不住地颤抖。

　　原来她之前着急，没挂电话就跑了出去。

　　"喂？"

"怎么了？是少将回来了吗？少将发生了什么？"电话另一边，李四季着急询问。

陆青崖做了几个深呼吸，勉强稳住了声音："他的情况不大好，可能需要你们过来。"

2.

顾终南受了许多伤。他的身上大部分是棍棒的痕迹，背后是大面积的烧伤，腿上有个枪口子，每一处都凝着血块，叫人触目惊心。

陆青崖握着热毛巾，一点一点把他的衣服剥开，剥一块就要拿毛巾擦一下。不久，毛巾上便被染红了，而空气里的血腥味也越来越重。他的衣服和伤口已经粘在了一起，现在这么撕开，那口子暴露出来，是血肉模糊的一片。

她闭了闭眼，强行把背上的寒意压下去，动作也越发仔细小心。可昏迷中的人并不安稳，他像是梦见了什么，挣扎着往侧边大动作地一翻——

"啊！"

陆青崖被惊得心脏发紧，她拽着手上一块布料，赶忙拿毛巾按在他的伤处止血。那里被生生扯下来一块皮，许是疼得很了，顾终南牙齿咬得死紧，脸上的青筋都暴出来。

这时，门外传来一阵刺耳的刹车声，轮胎在地面滑了一阵才停下来，足以证明那司机把车开得多快。

"青崖！"

门外的声音是李四季的，陆青崖有些意外，营房路远，她没想到他会来得这么快。

正想放了毛巾去开门，她就听见门外多了个女声："还叫什么，自己开呗！"

话音刚落，那门就被一脚端开了。

陆青崖走到屋门口，恰好看见门锁落在地上，而那个女子一手提着医药箱，一手拽着李四季，踩着皮靴便走进来。

陈柯君望见拿着沾血的毛巾愣怔望着自己的陆青崖也没多大反应，只一声"在那儿"，便继续拽着李四季走过去。她的步子迈得又大又快，走得也急，暴雨骤然落下，可她从门口到屋里也不过就湿了个头发。

"嘶……"看清了顾终南的模样，陈柯君倒吸一口凉气，转向陆青崖，"他回来时说过什么吗？"

"没有。"陆青崖摇头，"他在门口就昏了过去。"

陈柯君若有所思，很快又定神道："小四季，你在这儿待着，我去门口看看情况。"说完，她转头与陆青崖道，"看这样……或许不太方便，你和我一起出来吧。"

陆青崖点点头，跟在她的身后走出去。不过停步关了个门，陈柯君已经蹲在门口看了起来。木门较低处有血印子，门前楼梯上也留有血痕，再往外看去便没有什么了，这雨下得太大，足够冲刷掉他留下的痕迹。

暴雨里，陈伯带着医生终于赶到。今日不巧，那医生没有开诊，陈伯是跑了很远去的医生家里把人请来的，没想到刚刚到这儿就听见里边有医生了，他只得道着歉又把人送回去。

其间，陈柯君始终蹲在那儿，没怎么理会他们。陆青崖不知道她在找什么，只看见她皱着眉，神情严肃，直到她朝着某个地方伸手，抹下来一块泥。

那泥是红色的，只有一小块，和血迹混在一起，叫人分不出来有什么特别的地方。

她想到什么，快步往里走，也不敲门，直接推了就进去。那边李四季拿着剪刀正全神贯注处理顾终南的衣物，可他一惊之下也不手抖，只是眨了眨眼，习惯了似的，微顿之后继续自己的动作。

陆青崖跟在陈柯君身后，看她拿起顾终南的鞋子，又凑上去看了他的裤腿和衣角。确定之后，她长舒口气。

"你发现了什么？"陆青崖问。

陈柯君望向陆青崖："还不算发现，只是先前的怀疑被排除了一部分。这附近都是黄泥地，他去的地方离这儿也不远，沾不上红土。"

"从长津往北有一段路是红土地，距离安河不远，是顾局长的路线。"李四季放下剪刀又拿起纱布，他手上动作未停。

陈柯君接口道："我去那边看看。"

说完，她转身就走，半点儿不迟疑。

陆青崖插不上话也不懂什么，只是站在这儿，等陈柯君离开之后，才问一句："我能做什么吗？"

李四季动作麻利地给顾终南缠上绷带。

"先回屋吧，把衣服换一换，你身子不好，被雨淋了容易生病。换完了去熬点儿粥，先把米打细些，熬得稀一点，少将醒来或许需要。"

"好。"

陆青崖应完之后，又看了顾终南一眼。

他虽然昏迷不醒，却依然紧皱着眉头，牙齿始终紧咬，像是在忍耐着什么。

3.

周围是一片浓黑，顾终南一步一个踉跄地往前走，像是踩在云上，脚下虚软，走不踏实。

这里太黑了，黑得他几乎不知道自己有没有睁开眼睛。费力地做了几个眨眼的动作，他环顾四周，想找到出路，可哪儿都是一样的，他什么也看不见。

忽然，耳边传来了电话铃声。

像是被某种力量操控着，他随手一抓，接起电话。

电话那边是一个陌生的声音。

"顾终南？"

"你是谁？"

那人并不回答，只是机械似的讲："顾局长在去安河的路上出了岔子，现在被关在清水镇 33 号的阁楼上，处境不大好，少将不去看看吗？"

顾终南的身边依然是一片漆黑："你在说什么，你到底是谁，你怎么知道的？"

"看守顾局长的是青帮的人，顾少将应该没听说过，那就是一群不成气候的小地痞，仿照着大帮派自己这么叫的一个名号。他们手上没什么东西，但多数是流亡来的，打起架来个个都不要命，少将要去，还是小心为上。"

"我凭什么信你？"

"信不信的，你给顾局长的人打个电话，问问顾局长的行踪，不就行了？"那人不紧不慢，"少将不是傻子，求证过后自然就知道了。"

"你……"顾终南没来得及再问，对面那人直接挂了电话。

而他如那人所言联系了许多人，却没有一个知道顾常青如今在哪儿。

顾终南情急将地方报了出来叫人去找，可刚刚挂了电话，那人便又打来一个。

"少将还是不要冲动为好，他们现在可换位置了。现在的顾局长在安村边上一个仓库里，那里有一片树林，你沿着立着'安村'石牌的口子进去，直走到尽头就能看见。"

说完，那人再次挂了电话。

而周遭的浓黑也在这一刻消散干净。

当顾终南再次看见东西时，他看到的是一处仓库。仓库藏匿在树林里，位置隐蔽，他平复着自己的气息，大概是跑得太久，他喘得厉害，肺都要炸了。

这里不好找，可他一路走来，有人领路似的，以至于他来得很快。

找到这里不难，混进去也不难，一切都很简单，简单到像是个陷阱。

又或者，这就是个陷阱。

画面再一转，顾终南被绑在了仓库里的柱子上，而隔壁那根柱子绑着的是顾常青。

当时夜色很深，他是被疼醒的，眼睛被血迷了却擦不到，所以看东西总有些模糊不清。不远处的桌子上歪倒着几个看管的人，顾常青以一种扭曲的姿势半跪在地上，他不晓得被关了几天，此时形容狼狈，只是面上一丝惊慌也没有，反而比平日更加冷静沉着些。

"现在应该是三点左右，凌晨三点到三点半他们要换班，刚才有车开走，再过半小时不到，就会有新的一批人过来。"

顾常青不知什么时候解开了绑住自己的绳子，他挪动到顾终南身边："我的腿受伤了，绑在一起走不远，等会儿分头行动。这里有前后两扇门和一扇暗门，我走暗门。"他指了一下黑暗中的某个地方。

那儿立着块木板，顾终南看不见暗门，正想问一句，就听见顾常青继续道："你先拿着刀片，把那些人抹了。后门钥匙在那个蓝衣服身上，摸出来。"

顾终南便没再开口，只是接过刀片，强撑着走过去，挨个割了那些人的喉咙，又摸出了后门钥匙。

本来，按照顾常青的推算，他们是有行动时间的，可这时，外边传来车声。较之以前，今夜，那些人提早了许多回来。

脚步声越来越近。

"看见边上那排油桶了吗？"

"把油桶打开，扶我去暗门那儿。我记得你总是随身带着只火机，等他们进来，把地上的油给点了。"

当顾常青的话说到这儿，顾终南已经将油桶倒了一地，也把他扶到了木板处，手中的钥匙插进了后门门锁，轻轻一旋便将门打开。而那伙人也在前门处，准备开门。

"就是现在。"

顾常青将木板推开，那边有木架子，顾终南看不见他的情况，只是听见他声音有些闷，预料着他已经进了暗门，于是掏出火机打燃一甩。

火星舔上油桶，顷刻间烧出了一片火海，在顾终南从后门逃出的同时，他听见了身后的爆炸声。

分明是很响的一声，可他被扑出来的火浪波及，整个人往前一摔，在倒地的瞬间，他失去意识，什么都听不到了。

像是躺了许久，又或许只躺了几分钟，当顾终南再醒过来，仓库已经塌了，周围来了许多被爆炸声吸引过来的村民。

而他从草丛里爬起来，拉住一个人问，仓库倒塌了，那暗门呢？暗门那边的情况怎么样？那个人先是满脸惊恐地望着这个突然出现的人，接着那个人告诉他，这仓库没有暗门。

大概是这个世界的问题，他的眼前天旋地转，眼睛好像因为这个忽然坏了，看东西一阵清楚一阵模糊。

顾终南朝着仓库走几步，却被绊倒在了泥地里。

他看见了那些人，听见了枪声，看到村民们惊慌四窜。

有那么一瞬间，他想去和他们拼了，却偏偏听见一个声音，是顾常青的，顾常青叫他走。那个声音虚虚实实，像是从远处飘来的，幻听一般，却成了他那时的支柱。

在这之后，顾终南的世界再次陷入浓黑里。

4.

按照李四季的诊断，顾终南应该是体力透支加上失血过多引发的昏迷。顾终南的伤势的确严重，可他不是常人。他在战场上摸爬滚打许久，比这更严重的伤都受过，他不该这么久还不睁开眼睛。

"刚才来了一通电话，是前天来过的那位小姐，她找你有事情。"

李四季从顾终南的床前离开："你先照顾着他，我去接电话，万一少将醒了，立刻过来叫我。"

"嗯。"陆青崖接过李四季的位置，坐在了顾终南床边。

榻上的人睡得不安稳，却也不肯醒来，嘴里念叨着什么，声音很小，语速又快，陆青崖即便附耳过去也听不清楚。

而另一边的李四季也接到一个消息。

"我们找到顾局长了。"电话另一头，陈柯君的声音低沉，"但不是什么好消息，我们找到的是尸骨。"

"什么？"

"现在看来是仓库爆炸引起的火灾，具体情况我们还在调查，顾局长被困在倒塌处构成的三角区下边，那东西正好为他挡住了冲来的火焰。目前看来，顾局长是窒息而亡的，因此尸体还算完好，只是……"

陈柯君犹豫了一会儿："只是，顾局长在死前被人砸断了双腿。我想，或许是因为这样，局长才没能逃得出去。"

"砸断了双腿？"李四季有些难以置信，"这是谁干的？"

"现在看来，是一个自称青帮的小团体，不成什么气候，平日里绑架抢劫之类的事情做得不少，最近也查到有人找他们买凶杀人。那个爆炸的仓库像是他们的据点，外边死了许多青帮的人。可是很奇怪，在我们到来之前，那个青帮几乎在一夜之间被灭干净了，半点儿线索都没留下，调查局正在查这件事情。"

李四季沉默片刻："所以这件事有幕后主使人？可如果那个人那么厉害，能在一夜灭掉一个团体，为什么他还要买通青帮？"

"不知道。"陈柯君还想说些什么，最后却只叹口气，"少将还好吗？"

"少将……"

李四季正想说顾终南还没醒，身后就传来了一阵急促的脚步声。

陆青崖小跑着过来，看起来有些激动："他醒了！"

等他们再赶回房间，顾终南已经下了床，坐在了桌子边上。

他醒来的第一件事就是找东西吃，房间里只放了茶水和水果，他便给自己狠狠灌了口水，拿着苹果就啃。他咀嚼的力度很大，大得脸上的伤口都绷开渗血。

"你干什么？"李四季冲过去扯住他的手，"你现在只能喝粥，不然胃哪里受得了？"

顾终南的头发有些长了，已经过了眉毛，稍稍遮住眼睛。在他抬起头的那一瞬间，陆青崖望见他的模样，下意识便屏住了呼吸，怀疑眼前的这个人根本不是顾终南。他几乎瘦脱相了，脸色苍白，眼圈发青，脸上的伤处流着血，整个人看上去很是阴兀。

"粥呢？"他开口，声音沙哑。

"我去拿。"

陆青崖说完，连忙跑出去。

粥在厨房里的蒸笼上放着，因为不知道顾终南什么时候会醒，所以那儿总热着碗粥。那粥碗有些烫，陆青崖即便隔着抹布端过来，也还是被烫得指尖发红。

顾终南却毫无感觉似的，拿起勺子就喝。

李四季再次把他拦下来："少将！"

顾终南抬了抬眼睛，忽然笑了。

"怎么，我记得以前在军营，伤员起来吃不了东西，你们是很着急的。我现在吃得这么好，你不该欣慰吗？"他的气息不稳，说话断断续续，嗓子像是坏了，干涩得不成样子。

"你……"

李四季一时语塞。

顾终南见状，拿起勺子又开始喝粥。

眼见拦不住，李四季只能加一句："你要喝可以，喝慢点儿。"

可顾终南并不理会，他端起碗，将粥一口喝了个干净。滚烫的热粥直接流进食管，顾终南自虐似的咬破了嘴里刚起的泡，他咬得重了点，皱眉，偏头吐出一口血沫。这个动作牵动了眉毛边上的刀伤，那儿的血还没止住多久，现在又扯开了一点。

顾终南的身子晃了晃，李四季连忙扶住他："你到底怎么了？"

"我怎么了？"

顾终南一时间有些茫然，但很快又恢复清明。

"我没怎么，你是医生，你应该能看出来我的情况。"他站起身，脚下不稳，差点儿往后倒去，但他反应极快扶住桌子，"喏，精神状态正常，伤势恢复良好,非常配合治疗。"

李四季与陆青崖对视一眼,同时在对方的眼里看见了担心。

顾终南的反应不大正常。

"你们什么表情?怎么,我醒来了让你们困扰吗?还是我不该吃东西?"

顾终南的目光从李四季转到陆青崖,又从陆青崖转到听见声音赶到门口的陈伯身上。

"做什么这样看我?"顾终南歪一歪头,"我是怪物吗?我不该出现在这儿?"

他的目光时聚时散,一时凝神望着眼前的人,一时又没有焦点四处飘移,整个人都虚着,像是因为找不到情绪的宣泄口,拼命在压抑什么。

"少将……"

"顾终南?"

顾终南环顾一圈,这儿是他的房间,往外边走一会儿,左拐就是顾常青的书房。他还记得,小时候他爸在那儿处理公事,他曾经过去捣乱,弄混了一堆文件,因此被打了一顿。

那是几岁来着,六岁还是七岁?

"少将,你现在状态不稳定,还是回去躺着休息……"李四季说着就要把他扶回去。

然而,先前还算平静的顾终南猛地挥开李四季伸来的手,大吼:"滚开!"

趁着身边人在震惊中回不过神,顾终南径直便冲出门去!他的脚步踉跄,却偏生走得极快,刚到走廊上就摔了一跤。

"顾终南!"

陆青崖连忙跑上前去想扶住他，却被他反手挥开，她着急没有防备，因此一个不稳就摔在了他的身边。她落地前下意识用手撑地，却不留心按在他的伤腿上。他闷哼一声，包扎处渗出的血染红了她的手掌。

可他半分也不理会，只是咬牙站起身来继续往外走。

"够了！"

李四季扶起陆青崖，接着扯住顾终南的胳膊。

"什么够了？"

顾终南想挣开，可李四季抓得很紧，没让他得逞。

顾终南舔了舔后槽牙，眯着眼睛，另一只手一拳就往李四季的肚子上招呼去。

他虽然刚刚醒来，身上也带着伤，但这拳头出手狠辣，几乎是用上了他全身的力气。

打完之后，顾终南失力倒在地上，而李四季捂着肚子弯下腰去，疼出了满身冷汗。

这一次，顾终南没能再站起来。

他躺在那儿，挣扎着翻了个身，仰面眺向远处天空，仿佛透过它看见了其他的东西。

看着看着，他的眼睛一红，喉头也哽了几下。

陈伯手足无措，二十一年间，他从未见过顾终南这个样子。

愣了半晌，他憋出一句："少将还是保重身体为好，不管发生了什么都能过去啊！您这样作践自己，局长知道了又该……"

"局长？"顾终南的声音比之前更加低哑，他咳了几声，"我爸？"

冷风丝丝缠绕，围在他的身边，包成了个茧。

谁也进不来，谁也出不去。

顾终南抬手搭在眼上。

"他不会知道了。"

陈伯一滞："什么？"

"他不会知道了。我爸死了，你知道吗，他不在了。"

顾终南胸口的起伏越来越大，他被困在茧里，喘不过气，他也想挣扎，却没有了力气。

"你知道他是怎么死的吗？是我，是我点的火……点完之后，仓库爆炸了，你见过爆炸吗？"他的情绪越来越激动，"你见过吗？"

李四季见状不妙，立刻扶墙过去。

顾终南半撑着身子坐起来："是我害死了我爸，是我！我点的火，我逃出来了，可是……"

随着一记手刀，顾终南安静下来。

风停了，天上的云却仍在动。

有些东西，是走是留，从来不由人。

人都是很爱看热闹的。

比起门内突然凝固的气氛，门外几个因为听见声音而驻足的过路人却没什么感触，他们只是惊奇。他们在面面相觑的同时，也在彼此的脸上看见了震惊，可那份震惊，不久之后就演变成知道了一桩大新闻的兴奋。

别人的事情，好或不好，只要闹得大些，都是热闹，是业余时间的谈资。

哪怕一无所有，顾终南依然是顾终南

1.

长津城南有一座宅子，这里离市区不远，却不似市区吵闹。宅边不远处有一条小溪，溪水清澈，每到夏天就会有孩子跑来溪边游玩。顾终南小时候就是在这里长大的。

这是顾家祖宅。

先是刑侦调查局的首任局长顾常青，再是国军史上最年轻的少将顾终南，如今，大家提起顾家，只知道这两个人，几乎没有人再记得，长津顾家曾经也是个大家。这个家族从清初至今，有着两百二十余年的历史，根基深厚，也曾繁盛一时。

只是后来世道乱了，顾家内部生出许多分歧。

有人求自保，便如现下族内三老爷一派；有人心系家国，便如顾家前任及现任家主；还有一部分人，他们表面不动声色，暗地里却动了许多心思。

俗话说瘦死的骆驼比马大，顾家即便没落了，比起一些刚刚兴起的小家族，在许多方面也还是更有优势。那一部分人极其短视，看不见战火也不关心局势，他们满脑子想夺权争家产，抓住一切机会为自己牟利。

族内分崩离析，前任家主志大才疏、独木难支，临终之际将家主之任传给了长子顾常青。也就是在接下家主之位的那年，顾常青和族内产生了分歧。乱世，家族里大多数人希望明哲保身、静观其变，不率先参与争斗，但他觉得有些事情是该做的。

因此，顾常青在很长一段时间里，都和顾家保持着一种很微妙的关系。

他渐渐与顾家分离，投身于家国，手上却仍握着家主之位不放。在必要的时候，他也会利用"顾家"的招牌打开局面，以至于当初，许多人都以为这是顾家对于如今局势的公开表态。

这给顾家争了许多益处，也给顾家惹了许多麻烦。

在享受益处的时候，大家都睁一只眼闭一只眼，没有人说什么。可如今不一样了。如今局势有变，大家便不约而同都想起了那些麻烦。

也是因为这样，今日，大家在这儿聚得格外齐些。

主座是家主的位置，即便家主不在，那儿也不该坐人，这是规矩。

可满堂茶香里，一位老者掸了掸衣摆，在众人面前坐上主座，没有人提出异议，即便有些弄不清情况的分支没忍住往那儿看了两眼，也很快低下头去。

"都到齐了？"

三老爷头发花白却不显老态，看上去身体硬朗、精神矍铄，他内里着件长衫，外边罩着马褂，穿得斯文，眼底却透出几分生意场里浸染出的精明算计。

"没有没来的吧？"

离得近的座位上，一个油头胖子眯着眼笑："三爷，都到了。"

三老爷环顾一周，看上去颇为满意。

可较远些的位置上，一个中年男人皱了皱眉。这中年男人看上去瘦弱可欺，从里到外都透着一股子怯意，眼睛倒是干净，气质亦然清正，叫人觉得很舒服。

这次给他们传消息的人说是有家族大事、会议十分重要，故而将他们这些常年在外地居住的分支都叫了回来。可现在一看，家主顾常青不在不说，就连少家主顾终南也不在，这是怎么回事？

他借着端茶的动作偷瞄一眼，心说，这三老爷还坐上了主位，怎么，顾家变天了？在他们不知道的时候？

"近日长津城内的传闻，想必大家都晓得，我也就不多说了。"三老爷咂一口茶，面带遗憾，"我并不愿意相信这个消息，可前几日，派出去打探的人来了回报。"

他面色沉沉："那桩传闻百分之八十是真的。据报社说，报道已经写好了，常青的死讯明日便会发出来，而既然传言是真的，那么顾终南也便没有资格再担任家主之位。"

或许是信息量太大，那中年男人有些震惊，脱口便问了句："是什么传言？"

一时间，大家纷纷转头望他。

离中年男人最近的那个附耳过去，悄声说了些什么，中年男人的眼睛于是睁得更大了些。

众人见状，晓得他明白了事情如何，便也不再看他。

可中年男人依旧疑惑，他压低声音："这是真的？"

"谁知道呢，都这么说。"

"哪儿来的消息？"

"不晓得，说法多的是，还有人说是顾终南自己承认的。"

"不该啊，终南怎么可能杀死……若是真的，警局怎么会毫无动静？"

"动静？警局？"那人扯了扯嘴角，"顾终南可是西北军区调度总指挥，谁知道他有多少门路？再说了，这事儿又没证据，甭管外边怎么说，只要审讯时他打死不认，谁能怎么着他？"

"没证据？没证据就这么定论了？这怎么……"

"别怎么怎么了，这也不关咱们的事儿，三老爷讲话呢，细听着吧。"

那人说完就转过去，再不理他，中年男人也只有压住自己的疑惑，安静听下来。

主座上，三老爷摩挲着手上的扳指。

"虽说常青的死因疑点诸多，但停了这么多天也不像回事，死者为大，还需入土为安。"三老爷说，"昨夜我们联系了警局，将常青的尸体请了回来，葬礼定于三日之后。"

说到这儿，他顿了顿。

"一族不可无主，可先前的少家主……"

话说到这儿，在座哪里还有不明白的。

距离最近的油头胖子笑得狗腿："三老爷说的是，顾终南那儿扯不清楚，这件事儿还不知道要查多久，但这族里可不能没了家主！现下新立无人，不如，三老爷……"

"这……"分明是摆上了明面，谁都晓得这人心底的打算，可他还是装着一派犹豫，沉吟半晌，才问一句，"各位认为呢？"

座下人面面相觑，不一会儿，却接连赞同起来：

"三老爷德高望重。"

"合该如此啊!"

"便请三老爷暂代家主一位!"

三老爷眼睛转了一圈,笑了笑承下。

"既然如此,我也便不再推脱了。"他说,"我这老头子也管不了几年,这家主之位,我便暂代一时。等事情过去,我们再着重商量吧。"

油头胖子谄媚道:"既然如此,那三老爷预备何时筹办家主大典?"

"暂代而已,举行大典岂不是成了笑话。"三老爷摆摆手。

"话可不是这么说,这全族上下,哪里选得出比三老爷更适合这个位置的?再讲了,这即便是暂代,那也是家主啊,总不能没个表示不是?"

这话里漏洞极多,道理也是歪的,可满堂没一个人反驳插话,反而都是应和奉承。

"既然如此,我也不好推辞了。"三老爷笑着,"但大典还是不妥,只是作为家族内部的事情,咱们便自个儿关着门,吃个饭吧。"

"三老爷打算在哪天办?"

屋外又刮起了风。风声低哑,仿若一个垂垂暮年的老人在做着最后的控诉。

但大堂门窗紧闭,即便外边风雨再盛,也影响不到堂内。

"大家伙儿来齐一趟不容易,尤其是离得远的,家中的事情也不好丢得太久。那么,便在处理完常青葬礼事宜,六日后的晚上吧。"

2.

从暖阳高照到风雨飘摇,最近的天儿总是在变,没个定的。然而,不论外边再怎么变,顾终南始终都是一个样子——阴沉,寡言,偏激得厉害。

他见什么都不顺眼,每句话都夹枪带棍,给人感觉像是拿着枪站在一道门里，日日夜夜，他偏执地在门前守着，把所有人都看作敌人，把所有人都拒之门外，不让任何一个人靠近。

看起来像是不愿面对别人，可陆青崖想，事实上，他最不愿面对的那个，恐怕是他自己。

撑着伞，抱着六儿，陆青崖从外边回来，刚到顾家就看见一个人开门往外走。那是个中年男人，头发梳得整齐，穿着西装三件套，看上去又瘦又怯，走路都弓着背。

最近来顾家的人很多，各种各样，什么人都有。正因如此，顾家门前多了士兵轮流值守，他们查得很严，能进去的没有几个。

陆青崖和中年男人打了个照面，轻一颔首，没多交流便进去了。倒是中年男人走了几步后停下来，回头看她一眼，不知道在想些什么。

六儿在回来的路上睡着了，此时正窝在陆青崖的怀里，它的脑袋一蹭一蹭，环着她脖子的手更紧了些。它被放在营房很久了，那地方偏，人也都是它熟悉的，这些天里它玩得很野，陆青崖原先还担心它不愿回来。

她摸了摸六儿的头。

好在是带回来了。

收了伞放在一边，她往顾终南所在的屋子望了一眼。

人他不愿意接触，但六儿或许可以。

说起来，这个方法，她还是因为顾终南才想到的。曾经的那个晚上，他也是这样，让六儿去她的院子，给她送了一只苹果。

思及此，陆青崖抿了抿唇，带出个很浅的笑。

只是现在六儿睡着了，要抱它过去，得再等一天。陆青崖把六儿放进被子里裹好，看它孩子似的翻个身，她为它掖了被角，准备去拿些水果回来，等六儿醒了给它吃。

可是，她刚走不远，就听见隔壁传来东西破碎的声音。

是顾终南的房间传来的。

陆青崖心底一紧，立刻赶去。

"滚。"

刚到门口，她便被一个字喝停了脚步。

屋里一片狼藉，茶具被扫到了地上。而顾终南就这么坐在碎瓷里，手上有几道被划破的口子。那口子很深，血流了一小股在地砖上，染红了他的衣摆。

顾终南抬头，极慢极缓："你还在这儿做什么，我不是说了吗，滚。"

他的模样有些吓人，脸色铁青，眼圈和面颊深陷，眼睛里满是血丝。

陆青崖一滞，竟真的转身就往外跑。

顾终南动也不动，继续坐在那儿。

他往后一靠，背后的椅子有些硌人，直接抵在他的伤口上，疼得他止不住地出冷汗。可大概人有时候就是这么奇怪，又怕疼又想疼，最后的结果便是他更用力地往后靠去。

"嘎吱——"

椅子被推得向后退去，拉出一阵刺耳的声音。而顾终南顺着力道把后背上的伤口全部摩擦了一遍，成功地让那些开始结痂的地方再度破开。

接着，他倒在地上，整个人泄下气来。也就是这一刻，他想到一个词，苟延残喘。

想到这里，他突然就笑了，笑得上气不接下气，笑得心口和肺都一抽一抽，生疼。

今儿个，他小叔来了。他们两家许多年没有打过交道，但这位小叔是顾家里顾常青难得能交心的人，顾终南也对他多了几分尊重和亲切感。

小叔带来了一个消息，说三日后，顾家要为顾常青举行葬礼。他家要为他的父亲举行葬礼，这个消息，他们居然瞒着他。

说不上来是什么心情，仓库里的火早就灭了，但他脑子里的火却烧到了现在，将他的思绪和神智都烧成了灰。他分不清自己是愤怒还是疑惑，他不愿也不想听见任何一句与此有关的话，他将自己关在屋子里，门窗紧闭，却又忍不住地坐在门前，听着哪怕一点儿外边的声音。

顾终南的眼皮有些重，可他刚刚闭上，就听见有人朝这儿跑来。

抱着李四季留在这儿的医药箱，陆青崖蹲在顾终南身边就开始为他处理伤口。

他缓缓睁开眼睛，却只看见她的发旋。

眼前的人半蹲在这儿，呼吸很急，手上的动作却很慢很轻。顾终南看了会儿，忽然抬手，把伤处抵到了夹着药棉的镊子上。

那镊子的尖端刺进了他的伤处，把尚待处理的伤口弄得更深了些。

陆青崖一惊松手，镊子便掉下去，她下意识地望他，在望见他眼里那潭死水的瞬间，她忽然忍不住似的，吸一口气站了起来。

"顾终南。"她气急却强忍着，想要平复情绪却仍有些控制不住。

陆青崖又停顿了会儿，她深呼吸几口："你不能永远这样。"

顾终南却毫无感觉似的。

他躺在地上，仰头看向她，颓废又狼狈，半点儿看不见曾经的飞扬意气。

陆青崖莫名哽咽了一声，她说得艰难："这不是你，也不像你。"

"哦？"他半撑着身子坐了起来。

真有意思，他想，我与自己相处了二十多年，最后却在别人的嘴里听见自己该是怎样的。

"我为什么不能？"他的反应很平静，"怎么，现在是不是我做什么，你们都觉得我不能这么做？还是你们都觉得我疯了，自己都不知道自己在干什么？"

他们对视许久，也沉默许久。

最后是顾终南轻笑出声："还真是，你们还真觉得……是我疯了啊……"

"但我没有。"他说，"我没有。"

他不是不知道自己该做什么、不该做什么，可他也是真的没有力气再去想着那些东西。

现在的顾终南只是一个被扔进湖里的人，湖面在他落水的那一刻骤然结冰，冰层很厚，他在下边用尽全力也砸不出一个口子。冰水灌进他的口鼻，灌进他的肺里，他想吼想叫却发不出声，想要挣扎却无能为力。

他什么办法都没有，他根本出不去。

冰面外，有人看他手舞足蹈觉得好笑，有人看他面目狰狞觉得可怕。

他知道，可他不想管了。

他只希望自己能喘上口气而已。

因为绷得太久，陆青崖的眉心有些疼。

她揉了揉，有些疲惫："顾终南，你不能这样下去，你不能逃一辈子。"

"不能？又是不能。"

顾终南望着天花板喃喃。

"我不能好，不能不好，不能躺着也不能站着，不能吃东西也不能不吃东西，你说，我能干什么？"

他低了低头："怎么我做什么都有人告诉我不能，却没有一个人来告诉我，我能做什么？"

"顾终南……"

最近叫他名字的人实在有些多，带着各种情绪、各种目的。导致大家一叫他，他就觉得身上担着什么东西，不舒服，想挣开。

"出去吧。"

每个人都只有一颗心，那颗心跳动在固定的胸腔里，能感受到的只有自己。

至于其他的，谁能知道谁呢。

他想吼，又没力气，想发泄，又找不到地方发泄。

末了，顾终南挥挥手："出去吧。"

陆青崖站在原地，抓了抓自己的衣摆。

光靠语言，就想靠近一个人，就想懂得一个人，就想劝服一个人，顾终南抬着头看她，怎么可能？她什么都不知道，没有什么比这更苍白无力了。

这么想着，他闭上眼睛，念了出来："你不知道，什么都不知道，谁都不知道。"

顾终南回到自己的世界里，不再去看她。

而陆青崖蹲下身子，收拾好碎瓷，收拾好医药箱。

走到门口，在离开之前，她犹豫片刻，还是转了身："我的确什么都不知道。"她微顿，"但我知道，不论流言如何，不论发生什么……"

顾终南睡着了一般，没有任何反应。

"甚至，哪怕一无所有，顾终南依然是顾终南。"

夕阳如火烧，从门缝中透进来，留了一道光斜映在顾终南的脸上。

他的眼睫抖了抖。

在陆青崖离开之后，顾终南半睁开了眼睛。

迷茫仍在，混沌仍在，偏生多了点光。

微弱，却存在着。

3.

顾常青的葬礼定在十五号。

坐在房间里，陆青崖轻抚着日历，半晌，撕掉了一张。现在不过下午，晚饭时间都没到，可是陆青崖低眼看向手中拿着的那张"十四号"，心情复杂。

看来，顾家是真的打算站在顾终南的对立面了。

她拿起手边的报纸，报上登的正是顾常青丧事的消息，这报纸是陈伯带回来的，满大街都传开了的事情，他们是最后才知道的。

仿佛被孤立在所有人之外，仿佛报纸上的情真意切都是真的，仿佛顾常青真的只是一位家主，顾家上下皆因他的离去而哀伤痛苦，半分异心都没有。

顾家一族究竟如何，陆青崖不甚清楚，她只是从陈伯抹着眼泪的愤懑里晓得了些大概。可有些事情用不着多清楚，感情是骗不了人的。

她将撕下的日历抓紧成团，握在手上。也许她没有资格评断旁人家事，可她还是想为顾终南抱不平，他们把顾终南放在什么位置上了？

等等。

陆青崖忽然睁开眼睛，想到什么事情。

"陈伯，陈伯！"她跑出去，找到陈伯，"少将今日吃了东西吗？"

顾终南从早上便将自己锁在房间，门窗都打不开，说话也都不理。如果她没有记错，从她去学校到回来，顾终南连条门缝儿都不曾打开。

"没有，少将一直待在屋里。"陈伯这几日老了许多，或许是忧心过度染了风寒，说话都有些咳，"我端饭过去，他也不开门，问他也不回话，不晓得怎么了。"

"少将他……"陆青崖微顿，"他是不是看见报纸了？"

陈伯略显犹疑："这份报纸是今天发行的，我原想趁着送饭的时候递过去，可少将一直不开门，应当是没看见。"

许是近日事情繁多，陈伯一时忘了顾家小叔来过。

他说："所以，少将怕是还不知道。"

"不知道什么？"李四季端着刚熬好的药走过来。

陈伯摆摆手："没什么。"

李四季没有追问，那药冒着热气，他将它放在一边，拿着隔热的毛巾擦擦手。

"对了，陈伯，你知道少将去哪儿了吗？"

"什么？"陈伯惊愣道，"少将不在房里吗？"

"房里？"李四季一顿之后，"我方才过去，少将的房门大敞着，里面没有人。"

三个人对视一眼，意识到什么。

他们连忙往顾终南的房间跑去，可那儿和李四季描述的一样。

房门大敞，空无一人。

顾终南就在这个下午，再次失踪。

顾终南小时候生活在祖宅，那时，顾常青刚任家主，大家还维持着表面上的平和，并没有闹得多僵。他是顾常青的独子，是顾家最小的孩子，不论大人之间有多少矛盾，小孩都是不懂的，他们虽然崇尚利己，倒也不是毫无人情。

当时，顾终南生活在顾家，也是很受长辈宠的。

他幼时很皮，常常捣乱，又不爱吃饭，每到饭点，就从这个房间躲到另一个房间，顾家每次都要出动大半的人来找他。喂孩子吃饭，真是个大工程。

蜷缩在床上，顾终南轻咳了几声。

这是他的房间，又或者说，曾经是他的房间。

他在这间屋子里住到五岁。

五岁那年，母亲去世，而后他便跟着顾常青搬去了另一个地方，并在那儿住到现在。而这间屋子，在顾终南离开之后，便再没有人住过，也再没被打理过。这儿没有被子，床板上只有一层灰，屋子里到处都是蜘蛛网和死虫子。

可即便这样，顾终南还是意外——

这屋子居然还在。

他们没有整理过这儿，但也没有把它改成别的样子。

他翻了个身，裹紧自己的衣服，那衣服蹭着床板，沾了厚厚一层灰。黑夜里，顾终南半睁着眼睛，过了会儿，他下床，走到被钉死了的窗前。

以前他在这座宅子里上蹿下跳，想去哪儿都可以，现在，他想进来，回自己的屋子，却只能像做贼一样，爬墙撬锁，避人耳目。

怎么就变成这样了？

屋子里很闷，门窗紧掩，没有风，可月光却透了进来，照在墙角。

顾终南看见了一只蜘蛛。

它一晃一晃，在那儿结网。

这话说出来或许没有人相信，外边兵荒马乱，许多人都在找他，许多人担心他。他却不管不顾、平平静静，就这样待在这屋子里，坐在床板上。

他什么都没想，只是看了一晚上的蜘蛛。

4.

二月十五号，顾宅来了许多吊唁的人。

宅前路窄，那些车子停得远，大多数人都只能走过来。人群里时常有议论的声音，许多人在讨论，为什么顾局长的葬礼会拖到现在？为什么这消息是顾家发的？为什么顾终南从头到尾没有出来说过一句话？

他们小声道，莫不是前阵子传出来的消息是真的？顾局长的死，真和顾少将有关？

陆青崖走在人群里，没有理会这些声音。

倒是李四季面带担忧："青崖，你觉得少将在这儿？"

这条裙子有些长了，可陆青崖只有一条黑布裙。

"嗯。"她提着裙摆，低头缓步走着。

"虽然我也觉得少将不会对顾局长的丧事无动于衷，可他最近的样子你也知道。"李四季半皱着眉，"顾局长的事，少将连一个字都听不得，就连我们的调查，少将都……"

"可他是顾终南。"陆青崖肯定道，"他会来。"

没有理由，也不需要解释。

他是顾终南，他一定会来。

李四季原本还想再说些什么，可他张了张嘴，末了也没说出一个字。他随军许多年，与顾终南十分相熟，可这一刻，他居然发现自己对顾终南的了解还不如陆青崖。她说得没错，只要他还是他，今天便一定会来。

是他被这些日子发生的事情弄混了脑子，把一些乱七八糟的传言当真了。

灵堂里黑白一片，顾家人在边上站了一排。

顾家办的丧宴规模宏大，除却弹唱不歇的戏班和诵经祈福的佛士们外，那边宴客席上，每席都摆着十六碟、十六碗，菜色酒水样样讲究。堂内停着一口棺材，金丝楠木制成的棺椁极重，棺边花纹雕刻得细腻精巧，宾客们围着棺椁走了一圈，表示哀思，没多久，大家便坐上了席位。

而三老爷也在这时站到了众人面前。

他满脸沉重，不过，那沉重像是堆在他脸上的，浮于表面，并不深刻。丧礼的主持词千篇一律，三老爷也没多有新意。原以为不过是个寻常流程，可凡事都是有意外的，而三老爷的意外，就在全体宾客起立之后。

他环顾一周，继续道："有请顾常青大人所有直系亲属在灵前就位。"

一群身着麻布孝服、低着头的人自后边走来，他们走过宴席，步入灵堂，看上去神色哀伤，没什么不对。可就是这个入场，引起了宾客席间的小声讨论。

"怎么没有顾少将？"

"顾少将真的没来吗？"

"顾局长的葬礼，顾少将居然不在？"

"这么一看，那事儿讲不定真不虚……"

三老爷不动声色地环顾一圈，轻咳一声，看似不满，心底却在冷笑。家人入场本应在宾客入座之前，他特意把这一步推后，为的就是让所有人都看见，顾终南……

"是少将！"

席间有人小声惊呼，把所有人的注意力都扯了过来。

从门口走来的顾终南穿着和那些人一样的麻布孝服，那帽子略大，遮住了他的眉毛，可席间宾客依旧能看清他整张脸。他的脸颊消瘦得厉害，面色和嘴唇都有些苍白，眉眼之间含着几分冷漠，几分凌厉，却又在瞥及灵堂之时，化成了内敛的哀伤和自持。

陆青崖坐在偏角落的地方，和其他人不一样，她一直在望着几扇门的入口处，从入场到现在，除却对顾局长表示哀思时诚恳认真，其余时间，她总像在等着谁。

顾终南从外走来，逆着光，陆青崖半眯着眼睛望他，却只能看到模糊一团光影笼在他脸上，看不清他的表情。

这座宅子历史悠久，即便是院外种着的榕树也有近百年了。它生得高大，枝节盘旋，若逢时节，枝叶繁茂，它的影子甚至能覆盖半座宅子。现今，它在他身后稍稍遮住了些光，也就是走到那儿，顾终南才微微偏头，朝她望了一眼。

不过一步落下、一步抬起，片刻的时间。

陆青崖却被这个对视弄得有些想哭。

那一眼里，她看见的是原先的顾终南。

他回来了。

顾终南仿若无事，走到众人面前，跨进灵堂，站在了最接近棺椁的地方。

他背对宾客，微微低头。

台上，三老爷的表情有那么一瞬间的扭曲，可他很快把情绪藏好。

"有请在场的各位来宾全体肃立，让我们怀着一颗沉痛的心为顾常青大人默哀。"

他继续着流程，却趁低头默哀的时候，死死盯住顾终南。

抹去强装出来的沉痛，现出藏在里边的恶毒和阴狠。他算到顾终南可能会来，因此在暗中布置了人手，为的就是把人挡住。顾终南不可能在他父亲的葬礼上闹事，若他闹了，那便是不明事理，而若他闹不到，那便是枉为人子。不论如何,他都逃不脱"不孝"这两个字。

但这一切都是建立在顾终南被拦住的前提下。

外边明里暗里人手众多,他是怎么进来的?

5.

夜里,宾客们接连离去,陆青崖与李四季留到了最后。李四季担心顾终南的伤口,想为他检查;而陆青崖说是帮手,事实上,只是想多看他几眼。

火盆前边,顾终南折着纸钱,一张张投进去。

他原以为自己这辈子都不能再看见火这种东西,他也原以为有些事情不能深究,以为自己快要担不住了,现在看来,都还好。

顾家人站在不远处面面相觑,还是三老爷先走过来。

"终南,节哀啊。"

三老爷想拍顾终南的肩头,顾终南适时弯身投纸,避开了这一接触。

随后,他站起身来,对上三老爷的视线。

顾终南的眼睛很深很黑,眼底映出微弱火光,那火光在跳,仿佛下一秒就要跳出来,吞噬掉他眼前的人。

顾终南没有什么表情,也没什么动作,三老爷握紧了手里的拐杖,带着笑看他。他是顾终南的长辈,周围还有许多人,顾终南做不了什么。三老爷分明晓得,可他依然不自觉紧绷起来,错觉站在自己身前的是一只猎豹。它盯着自己的猎物,蓄势待发。

只要一个契机,就能撕裂所有它看见的东西。

不料,顾终南却低了眼睛。

"父亲的葬礼,辛苦三老爷。"

"都是一家人,什么辛不辛苦的,终南见外了。"三老爷松一口气,"这些天，你怎么样？听说受伤了？"

顾终南走向棺椁："对，前些日子伤得厉害，卧病在床无法动弹，耳朵也不好了，都没听见父亲丧事的安排和消息。"他低着头，"所以来晚了些，希望父亲不要怪我。"

"哎，这话说的。"三老爷拄着拐杖，"你父亲若在，见你这样，只会担心，怎么会怪你。"

顾终南笑了笑，摇摇头，不欲接话。

"父亲的丧事还有两天。"

三老爷等了会儿，见顾终南不再说下去，只好绕着圈儿圆一句："习俗如此，停棺三日，方可下葬。终南说这个是做什么？"

"既是如此，两日之后，我有些事情要说。"

这句话很轻，站得稍远一些的都听不见，可三老爷一滞，心脏像是被什么东西敲了下。

他做出一副不解的样子："哦？不知终南说的是什么事情？"

"父亲的死不是意外，那些牵扯或许复杂，可……"他说到这里，适时地停顿了会儿，瞥向三老爷，"在这个地方说这些东西，实在不是时候，三老爷以为呢？"

"自然，自然。"

顾终南又看了一眼顾常青的棺椁，他蹲下身，挑了挑长明灯的灯芯，又拿过一边的桐油，往碟子里加了些。他的面上有遗憾也有自责，眼底的情绪复杂得叫人辨不清楚，却最终都被敛下，化成了眸中浓黑的一片。

闭了闭眼，顾终南长长舒出一口气。

他朝着角落走去。

"回去吧。"

"回去？"

李四季原是将医药箱带过来了的，他想着，这三日顾局长丧事，顾终南若真过来，便应该留在这儿守夜。而他要为顾终南处理伤口，怕也只能在顾家处理。

顾终南有意无意地回了回头。

"刑侦调查局最近在查父亲遇袭的事，柯君也在那儿协助，前天她给我打电话说有了些头绪，算起来，今晚便会得出调查的初步结果。"他说，"我回去接个电话再过来。"

陆青崖心底奇怪。

前些天顾终南是什么模样，外边的人不知道，他们却一清二楚。那段时间，他连和人交流都不愿意，怎么可能去接触这些？

思及此，她猛地意识到了什么。

或许，这些话，他是说给在场的人听的？他怀疑顾局长的死和他们有关？

陆青崖与李四季交换了一个眼神，同时在对方的眼里看见几分意外。

这边，他们还没开口，倒是三老爷先拄着拐杖走过来："若只是为了一个电话，终南大可不必如此周折，顾家也有电话，你可以在这儿讲。常青一事众人皆觉遗憾，若真能调查清楚，也算是……"

"不必了。"顾终南挂着疏离笑意，"不方便。"

在顾终南离开之后，三老爷佯装不适，回了屋里休息。

而他的亲信在不久之后也进了那间屋子。

"三老爷。"高大的男人恭敬地鞠着身子。

三老爷的手里转着两个核桃："来了。"他轻哼一声，抬了抬眼皮，"方才，顾终南那些话，你都听见了？"

"是。"男人始终弓着腰，"三老爷是觉得他查到了什么？"

"呵，他能查到什么？"三老爷眸色一狠，"他不过徒有猜测，诈我罢了。"

顾终南不是一个温和的人，若他手里真有证据，今日便不会只是言语几句。只可惜，刚才三老爷被他一唬，没想到这一层，乱了自己的阵脚，露了些怯。

也正因如此，顾终南才会在临走之时连个表面功夫都不做，直接甩脸子离开。

"那……"男人似有不解。

三老爷摆摆手："有些事情，他知道了就知道了。只要没有证据，顾家便仍是太平的。"

"三老爷的意思？"

"顾终南到底还是个小孩子，冲动，不会算，刚刚有个估计就敢展示在人前。"

回想起前些年，顾终南和顾常青回来参加祭祖家宴时，那一副不晓得顺天、不知道认命，热血又大义的模样，三老爷歪扯了下嘴角。他活了一辈子，年轻时候，也气盛过，自以为能够立一番事业，可结果呢？

他们想救世，可他们想救的这个世上，多的是人觉得他们多管闲事，多的是人想让他们死。

三老爷冷笑道："若他真要去查是谁绑的顾常青，那他查破天也查不到我们身上。"

这话不假，顾常青被绑同他们无关，在最开始，顾家甚至都不知道这件事情。只是绑匪贪得无厌、不讲道义，想挣两份钱，才会故意给他们透露这个消息，要他们赎人。

　　而他们做的,只是激怒绑匪,在他们联系并且控制住顾终南之后,又佯装意识到了问题的重要性,送去银钱赎人罢了。

　　起初,三老爷的确是想趁机灭了这两个人的口,借此彻底接管顾家。不想,因为一场爆炸,他连手都不用动,干干净净便可坐享渔翁之利。

　　"若他真查下去,是我出钱赎他们,他们还要谢我。"

　　男人低了低头:"三老爷高招。"

　　将核桃往桌上一叩,三老爷道:"行了。这次叫你过来,就是让你去给他们传一声,近日不要再有行动,尤其是那些盯着顾终南的人。"

　　他道:"撤了吧。"

　　"撤了?"男人皱皱眉,似有不解。

　　"你还看不出吗?"三老爷冷笑,"顾终南又醒过来了,原先的法子不好用了。在有新的法子之前,不行动就是最好的行动。"

　　在顾常青担任家主之前,三老爷曾是顾家家主的有力竞争者。他有谋略有眼力,会审时度势也有能力让人诚服。只可惜,所有能力都可以通过经验累积得到,胸襟却是天生的。他能看清顾家,能管好家族,却疏于大局,气度狭小。

　　也是因此,前任家主将位置传给了顾常青,但前任家主并不否认三老爷的能力,是以任他做大长老。

　　三老爷靠在椅子上,年轻时,他只是为此不平,可随着年岁渐长,顾常青越发受人尊重,他的不平就变成了戾气。他或许这辈子都不会明白顾常青当选家主的理由,也找不到自己的缺漏,不过这些不重要了。

　　顾常青已死,顾终南尚有不足,还是他赢了。

　　三老爷笑着,哼出段小调儿来,满是胜券在握的模样。

　　如今,但凡有些眼力的人,都能看出顾家要落在他手里了。他是这么想的，别人也不例外，尤其是那个油头胖子，成日急表忠心。三老爷看不上他，觉得他蠢钝，对于那些好话却是受用，因而在一些方面对他颇有纵容。

可是，正是那些纵容给了油头胖子错觉，误以为自己只差一个机会，就能成为三老爷最信任的人，就能得到自己想要的好处。

灵堂里，顾终南说出那番话的时候，油头胖子就在不远处，他也听见了。他想得没有三老爷那么远，听完之后，当真被顾终南那些话给唬住了。

油头胖子在后院里焦急踱步，汗和油一起糊了满脸，看上去油光发亮，表情也略显狰狞。若顾终南真有什么把柄，那么，以他的手段，别说什么荣华富贵，怕是他们这辈子都要在牢狱中度过……

这可不行。

油头胖子咬牙，定了定神，脑子里浮出一个主意。

决定之后，他离开庭院，立马找上自己的人手开始安排。

若他能先和三老爷通个气，他或许能够明白自己这个主意有多傻。可三老爷对他的评论一点儿不错——蠢笨愚钝，关口面前，什么都想不到。

第七章
危机

她对上他的眼睛，便明白了他的意思

1.

灯火明亮，六儿趴在一边睡得香甜，手搭在顾终南的腿上。

他们也是许久没见了。

顾终南低着头，一下一下捋着六儿的毛，配合李四季的检查。

他的伤口因为前些日子自虐式的处理对待，所以恢复得并不好，有些地方还有感染和加深的倾向。尤其是背后那一片烧伤，分明已经过去这么多天了，碰一碰竟然还会流血。

李四季紧皱着眉，为他敷药换纱布，而陆青崖小心拿着剪刀在处理纱布，生怕他像上次她拿镊子一样再撞上来。

恰好这时李四季要他转身，顾终南便往陆青崖那儿歪了歪。而陆青崖反应极快地往后一退，却不小心踩着裙摆，眼看就要摔下去，顾终南一惊，连忙拉住她的手——

在顺着惯性往顾终南那儿倒去之前，陆青崖用最快的反应，飞快背过拿着剪刀的手。而顾终南则是起身接住她，看上去像是个拥抱。

或许是他的动作太大，六儿一个激灵便醒过来。见着两个人抱在一起，它兴奋地也想蹦过去，还好李四季眼疾手快拦住它，才没让它扑到顾终南刚刚包好的伤口上。

顾终南很快便放了。

原以为这种过度亲昵的动作会让她不舒服，不承想她退后两步，第一反应是对着手里的剪刀舒出口气。

看到陆青崖的动作，顾终南不自觉轻笑。

"别担心，就算真扎到也没多大事儿，我身上不缺这一道口子。"

李四季收拾着换下来的纱布："是，你不缺这一道口子。这些天里，你自己制造出的都不知道多了多少，哪会缺这一道？"

那些纱布上全是血，其中几块还沾着些溃烂的痕迹。

这些天里，李四季每日的中心就是顾终南。对于他对自己伤情的态度，李四季又是无奈又是生气，只不过碍于顾终南的情形，一直忍着。如今他终于能说一句，又想到顾终南处境依然不虞，不敢说重，于是听上去便有些闹脾气的味道。

顾终南摊手，满脸无辜："我不是那个意思。"

他们已经很久没看过他这样生动的表情了，如今看见，便仿佛拨云见日。陆青崖在边上浅笑，心里轻叹一声，也不晓得自己是在叹什么，但总归是开心的。

等身上最后一道口子被纱布裹上，顾终南动了动。

"包扎好了？"

"嗯。"李四季背过身子收拾东西，"但你还得吃药，我现在去熬。"

顾终南皱皱眉，看上去有些不情愿，嘴上却应着："那行，你先熬着，我去打个电话。"

李四季颇为意外："你真有电话？"

"不然呢？"顾终南抬眸，"我总不能真的什么都不管，什么都不看。"

"那你是什么时候……"

李四季只问了半句，但顾终南也懂他的意思。

"其实也没多久，就是前几天的一个下午。"顾终南望向陆青崖。

在他印象里，那个下午阴雨连绵，他的小叔来了又走，带来个不好的消息，只待了一小会儿。他本就被封在冰层下边，而那个消息如同冰层下的暗流，拖着他往漩涡深处走。漩涡里冰水汹涌，一层一层朝他涌来，将他裹在里边，浸得人骨头都是疼的。

仿佛压倒骆驼的最后一根稻草，有那么一个瞬间，他想，他不挣扎了，就这么沉下去吧。也许沉到海底还更好受些，那儿黑暗一片，谁也没有，什么也不用面对。

可他刚这么想，便被谁点出一片清明。

于是后来冰层破裂，漩涡消失，刺骨的寒意也被抽离。他睁开眼睛，看见夕阳如碎金，顺着门缝流淌进来。

而那扇门是她打开的。

她知道是哪一个下午。

在听完那句话之后，顾终南便一直望着陆青崖出神，说是出神，但他眸光幽深，即便是无意识也像在凝视。灯色昏黄，月光疏淡，漫漫夜色里，哪里的光都没他的眼眸来得亮，陆青崖被这道目光望得耳朵一红，别过脸去。

暧昧这种东西是很容易被感觉到的。

李四季背过身子挑了挑眉："伤处包好了，我先去熬药，少将等喝完再走吧。"

被这句话扯得回过神，顾终南微不可察地皱皱眉："能不喝吗？"

"对了，少将是不是不喜欢喝药来着？可这个点外边的甜点铺子也关了，等会儿你将就将就，就这么喝了吧。"

李四季语气平和，仿佛只是在说一件再普通不过的事情，倒是陆青崖听得一愣，顾终南居然会怕喝药？

她疑惑道："你不喜欢吃苦的东西？"

不等顾终南说话，李四季先一步答道："少将不止不喜欢，说得准确点儿，是带一点苦味的都不能吃。记得以前营房里拿来一个稀罕玩意儿，叫咖啡，说是英国人都拿它提神。那东西只有一点点，大家伙儿围在一块儿，一人也就能尝那么一小口，然后少将进来了，知晓了这个东西，二话不说抢去就喝。结果那咖啡一口没喝进去，全喷在了兄弟们身上……"

顾终南脸上有些挂不住，出声打断他："行了，你还不去熬药？是打算拖到什么时候？再这么下去我今晚还能不能喝上了？"

李四季悠悠闲闲道："少将拖了这么多天没喝，也不差这一个晚上。"

顾终南被他噎了一下，烦躁地摆手："去去去，你再这么啰唆，我可真不喝了！"

耸肩摊手，李四季做了个噤声的动作，推了推眼镜，收拾了下东西就往外走。

他原先给顾终南开了七天的药，按理早该吃完了，可顾终南一直不配合治疗，导致那些药现在还堆在厨房里。不过也好，他现在肯吃，还不算浪费。

待李四季出去之后，屋内便只剩下顾终南和陆青崖两个人。

由于之前被李四季揭了短，此时顾终南再面对陆青崖不由得有些尴尬。

陆青崖借着倒茶的工夫转身偷笑,这哪是那个威名赫赫的顾少将,这分明只是个被老师罚抄书却偷溜出去玩还被抓包的孩子。

这样的顾少将,谁敢来认呢。

而在她身后,顾终南干咳一声:"药应该没那么快熬好,我先去打个电话,等会儿回来。"

陆青崖应了一声,见他出了房门,这才放松笑出来。

那声音很轻,可架不住顾终南没走多远,耳朵又好,还是听见了。他磨磨牙,暗骂了声李四季,这才转到书房去。

等顾终南的脚步声远至消失,陆青崖面上的笑才终于淡了些。说起来,她的房间好像还有些蜜饯,不如拿来给他咽药好了。

陆青崖给六儿盖好被子便往自己房间走去。

只是,走到一半,路过后门时,她听见外边有些细微的响动,像是有人刻意在往这边过来。近日事多且杂,她对这些动静格外注意。

闻声,陆青崖缓步走向后门,贴耳上去,试图将外边的动静听得更清楚一些。

只是,在她过去之后,外边虫声渐渐清晰明了,却再没有别的声音了。

陆青崖透过门缝往外看去,却只能看见一片黑暗。

又过了会儿,她沉了沉心思,握上门闩,一点一点将它拉开……

她的动作很轻很慢,整个过程几乎没有发出声音。

可是,黑夜里的暗门外,有罪恶的鬼煞在等待着新鲜的血液。不需要声音也不需要动静,你靠近了,他们便会知道,便会朝你拥来。

2.

有些人天生厉害,别人觉得困难的事情,他们一挥手就能解决,有些人一辈子都想不明白的东西,他们转念就清楚分明。

顾终南与陈柯君通着电话。

电话那边,陈柯君明显疲累:"查不下去了,就目前的线索而言,我们最多能查到青帮。可这个小帮派在那日仓库爆炸之后就被灭了,如今死的死逃的逃,一个活人都找不见,唯一有个影子的,昨天我们去他老家,看见的是他们一家人的尸体。"

说到这里,陈柯君沉默片刻:"背后的人做得够绝的,心狠手也狠,不是什么善茬儿。"

顾终南半低着眼睛,听了很久。末了,他不清不楚说了句:"不是一批人。"

"什么不是一批人?"

"雇青帮的和为之善后的不是一批人。"

陈柯君清醒了些:"这怎么说?"

"青帮不过是个小帮派,钱利至上,没什么规矩,在黑帮里连号都排不上,一群小流氓罢了。如果雇青帮的人有这样的手段和本事,他们便不必假手于人,或者,他们就算想摘干净自己,也不会找这样的新地方,免得没经验、做不干净。"顾终南肯定道,"雇他们的人怕是不清楚这些,而能杀干净他们的人,断不会连这个都不晓得。"

"你说的问题我也曾想过,只当时没将他们分成两批看,还觉得有些纳闷儿。照你这么一说,倒是有道理,也能说清了。"陈柯君吸了口气,"可如果真是这样,查起来就更难了。"

顾终南随手拿起支笔,在纸上写写画画。

"上一批人绑架我爸,联系我时要的不是钱,而是让我过去,这就说明他的目标是我们的人。想要我们命的人不少,算起来都是公事上的,可我和我爸在公事上交集不多,而私下唯一能够建起联系的,就是顾家。"

他眸光一定："先查顾家。"

"顾家？"

"即便不是他们，也不会同他们毫无干系。你说线索断了，那我们换个地方重新找线索，发生过的事情不可能毫无痕迹。玩过棉线球吗？只要有个头儿，我们就能顺着摸下去。"

陈柯君自幼在山匪群里长大，她没见过也不知道自己的父母是什么样的人，对于亲情没多少概念，可她听见顾终南这么说还是觉得唏嘘。

顾家，那可是他家啊。

"好，我们明儿就掉头。"她说，"我去查顾家。"

对于他们而言，解决不了问题的原因大多是找不见问题的起源、不知从何入手，而现在有了个头儿，即便只是推测，也叫人觉得轻松了些。

说完，陈柯君有意无意问一句："你现在怎么样了？"

画纸的笔停了停。

顾终南举重若轻："我？好得很。"

"好得很？别装了，前些日子小四季都和我说过了。"从紧张的工作模式瞬间切换成拉家常，陈柯君放松得像个大爷，旋身坐在了桌子上，"就你先前那状态……别说，弄得我前两天接到你电话还怪意外的。"

顾终南头疼地放下笔："他怎么什么都和你说。"

"那可不，我们是什么关系，小四季和我早晚是一家！"陈柯君意气飞扬，"只要他点个头，我们明天就能交上结婚申请，我早就写好了。"

"他愿意？"

这句话触到了陈柯君的逆鳞，她暴躁地挠挠头。

"你管他愿不愿意，他不愿意我还不能来硬的？就他那细胳膊细腿儿，细皮嫩肉的，你以为他能反抗我？"

顾终南似笑非笑："说得这么能耐，你下次试试？"

"试就……还是再等等吧。"

陈柯君性子急躁，也不是多讲理的人，她看上的东西，买不到手，抢也要抢过来。却唯独对李四季，她总愿意多等等。平素那样火暴的人，在李四季面前总是收敛着性子，生怕他又对她皱眉摇头。

其实，他那样的一张脸，皱巴起来也好看，什么表情都好看。

可她还是希望他在看她的时候是笑着的。她很希望有一天他也能喜欢上她，和她一样，是打心眼里生出来的喜欢。

"对了，有件事情挺巧的，虽然看上去搭不上边儿，但我总觉得有哪里不对。"陈柯君忽然站了起来，她翻着边上的记事簿，"你知道长津大学吗？最近张副校长升任正校长，忙得不行，前阵子还去隔壁省的学院作了演讲。"

"怎么？"

"他是廿九走，初二回的，因为之前他和齐家有联系，所以我们盯他盯得也紧。那两天他忙得很，也没什么别的动静，但他不是陆校长那件案子的嫌疑人之一吗？听说调查局那两天查出了些东西。"陈柯君道，"我觉得这个时间上碰得有些巧。"

顾终南沉默良久。

"怎么不早说？"

陈柯君叹道："没证据，也没别的东西，明面上看，这几件事八竿子也打不着，只是我自己对了对时间，瞧着线重了，记了几笔。"

"他去的是哪儿？"

陈柯君想了想："鑫城，正巧路过安村。"

顾终南握笔的手僵了会儿。

"盯住他，查一下他那几天有没有与谁有什么钱财往来、和哪些人碰过面，越细越好。"

"好。"

"还有，去调查局查查陆校长案件的调查档案……"

"这个我前两天就想去查，但那边说这是机密文件，没有上头签字调不出来。"

"上头？"

陈柯君压低了声音："我看啊，这东西八成是有人给压住了。"

有些话不必说得太清楚，都是聪明人，心里都有数。

顾终南皱皱眉："不行的话，你找个机会，晚上摸进去翻一翻。"

刑侦调查局不是个能随便进出的地方，更何况他们需要的还是被盖了章的机密文件。这个"晚上摸进去"说来容易，真要去摸，也得费些脑子和力气。

可陈柯君随口就应了句"行吧"，看上去不是第一次做这样的事了。

两个人就着这个商量了一下拿档案的计划，顾终南在纸上记的东西越来越多，大概是昏沉太久，一朝清明起来，便难生出困倦，像是要为前些日子的颓然做一个补偿。

然而，顾终南是铁打的，不代表每个人都是铁打的。

劳累了这些天，陈柯君的眼睛下边都是青的，她伸个懒腰："那我先去歇了，老大，你也早些休息。你这一身伤的，这时候最需要养身子，别累坏了，落个病根，不好打仗。"

"最关键的是别让李四季费心？"

"哪能啊，我也不是除了小四季什么都看不见的人，我心里不也还有战友情吗？"

顾终南轻笑："睡吧，这些日子辛苦了。"

闻言，陈柯君也不客气，随口扯了几句便挂了电话。

而顾终南继续在纸上写着画着。

那上面零零碎碎，记载着的全都是他暂时能够想到的东西，大多没有直接联系，但每一条深究起来都是有迹可循。

但就在这时，他听见外边传来短促的一声惊呼。

顾终南反应很快，他顺着声音来源立刻跑了过去，停步，只见后门的门闩被从里打开，门口不远处停着辆黑色汽车，有几个人正拖着一个半昏迷的姑娘往里拉。

"你们干什么？"

在吼出这声的同时，顾终南看清了那个姑娘的模样。

是陆青崖。

那伙人被这一声喝住，但片刻又反应过来，他们拖人的动作加快了些。

算起来这姑娘是个替死鬼，毕竟，他们原先的目标是顾终南。

按说这深更半夜、街巷无人，除了要再回顾家祖宅的顾终南应当没有人会再出来，因此他们早早来到这儿埋伏着，却不料开门的竟是陆青崖。

意料之外，慌乱之下，他们迷晕了陆青崖，可在那之前，他们还是不设防让她叫出了声。真是打草惊蛇，他们可没想过在这个地方动手。这里容易出乱子做不成事不说，即便做成了也容易留痕迹，太不划算了。

那头的人动作利索，可顾终南也并不慢，他几步上前抓住最近的人就是一个肘击。奈何对方人多，他的手刚落下，另一人就抬腿踢来，他侧身躲过，顺势一个旋踢把人放倒。可那边也早把陆青崖装进了车后座，他只能眼睁睁看着汽车留了阵尾气扬长而去。

他狠狠踩住脚下的人："谁派你们来的？"

那人嘴硬,脸上却暴出了青筋。

"说!"

顾终南正顾着这边,没防备身后有人来袭,一块板子裂在他的头上,他一阵恍惚,脚下的力道便松了。身后又开来一辆车,车里下来了三四个人,两个扶起地上的人,两个拿着手帕想捂顾终南。

头上开了道口子,顾终南的眼睛被血迷了,他伸手一抹,脸上全是血,配上那阴沉的模样,看起来有如暗夜潜行的厉鬼,叫人不由得胆战。

"怎么了?"

李四季和陈伯闻声赶来。

那伙人见状不妙,关了车门就跑。

反倒是顾终南扶着头追了几步,地上滴了许多血。

"该死!"

"少将!"李四季跑来,"怎么了?"

"报警,跟着这车印。"顾终南接过李四季递的手帕往伤处一按,飞快跑向自己的车,"我先走了,你动作快点儿。"

顾终南的话音落在车门关上的那一刻。

接着,李四季便看着他驾车离去,地上湿滑,留不下印子,只有远处稍有薄雪,能勉强看见一点儿痕迹。他赶忙回去打了电话,可就此情形,他也知道,要跟上他们、找到他们,实在困难。

望着尚未熬好的药,李四季的眉间皱痕很深。

真是一波未平一波又起,他想起四个字——祸不单行。

可这一次,又会是谁?

3.

那伙人车技不错,险些将顾终南甩下,但在一路开来,几次差点儿甩下他的时候，前边的车又会放慢一些，像是故意在等他。顾终南一路上咬着牙，愣是拼着报废一辆车追到了山脚下。

山路崎岖，前边倒着一棵树，顾终南的动作慢些，不清楚那些人是从哪儿上去的，若不是这边没有别的出口，他几乎都要以为他们消失了。

他又往边上开了会儿，终于看见车轮印子，他往上看了几眼，在这儿停下，下车。

这道儿越往上越窄，即便再开也开不了多远，想必那些人就在前面了。既然如此，与其开车过去，还不如靠这两条腿，动静还能小些。

顾终南拨开树枝，果然，没走多久就看见有人在那儿等他。

那伙人将车停在一边，陆青崖半昏半醒被扔在车边。

"顾少将。"

顾终南原想着先上来找人，再找机会将人带走，但现在看见人都在等着他，他也就直了腰杆儿，大大方方回望过去。

"你们要找我大可不必通过这种方式。"

那带头的人朝边上使了个眼神，边上的人立刻把陆青崖架起来，他们在边上的泥地里随手捧了水便往她脸上扑。

那水又脏又冷，冰得陆青崖一个哆嗦，迷迷糊糊睁开了眼睛。

"兄弟们赶时间，废话也不多说，顾少将要么留两条胳膊，要么留一条命，权当见面礼呗。"

顾终南眯了眯眼："哦？"

那领头人说话油滑，让人很不舒服："都上了这山上，少将怎么也得给兄弟们留个东西不是？嗨，都是规矩……怎么，少将不愿意？"

其实不像，可此时此刻站在这儿，顾终南不由得又想起当初站在仓库里，看着父亲被捆在柱子上的场景。

　　他额间的青筋跳了几下，头上被板子砸到的地方又开始流血。

　　透过血色，他看见了火光，看见那场爆炸，看见了许多他根本不愿意回想的东西。

　　"少将怎么不说话了？"

　　顾终南轻轻晃了晃头，将自己从令人发寒的幻境中扯回来，那是他内心最深处的恐惧，是他不想承认也得承认的暂时过不去的坎儿。

　　"你们把我引来，就是为了这个？"

　　不过这么一小会儿，顾终南竟然汗湿了一背，他的手有点儿抖，背脊也冷得发麻，只剩下面上强装出来的云淡风轻。

　　他往后面的树上一靠："杀我有很多办法，为什么一定要把我引到这儿？这儿方便毁尸灭迹？"

　　"那可不。"领头人笑了笑，"这种地方可不比少将的住处，少将那儿方便住人，这边则是方便杀人，大家都是图个方便，互相理解理解。"

　　顾终南嗤笑一声："两条胳膊，一条命。"他想了想，"如果我两个都不想留呢？"

　　"那可由不得少将了。"

　　随着那人开口，钳制陆青崖的人狠力将她的手往后一拧，在场的人都能听见骨头"咯吱"的脆响，单是听着都疼，她却硬撑着咬着牙一声不吭。

　　那伙人颇为意外，却也没多说什么。

　　领头人对着顾终南指了指陆青崖："少将的人，硬气啊。"

　　顾终南客客气气地假笑："威胁我？"

　　"只是在给少将建议。"领头人道，"俗话说得好，快刀斩乱麻，少将早些做选择，也能少受些痛苦。"

山里没多少光亮，唯一能用作照明的就是那些人手里举着的火把。

火光灼灼烧在顾终南的眼里，他透过昏暗的光线，对上陆青崖的眼睛。许是疼得很了，她死抿着唇，面色苍白，头发糊了一脸，眼睫也微微颤动着。

可她的眼里与他一样，都跳着小小的一簇光。

"你们让我选，是让我自己动手，还是你们来？"

"这哪能劳烦少将，那不是欺负人吗？"

领头人挥手，身边的人抽出长刀迎去。

"当然是我们来。"

领头人又问："少将怎么选？"

顾终南笑得漫不经心："手断了就断了，人活着才是真的。"

"哈哈哈，少将是个聪明人！来人，给少将绑上吧。"

"绑上？"

"少将身手了得，头脑亦是，我们可不敢小瞧了您。再说，这断手疼得很，万一少将临时挣扎，我们砍偏了，那少将岂不是要多受些苦？还是绑上了好。"

顾终南点点头："有理。"

说罢，他将手腕靠在一起伸了出去："来。"

直到这时，陆青崖才终于忍不住开口。

"顾终南？"

她的声音虚弱，微微带着颤意。

而顾终南见着那麻绳一道道捆在自己手腕上，抽空回她："等会儿你把眼睛闭上，头再偏过去些，别让血喷出来再吓着你。"

"少将还真是会疼人。"

顾终南有意无意转了转手腕:"绑得还挺结实。"

"少将准备好了?"

刀锋映着火光,暖意在刃上生寒。

"这种事哪能准备得好,直接来吧。"顾终南叹了口气,眼睛转一圈,"嚯,你们人还真不少,这儿有七八个吧。"

这句话让那些人多了几分戒备,领头人笑而不语,只是做着动作让人上去。

却不料刀口挨近顾终南手腕的时候,他又缩回去。

"等等!"

在场的人,除却领头人按住腰间手枪,其余的都抽出刀来。

顾终南弯着嘴角低着头:"我说等等,又没说反悔,大伙儿别激动啊。"

枪火是稀罕东西,虽然现在的黑帮大多都有枪,可也还没奢侈到给每个人配一把。现在看来,在场的除了这个领头人,剩下用的都还是砍刀。

他默默算了算,又数了会儿时间。拖延不管用,这里地势复杂,那些人来时有绕路,即便他的人动作再快,短时间也到不了。

看来还是得打。

"少将还要多少时间,不然我们先卸了这姑娘的胳膊,给少将准备准备?"

"不用。"顾终南扯了扯嘴角,"我准备好了。"

领头人闻言,刚想再说什么,就看见顾终南抬手直直迎上刀刃,他双手微挣,角度控制得极好,刀刃自他双腕之间划过,麻绳应声而断!与此同时,他以手做刀劈向持刀者手肘,卸力之后一把夺过长刀——

"小黄连,弯腰!"

此时顾终南、陆青崖,还有那个领头人几乎站成了一条直线,而陆青崖正巧站在直线中间。她在听见他叫自己的名字时其实没反应过来，可她听见了后面那个指令，也对上了他的眼睛。

陆青崖顺势弯腰，几乎同时，她看见头顶飞过的银刃。

这一系列的动作只在电光石火之间，那领头人刚想发令，却见顾终南伸手一掷，下一秒，那长刀便横在了领头人的脑袋上，像是砍西瓜似的，刀刃没进他头颅。

随着血柱喷出，场面霎时混乱起来。

夜下风吹林叶响，可谁也没工夫关注这细碎的声音。

有人踢来一脚，顾终南后仰躲过，随即接住左侧那人一拳，他借力旋身而上却被飞来的匕首正好刺中肩胛！

顾终南吃痛，却半点儿没有停顿，他飞速拔出匕首，陆青崖眼见血溅出来，她甚至能听见刀刃从肉里抽离出来"扑哧"的声音，他却浑然不觉似的，在地上翻滚一周之后，迅速掷出手中匕首袭向前面之人。在匕首没入那人脖颈的同时跃起，凌空接住掷向他的长刀。

没有人有时间说话，可她对上他的眼睛，瞬间便明白了他的意思。

趁着场面失控，陆青崖与顾终南交换了个眼神，在他踢来石子的同时，她矮身而下，旋即听见身后人的痛呼！感觉到牵制住自己的桎梏消失，陆青崖连忙往边上跑去。

她的第一反应是去摸领头人的枪，可她刚刚摸到，后面就有人向她冲来，她着急反手想挡，又有些想要开枪，却碍于不会用枪耽搁了些时间。这时，那人已经到了她的面前，眼看长刀就要砍下，却最终被另一把刀拦住。

眨眼之间，顾终南已经拿到了领头人的手枪。

他枪法极好，回身连开三枪将剩下三个打倒在地。

"走！"

陆青崖的右手之前被那些人卸得脱臼，现下又被顾终南一拽，疼得她冷汗直冒出来，可她一句话也没有，咬牙跟着他就往前跑。

被他握着的地方其实很痛，痛得她其他的感受都没有了。

可是跑着跑着，她忽然就觉得，那儿除了疼，还有一些暖。

这暖意是从他手心传来的，仿佛能够抵消疼痛一般，她原先咬着的牙慢慢松开了些。

她不是惯于依赖他人的人，却是第一次生出这般感觉。

她想，还好顾终南在这儿。

还好他在。

4.

这地方很偏，他们都没来过，也都不认识路。

"毕竟是陌生的地方，走错了也很正常。"

顾终南说着，往地上一坐，长出口气："没关系，至少我们是跑掉了的，走之前我和李四季打了招呼，应该很快就会有人来找我们。"他往边上拍了拍，"累了吧，坐。"

断崖边上，陆青崖往下望了一眼，她看不清这里多高，只能看见下面伸出的一截枯树枝，那枝上挂着几片叶子，要掉不掉地在风里晃着。

顺着顾终南的话，陆青崖坐了下来。

地上的砂石硌得慌，她刚坐下来就起了身，往下抚了抚，这才又坐回去。

"怎么用左手？我记得你不是左撇子。"他们坐得很近，顾终南往她的右手望去，可她今儿个的衣袖宽大，他看不出有什么不对劲。

先前的痛劲过去，陆青崖看着还算平静："右手不大方便，等回去了，大概要找大夫看看。"

顾终南想起方才发生的事:"他们折的?"

陆青崖点点头。

他吸了口气:"伸出来我瞧瞧。"

说完,他又补充道:"别担心,我刚才听见那声响,估摸着是脱臼了。如果是那样,我能给你扳回来,要不是,你再回去找李四季。"

犹豫了一小会儿,陆青崖把袖子往上撸了几下,伸手过去。

她的手臂细长,在夜风里被冻得干白,上臂那儿很明显地突出了一块,像是有块骨头从边上滑出来。

"果然是脱臼。"顾终南挑眉看她,"能忍吗?能的话,我给你扳正。"

"嗯……嘶!"

陆青崖才刚发出一个音节,顾终南就扯住她的胳膊一掰一送,动作迅速又强硬,随着"咔"一声,陆青崖疼得发丝里都冒冷汗。

"对不住,对不住……不过,我猜你会说行。现在接好了,你忍一忍,回去打个板子,不多久就能痊愈。"

陆青崖方才倒吸了一口冷风,那凉气直接灌进她的肺里,连着痛意,激得她一个哆嗦。

她的状态实在不好,却还是强忍着对他说了"谢谢"。

顾终南闻声笑了。

"不用。"他移开目光,望向头顶被云遮了一半的月亮,"你对我有什么好谢的?真要说起来,应该是我谢你才对。"

顾终南坐在崖边靠前的位置,稍微伸个腿就能伸出崖外。这里砂石细碎,又多又滑,一个不注意就能摔下去,他却半点儿危机意识都没有,用手往后撑着，仰头往天上看，唇边还带着点儿笑意。

在他的侧后方，陆青崖微微歪头看他，居然看出了些天真的感觉。

顾终南想起前几刻发生的事情，觉得，有一个地方，他需要同她解释。

"你知道吗，我其实一直背着你叫你'小黄连'。也不是故意取的什么外号，只是第一次见你，觉得你一脸苦兮兮的，特适合这个名字。"

从前在军营里，大伙儿喝酒的空当，陈柯君对顾终南这么说过，她说，别人用回忆的语气说话时都能戳人，只有他，在回忆的时候还能那么欠揍，用什么语气说话都还是欠揍。

没由来地，顾终南忽然想到陈柯君那个评价，他于是沉默了会儿。

陆青崖有一双看起来很干净的眼睛，像是含着一汪泉水，清凌凌的，当她凝神看人，那双眼里就会生出几分温柔和认真，叫人觉得很舒服。那双眼睛，顾终南一转头就望了进去。

他惯常直白，唯独在面对陆青崖时，总觉得自己应该再委婉些，生怕唐突了她。

"不好意思，我知道这不对。"对于外号的事情，他诚恳认错，"不过我默默叫了这么久，对这个外号还挺有认同感的，可能一时半会儿改不了。以后我多注意，尽量不这么叫你。但如果你听见我叫这个名字，那一定是我脑子没转过弯儿来……你知道我的意思就行。"

他诚恳认错，但并不打算改。

好在陆青崖也不在意："没关系。"

"你还真不介意我给你取外号？"顾终南的眉宇间带着点戏谑的味道，"其实你和我生气也正常，没什么不好表示的。"

陆青崖被弄得愣了愣，好一会儿才说："真没什么，反正也不难听。"

顾终南追问："那如果难听呢，你会生气吗？"

陆青崖陷入沉思。

见状，顾终南忽然笑开了，像是遇见了极有意思的事情。

半晌，他才止住。

"小黄连，你性格这么好，很容易被人欺负的，有些东西该计较还得计较。"

顾终南从来都是个顺杆儿上树的人，先前都是私下喊，这回得了她一句不介意，一声外号光明正大便叫了出来。

陆青崖也没说什么，只是跟着轻轻笑，眉眼都弯了起来。

云层渐淡，往一边飘去，月辉泛着冷蓝，洒了些在她的脸上，白纱一样，将原本就气质清冷的人笼得更缥缈了些。

有那么一个瞬间，顾终南想，她这样的人真少见，他们真是两个世界的人。他想，她其实不必这么陪着他，她随时都可以离开，在他颓废的时候，在他受伤的时候，在他偏激伤害她的时候……或者，就算她不离开，但今晚她因他而被绑架，她也该骂他一顿。

该说，是他牵连她了，她会受伤都是他害的。

该说，这次是她运气好才无恙，若是运气差些，像他父亲……

有些东西是障，迷人眼、乱人心，顷刻便能吞噬掉所有的理智。它们平常被封锁在大脑里边最深的那个地方，出于人体的自我保护，轻易浮不出来。可一旦浮出来了，再想压下去，便也困难。

顾终南陷入障里，脸色越来越差，意识也越来越迷蒙。

表面的释然能装得出来，但发生过的事情哪会那么容易过去？有些东西是想不得的，一旦开个头就没完没了了。

顾终南放不过自己。

这几天，他只是在拼命回避而已。

"顾终南,你怎么了?"

额上的汗顺着下巴滴落下去,在被唤醒的那一刻,顾终南全身都是冰的。大抵是冷到极致,回神之后,他的身体也稍微回暖了些。

她一直都可以走,但一直没有走,她还在认认真真听他说话,还在担心他。

"小黄连……"

他开口唤了一声。

顾终南的表情很平静,声音也稳,丝毫颤意都没有。可不知道为什么,陆青崖被这一声弄得很难过,莫名感染上了他的情绪。

"我在。"

顾终南轻闭上眼睛,喟叹道:"还好,这次我救出你了。"

他看起来欣慰,然而,不久又垂下头去,带着遗憾和歉意。

"陆元校长离开的时候……那个时候我那么对你,对不起啊。"

这句对不起来得突然又莫名,陆青崖不明白他为什么要对自己道歉。在她的记忆里,那是一段灰暗的时光,如果她是一个人,如果没有顾终南,她不一定挺得过。

他实在帮了她许多。

"你对不起我什么?"

没料到陆青崖会这么问,顾终南微顿:"就是,当初我对你不大好。"他反思道,"我嫌你烦,还打晕了你,我……真是挺浑蛋的。"

他说的这一段,陆青崖没有什么记忆了。她记得的是他为她跑的那些地方,为她说的那些话,以及在陈伯拦她的时候,他为她开的那道锁、那扇门。

"你打晕了我?"陆青崖显得有些迷茫,"什么时候?"

摇了摇头，顾终南收了之前的情绪，认真地对她说："这个世界上有许多恶意，你若是分辨不清，便多注意一些。记得好的没错，但别人对你不好的那些地方，你也得记一记才行。"

陆青崖不假思索地反驳："可你没有，你很好。"

可你没有，你很好。

这七个字陆青崖说得肯定，如果顾终南不是顾终南，如果他失忆了，他几乎就要信了，信了自己真对她很好。

他摇摇头："你啊，知人知面不知心，你怎么知道我在哄你的时候是怎么想的？你就这么确定我对你好？啧，就说了你很好骗，还不信。"

他低着头，过了片刻，又抬起来，一副若无其事的样子。

"罢了，也没什么好争的，就当我很好吧。反正仔细想想，我也没那么坏。"顾终南轻笑一声。

"你的眼神怎么回事？怎么一副心疼我的样子？每天都苦苦的，真是个小黄连。"说着，他歪了歪头，"看你这么难过，不然，我勉为其难抱抱你吧？"

陆青崖有些意外，但也没有多说什么。反而在顾终南过来之前，她先抱了过去。

他的衣服有些湿了，大概是一路跑来沾的露水，早春的山里依然冻人，那露水也带着丝丝寒意，沁得人直发冷。可她没有放手，反而红着耳朵将人抱得更紧。

顾终南很好，只是不自知，不过她知道。能遇见他，能与他相熟，她一直觉得自己很幸运。

而这时，他也回抱住她。

他在她耳边叹了口气。

"小黄连……"

"嗯？"

他一顿："没什么。"

有风刮过林子，卷来草叶互相碰撞的沙沙声，可空气凝在他们身边，那浓厚的悲伤将人裹着，仿佛能让人窒息。

察觉到这气氛异常，顾终南做了个深呼吸，将怀里的人放开。

他刚才是怎么了？怎么会想那些东西？够酸的。

"你知道吗，我的话其实很多，别人说我寡言，是因为我一直憋着，找不到可以说话的人。"

原想转移话题，却不想出口的话依然酸。顾终南扯了扯嘴角，又在瞥见陆青崖的时候把心事一挥。强想别的也想不了，就这么着吧。

他定了定神，伤感也伤得坦坦荡荡："今儿个憋不住了，小黄连，能不能借我双耳朵，听我说说话？"

因为那个拥抱，陆青崖的脸颊有些粉，但她的目光没有闪躲，依然那样认真地看他。

"嗯，你说。"

"我说什么废话你都听吗？"

陆青崖浅浅笑道："我也没说过几句有内容的。"

"那我理个头儿。"

"好。"

5.

崖下被风卷起白雾滚滚，像是海浪，一波一波往上涌着。

顾终南说了许多话，他总是想到哪儿说到哪儿，嘴里的这段既接不住上一段, 也承不来下一段, 没头没尾得很。可陆青崖依旧认真在听, 时不时做一些回应, 脸上细微的表情也总是跟着他的情绪变换。

在那些她并不了解的回忆里, 动情之处, 她甚至比顾终南还投入些。

这里原先没光, 四周漆黑一片, 很暗。可慢慢地, 他们能够看见一些东西。

而时间也在这逐渐清明的景色里, 一分一秒流逝过去。

破晓之后, 远天跃金, 这是陆青崖第一次这么近地看见朝阳升起。此时, 鸟儿一啄一啄, 在他们身边跳来跳去。经历了灰白色的生死关头, 又看见这样鲜活的画面, 她忽然觉得自己像是做了场梦。

鬼使神差间, 她一转头, 正巧对上顾终南望着她的眼睛。

"你看那两只鸟儿做什么?"

不等陆青崖回身, 顾终南就挥手赶走了小雀: "这两只也没什么肉, 等下次我给你打几只肥的, 保准比这俩好看。"

陆青崖一时无言, 只得干巴巴道: "鸟儿也不都是用来吃的。"

"我知道。"顾终南点头, "当然不都是用来吃的, 否则这自然界不都乱套了? 但它们烤着好吃, 比鸡鸭香, 有机会你真得尝尝。"

陆青崖知道和他说不清楚, 于是不再多言, 只是无奈地笑了笑, 附和道: "好, 等有机会。"

顾终南的轮廓深刻, 脸上被强光打出了大片阴影, 原先深黑的瞳色因为存了朝霞而变成了浅金, 那片浅浅的金色里, 正好映着一个陆青崖。

他讲了一个晚上的话, 口都说干了, 却仍觉得自己有许多话没说完。可惜, 那些借着黑暗能说出来的东西, 被这日头一晒, 他又张不了口了。

只是在那之外, 顾终南忽然想到一件事。

"对了, 上几个月是不是你生日, 就我回来之后那阵子?"

陆青崖明显有些意外: "对。"

"李四季送了你一块墨,对吧? 我记得那还是他自己做的。"

"你怎么知道?"

顾终南没有回答,只是往后一仰,躺下了。他沉吟片刻:"等回去以后,我给你补个生日礼物呗。"

许是他的样子太过于恣意舒服,陆青崖于是也学着他往后倒去。地上又硬又不平,她躺得并不安逸,可这一倒下还真放松,她也不想再起来。

"生日礼物?"陆青崖应道,"好啊。"

"就这么答应了? 我还以为你要推脱几番。"

"礼物谁不喜欢?"

经过这一晚上,陆青崖与他相处明显放松多了:"少将这么问,莫非不是诚心送我?"

顾终南被她堵了这么一句,不由得语塞了片刻。

"你都这么说了,就算我没什么诚心,这会儿也得送了不是。"

虽然夜里精神得很,但陆青崖到底是个乖孩子,从小到大都作息规律早睡早起,没什么通宵的经历。此时一躺下,困意便猛然袭来,没一会儿,她便连眼睛都睁不开了。

"那就有劳少将费心了……"

眼皮越来越重,她喃喃着,一句话没说完就睡过去了。

而一边的顾终南本想再说些什么,却在听见她变得平稳绵长的呼吸声时又收回来。

搭手枕在后脑勺,顾终南侧头对着她。

"睡得真快。"

念完,他又侧回去,仰躺着,随手捻来根草丝儿叼在嘴里。

"行吧。"他含含糊糊地说,"好好睡一觉,这些日子,你也够累的。"

第八章
摘花

"这花儿衬你，这样好看。"

1.

陆青崖这一觉睡得久，等她再睁开眼睛，已经是晚上了。

她从床上起来时觉得身上很重，呼吸都不顺畅，掀开被子才发现自己盖了两床厚棉被，且上面还压着一件军大衣。一看就知道是谁的手笔。

右手的衣袖被勒到上臂处，原先脱臼的地方被绑了板子、打着绷带，陆青崖的行动不大方便，她原想起来换身衣服，但碍于手上的包扎太过严实，只能作罢。

端了一杯茶给自己，陆青崖摇着头叹了一声。也不知道该说顾终南会照顾人，还是该说他不会照顾人，不过会不会的都不打紧，他至少还顾着她。

往外瞟了一眼，陆青崖微顿，又转回来。

才看了朝阳，转眼就是夜幕，这叫她多少有些不习惯。

"青崖，你醒了？"

在陆青崖推开门的同时，她看见了往这儿来的李四季。

"嗯。"

"你感觉怎么样？有没有哪里不舒服的？"

"没什么，只是可能睡久了些，觉得头有点儿晕。"

李四季的手里端着碗粥，闻言递向她："也可能是一天没进食的缘故，来，先把这个喝了。"

"我等会儿回来喝行吗？"

"你要去哪儿？"

陆青崖抬起左手轻轻晃，她的手臂上搭着一件衣服，正是顾终南给她盖上的军大衣。

"我把这个还给少将。"

"可少将今早回来只休息了一会儿就去顾家祖宅了。"李四季的眼镜上被白粥的热气熏出一层薄雾，"而且少将还说这两天不会回来，他说，等顾局长下葬后，他有些事情要办。"

"事情？"

李四季欲言又止，最终还是开口道："青崖，顾少将的意思……你们昨晚被人挟持和顾家有关。"

陆青崖一怔，本想再问些什么，可张了张口，她没有再说话。

回到房里，她一勺一勺喝着粥，脸上的担忧却越来越重。

等到喝完之后，她才忍不住似的："若那真和顾家有关系，少将在祖宅待着安全吗？"

"少将自有方法应对，你也不必太过担心。"

虽然之前因为那场意外，顾终南短暂地迷失过，可他依然是一个比她成熟稳重太多的人。他面对过的危机，她连想都想不到，从士兵到少将，他的应对能力毋庸置疑。不论从哪个方面说来，似乎都轮不到她来为他担心。

这一点，陆青崖也不是不知道，可她就是无法控制地在为他担心着。

"是吗？"陆青崖随口问了句，"那他回来吃过药了吗？"

不说还好，一说到这个，李四季就开始皱眉："被赖掉了，少将还是不愿意吃。"

陆青崖失笑："少将好面子，对你大概习惯了，下次我们可以试试合作，看他好不好意思不吃。"

"等他明天回来，我们试一试。"

他这么说完，陆青崖却没怎么听进去，她只跟着他的话音笑了一下，看起来心不在焉的，眼里存着难掩的忧虑。

李四季看她这样，低了眼睛。他取下眼镜，就着衣角擦了擦："你真的不必太过担心，现在情况如何，顾家心里打的是什么算盘，少将的心里都有数，他怕是早想好该怎么做了。"

"真的？"

"若非如此，他也不会那么确定，说自己明晚有事要做。"

陆青崖抿唇不语。

倒是李四季又戴上眼镜，细细看了她几眼。

几眼之后，仿佛明白了什么，李四季轻一挑眉，短暂的时间里，他看穿了些微被小姑娘藏着的小心思，只是他没有挑破。

"少将明晚回来，但可能会回得比较晚，你若养好精神，倒是能等一等；若是你忍不住睡了，后天一早也可以去见他。可这两天你最好还是好好待着，正巧学校休息，若是没有必要，你也少出门吧。"

李四季收拾了一下桌子："少将虽说心里有数，但事情到底没有处理完，外面还是不大安全，你自己也小心一些。"

"好，谢谢。"

"客气什么。"

李四季笑了笑，端着空碗走了出去，走到门口又转回来："对了，你的手其实没有什么打紧，只是少将不放心，要给你打个板子。若你觉得不方便，随时找我来拆，但若你想让他放心些，就绑着等他回来。"

陆青崖低下头去，好一会儿才抬起来，她的耳朵有些红，说话却仍是平素里淡然的模样。

"其实也不算很不方便，我这两天不写字了，看书吃饭什么的左手都能做。"她越说越觉得像是在找借口，索性不多说了，最后只说了一句，"就绑着吧。"

李四季背过身笑，没人晓得他在笑什么。

2.

白天下过小雨，此时空气氤氲，远处屋檐上也还泛有点点水光，混合着隔壁人家取暖冒出的白烟，能看见些潮湿的烟火气。

分明是真真切切浮现在眼前，却偏生叫人想起些无根无蒂的东西。

陆青崖坐在桌前，望着外边发了许久的呆才收回目光。

等她再将注意力转回自己的右手，便又发起了愁。昨儿个一时冲动，对李四季说多绑一天，但她忍了许久，现在只想去洗个澡。要洗澡的话，这样还是不方便的。

陆青崖忍不住又瞟一眼时钟，可距离她上一次瞟去，才过了三分钟不到。

算起来，顾局长下葬的时间大约是在下午，而现在已经将近十二点了，顾终南应当把事情处理完了吧？或者事情复杂些，他没处理完，要再过会儿？那过会儿他会回来吗，还是要再留一天？

有时候思维和身体会产生矛盾，一个要继续想事情，一个却说自己累了要睡觉。便如此时的陆青崖，她觉得自己还能保持清醒，脑子却明显有些混沌了，它指挥着那双眼皮，叫它们闭上，好好睡去，自己也准备歇下，什么都不再想。

随着倦意袭来，陆青崖伏在桌上，迷迷糊糊便睡着了。

只是由于牵挂太重，她在梦里见到了顾终南。

梦境里，再不现实的东西也会被当成现实，更何况她还梦得这么逼真。在那个世界里，她等了他一夜，看着他从门口走进来才终于松一口气。

"你回来了？"

她刚刚迎上去，就听见一声枪响。

血气弥漫在四周，而顾终南倒在了她的面前。

"啊——"

顾终南刚刚进门就看见趴在大堂里睡得满脸不安的陆青崖。

"怎么在这儿睡着了？"他一整天滴水未进，此时正渴得厉害，于是在给自己倒水的工夫里，顺手轻推了她几把，"小黄连，别在这儿睡，醒醒……"

话还没说完，就看见眼前的人惊叫一声醒过来，没绑住的左手一挥，把他的茶打翻下去。

"嘶——"

瓷杯带着满满的水砸在他的脚面，那杯子顺势一滚，磕了个边儿，没碎，茶水却结结实实洒了他一脚。

顾终南沉默片刻，火气刚刚酝酿出来，还没来得及撒，就被浇灭在了她的眼神里。

"哎，怎么了，你别哭啊？做噩梦了？多不好的梦啊，这么还哭上了？"

顾终南手忙脚乱地给她擦眼泪，可眼前的人并不老实，她站起来就往他肩头扑。

陆青崖的动作实在让人意外，意外到狠狠吓了顾终南一跳，他心说，这两天不见的是发生了多大的事儿，怎么这姑娘忽然变得这么热情了？

在确认他身上没有枪口之后，陆青崖才终于平静下来。

"你没事吧？"

顾终南被问得奇怪："我能有什么事儿？"

直到这时，陆青崖终于能够将梦境和现实区分清楚。

她脸上一红。

"没……没什么……"她退后两步，结结巴巴，"我方才……方才是想问，你这两天在顾家怎么样？"

"能怎么样？"

顾终南弯下腰，轻轻拂去鞋面上的茶叶。

那是顶好的皮鞋，意大利货，很难订。这还是顾常青出事之前给他买的，近两天才寄来，今儿个是他第一次穿。顾终南用衣袖擦着上面的水渍，觉得有些心疼。

可一抬头对上她巴巴的眼神，心里又有些好笑。

若是将茶打翻在这双鞋上的人不是她，他一定早就骂死对方了。

"喏，我有点儿渴，给我倒一杯茶。"

顾终南坐在一边，大少爷似的指使着人家小姑娘，在接过她兑得正好的温热茶水之后，才终于平复了一些。心道，那么茶水这件事儿，我就原谅你了。

"其实顾家没有我想得那么糟糕，只是有几个蠢人而已。"说到这里，顾终南的眸光冷了一些，"蠢的那几个，我已经处置过了，接下来应该不会再出什么乱子。"

他说得含糊，陆青崖没太懂，只是这么看着他。

但顾终南也无意将这些说得太清楚。

一个家族内部分崩离析，要对自家人下狠手取命，而追溯原因只是为了乱七八糟的什么权力。这着实不是什么光荣的好事，更不好对外人多做言语。

想起这两日发生的事情，顾终南心中的厌恶更深了些。

那个油头胖子若是不蠢不急，说不定他还真能交待在油头胖子手上。毕竟他虽对顾家有所防备，也没料到油头胖子会选在这个地方动手。

回想起处置那人时，三老爷对他的态度以及众人看狗一样嫌弃的眼神，顾终南又有些痛快。

他知道他们的心思没差多少，也清楚他们的想法不如表面可以见人，但他还是觉得痛快。报复这件事情，总是能叫人舒心的。

却可惜，这不是完结，只是个开始。

"怎么，听李四季说，你挺担心我的？"敛下所有情绪，顾终南调笑问她，"有什么可担心的，你以为，就那些个货色，能把我怎么样？"

"话不是这么说……"

"嗯，那是怎么说？你说，我听着。"顾终南双手捧着茶，眨着眼睛，看上去竟然有几分纯良。

"我……"

陆青崖觉得自己无话可说。

"行了，我大概明白你的意思。顾家说到底也就是我家，我家的情况我还算了解，那些人在想什么我也都懂，他们想要的暂时都已经得到了，我现在对于他们而言可有可无，以后那边应该不会再闹出什么事了。"

陆青崖一怔："什么叫都得到了？"

"他们想要的，不就是顾家的家主之位吗？"顾终南笑得很冷，"从今日起，我不再插手顾家事务、不再过问顾家决定，也自辞了家主之位。换句话说，我与顾家不再有任何关系。"

陆青崖或许不懂这对顾家代表着什么，但她绝对知道这对顾终南而言意味着什么。

"你为什么这么做？"

"小黄连，我与顾家的关系，你不晓得。"

顾终南活动着手腕，很轻很慢地转着那个瓷杯子。

"血脉、亲缘在权力二字面前疏淡如水，大家住在一个宅子里，却不如寻常家庭亲密，反而像是那些困兽日日被关在同一个铁笼。没有人真心待谁，没有人贴心关切，每个人想的，都是怎么样能让自己分到的肉羹更多一些。风光在外的长津顾家，真要去看，其实不堪得很。"

他像是怀念，像是感叹，语气却平淡，仿佛在讲一件与自己无关的事情。

"不就是一个家主吗？我爸不在乎，我也不在乎。"他说到这里，又喝了口水，水已经有些凉了，喝得人越发清醒，"虽然不在乎，但起初，我也还是想把它争过来。这本就是我的东西，就算不要，也该是由我说不要，尤其是看见他们使了那么多手段想同我抢这东西……我并不想让他们如愿，可是我没办法。"

顾终南轻嗤："我其实不想这么说，显得自己多可怜似的，但我不如从前了，至少不如刚回长津的时候。顾家家主这个位置，它其实是我的，但是我争不来。"

陆青崖想说些什么，却又不知道从何开口，末了，也只是接过他手中的茶杯。

"水凉了，我给你添点儿热的。"

她心思敏感，很容易察觉到别人的情绪；她也善于言辞，很会说些开解人的话。然而那都是在别人面前，都是从前。

自遇见顾终南起，只要碰上他的事，她就只能瞎担心，除此之外，便什么都不会了。

"不说这个了。"

顾终南几步上前接过茶杯。

"你的手还没拆板子？怎么，李四季不是说影响不大吗？"

"是不大，没什么问题。"陆青崖不自然地扭开头，"今天准备拆的，但是……我，我今儿个没想起来。

陆校长从小教她许多，不论是文本学问还是人际变通，她都学得灵活，唯独这说谎，她可以说是半点儿不会。所以，她一说起来，就变得又慌又结巴，脑子都不会转了。

偏偏顾终南丝毫不懂得善解人意，直往她的窘迫点戳。

"你没想起来，李四季也没想起来？怎么回事，我去找他。"

"别，别别别……"

陆青崖连忙拽住他的衣袖。

"这么晚了，他都该睡了，你别找他。"

"睡了？不打紧，我现在就去把他弄醒……"

"不用了，我明儿个拆也是一样的！"

顾终南满脸嫌弃："那怎么一样？多不方便，尤其是女孩子，洗漱打扮什么的……"

"我说不用就不用了！"

陆青崖被激得半吼出来，吼得顾终南几乎定在原地，半天才干笑两声。

"你，原来……"顾终南舔了舔嘴唇，"能大声说话啊？"话起了个头儿，他接下来便也说得自然了些，"我看你每天文文弱弱、细声细气，连和人吵架讲理都条理分明的样子，以为你就能出那么大的声儿呢。"

陆青崖的脸涨得通红，声音也低下去："不是……"

"行了！"顾终南拍了拍她的肩膀，"中气十足的多好啊，看上去都有生气些。平常每天和个瓷器似的，我讲句话都怕把你吓着或者碰坏了。"

陆青崖对于这个评价哭笑不得："哪有这么夸张？"

见她恢复如常，顾终南抹一把额头，心道哄姑娘还真累。

原来，自己刚才那几句话就算哄人了。

"趴在这儿多久了？看你之前昏昏沉沉的样子，困了吧，快回屋睡去吧。"

"那你呢？"

"我？"顾终南莫名，"我当然也回去啊，不然在大堂里坐一晚？"

不同于顾终南什么都感觉不到的粗心思，陆青崖被困在尴尬里出不来。

"对了，你不想麻烦李四季，不如我帮你把这板子拆了？"顾终南试探着问，"我原先给医疗队帮过忙，拆个板子也没什么难度。看你这一身衣服一直没换，怪难受的吧？"

他不说还好，被这么一说，陆青崖又生出些羞恼。她这两日的确因为不便没换衣服，只是那夜头发弄得很脏，昨日醒来之后，她将就着勉强舀水冲了个头而已。

顾终南见她不说话，心里纳闷，难道自己猜错了？

"怎么，你是真不想拆？不舒服，还是觉得骨头没长好，想多绑几天？"

"不是。"陆青崖讷讷着，伸手，"谢谢。"

多大点儿事。

顾终南笑着几下把绷带撕了："没什么，拆个板子而已。其实若不是你左手不方便，自己也能拆，喏，就这样……"

暖黄的灯从斜上方照来，顾终南的眉骨很高，轮廓立体分明，像是西洋那边的雕塑。陆青崖在好友的画室里看见过，灯一打就能看见雕像脸上大片被分割出来的阴影。他的眼睛也藏在眉骨的投影里，陆青崖正看着他出神，不防他一抬眼，阴影处染了光。

"好了。"顾终南随手将纱布和板子放在桌上，"回去洗一洗就行。"

陆青崖猝不及防收回目光。

拍了拍手，顾终南的动作有些僵硬，他不自在地活动了一下肩胛。

"你怎么了？"她问。

"没什么，这不那天晚上受了点儿小伤嘛，"顾终南龇牙，"被那帮人的刀子划了一下，这两天在结疤，不大舒服。"

闻言，陆青崖想起顾终南那一身没痊愈的伤，眉头又皱起来。

"停，别皱了。"

顾终南对着她指指自己的眉心。

"你再这么下去，年纪轻轻就该有皱纹了，很难看的。女孩子家家，不在乎啊？"

陆青崖下意识地捂住自己的眉头。

这个动作实在可爱，逗得顾终南弯了嘴角。

被他这么一晃，陆青崖想到一件事情。

她呆呆地问："既然你的手受伤了，那么……那天晚上，你是怎么把我弄回来的？"

在问出口的这一瞬间，陆青崖的心里闪过了些不能说的期待，她望着顾终南，眼睛里有细碎的光点，溪水一样，卷着星河缓缓而来。

"那天？"顾终南朗笑一声，"你扛过沙包吗？"

对着骤然木住的陆青崖，顾终南比画出扛沙包的动作。

"就这样呗，方便。没事儿，你可比修战壕时我们扛的泥巴袋子轻多了！"

愣了许久才找回自己的意识，陆青崖干笑两声："是吗？那真是……麻烦了。"

3.

将起起落落都经历了个遍，先是走下了原本的位置，再是失去了父亲的庇护，到了现在，连顾家家主都担不起，顾终南接连的遭遇引得众人议论纷纷。有惋惜的，有看戏的，但不论是带着怎样的心态，大家伙儿都不约而同认定了一件事，顾终南这是彻底垮了。

这时，许多"先知"冒了出来。

他们说，顾少将这是把运气用完了，他之前走得太顺，但天老爷是公平的，除非是大运加身，否则便逃不掉盛极而衰的命运。而大运者，那是每个时代站得最高的那个人，不是他们这些小老百姓能议论的。

一时之间，顾终南成了长津城里话题度最高的人。

市井之中只是谈他论他，那些官员权贵却不同，他们也说他，但说的时候，大半都在笑。

还有什么比亲眼看见曾经高傲到不肯低头的少年英雄没落成尘更让人开心的吗？

酒宴之中，明亮的灯光下酒杯相碰，洋装挽着西服在舞池里摇曳，有人说起"顾终南"这个名字，相邻的那一片便发出意味不明的笑声。

他曾经看不上他们，连敬过去的酒都不接，那又怎么样呢？说什么天之骄子，现在也不过就是被踩进泥巴里的人。

顾终南，顾少将，讲起来，那可是曾经和九康军阀段林泉比肩的人。

玻璃杯里的葡萄酒被轻晃了几下，挂了些在壁上。

可那只是曾经，如今再看，他成了个什么？

手持酒杯的人们笑得开心。

几句话将他带过，转入了下一个话题。

这个世界上从来不缺说是非的人，尤其是不好的东西。只要这个世上还有活人，流言便总能通过各种渠道，从一个人的嘴里传进另一个人的耳朵。

这一切，顾终南都知道。

可他毫不在乎。

不是被磨平了锐气，顾终南眉间挂着的傲意仍在，可他变了，在那傲意之外，他比之前多了几分疏离，多了几分不在意。

然而，他觉着无谓，陆青崖倒是在意得很。

她向来温和好脾气，难得激动一次，就被气得眼角泛红。

"那些人在拿他当笑话？西北之战，辽水之争，几番平乱……那些人是不是忘了，顾终南在战场上历了多少轮生死？他是一位将军，他是整个华夏的英雄！"

这番话，陆青崖是发泄一般在学校对着同学说的。

那个姑娘名叫小希，她脸圆喜气，说话也柔，胆子有些小。

小希左右看一眼，赶忙过来拉住陆青崖的手："这是真话不假，但照现在的形势来看，谁敢多说什么呀。这世界上最不缺的就是落井下石的人，远的不提，就说这张校长。你看，在顾少将当势时，张校长没少出去炫耀少将来长津大学当旁听生的事，就算少将缺课不来也为他打幌子说他繁忙不便。但现在呢？前几天的会议上，他不就着缺课这件事拿顾少将开刀了吗？"

听到张乌酉这个人，陆青崖的眼底染上几分厌恶。

"青崖，我知晓你的感受，我也为此不平，可我们能怎么办呢，至多不说不谈罢了。都说墙倒众人推，要改变大家的想法，这根本是不可能的事情。"

陆青崖心里发堵，她有许多想说的话，放在当下，却一个字也说不出来。

中外文化碰撞，如今战火纷飞，她不是书呆子，自然晓得自己生活在一个怎样的世道里。现下并不安稳，甚至可以说是十分混乱，但对这个世界感到失望，她还是第一次。

"可是……"

"青崖。"小希挽住陆青崖的手臂，"顾少将是什么人、真相是什么样子，每个人心里都有一杆秤，他们其实都知道的。"她将声音放小了些，"等风头过去，他们再记起来，说不定还会为了自己曾经讲过的这些话而惭愧，换位思考之后，觉得顾少将的遭遇可怜呢？"

陆青崖的心情并没有因为这句话而好上几分。

顾终南的确被针对得厉害，可他什么时候沦落到要靠别人可怜了？

她知道小希是想开解她，可小希没有一句话说到了她在意的点上，也并不清楚她到底在气什么，倒是靠着自己的想法，往她的心火上浇了桶油。然而，因为对方是好心，她也不好反驳。

陆青崖也觉得自己这么想不对，可她比之前更憋屈了，甚至觉得小希说这个话还不如不说。

正气闷着，不远处走来一个人。

"是方主席。"小希看见，欢欣道，"方主席，好巧啊！"

长津大学校园里绿植很多，尤其是赏春园里，这里栽着大片花树，杏树枝头已经开了几朵，叶片嫩绿衬着花色丰艳往下延伸，方迹从花枝那头走来，仰头抬手一拨。

他对着小希轻轻点头，打了个招呼，接着，又在看见陆青崖时略带歉意地笑了笑。

"青崖，我能和你说些事情吗？"

方迹是长津大学学生会的主席，也是华夏学生联合会的主要负责人。

他与陆青崖的交流向来密切，他们有着相同的抱负，关系也好，只是自上一次游行之后，他们的交流少了许多。陆青崖大概知道张乌酉找过他，她一直想就这个与他商量，然而那件事没过多久，顾终南便出了意外，所以她一直没找到机会和方迹详谈。

小希吐吐舌头："你们有事要说，那我就不打扰你们了。"说完，她小跑着离开了，离开之前还同他们挥手告别。

在小希走远之后，陆青崖望着方迹等了许久，可他一直支支吾吾，像是不知如何开口。

又过了会儿，她叹口气，决定不再浪费时间："方主席，正好，我也有事想同你说。"

方迹似乎有些意外："是吗？那你先讲，我不着急。"

陆青崖开门见山："张校长是不是去找过你了？"

方迹顿了一瞬。

"是，张校长……事实上，我正是因此而来……"

"若是这样，那或许我们要谈的是一个问题。"陆青崖继续道，"张校长想要解散学生联合会，虽然不知原因，但我觉得这样不妥，我们需要想个办法将学生会保留下来……"

"等等，青崖。"方迹眼神闪躲，"其实我这次就是特意来找你的。"

陆青崖不明所以："什么？"

"我……"方迹几番吞吐，说得艰难，"我是来向你辞行的。"

"辞行？"

话一旦有了开头，继续下去，就不那么难讲了。

"对。"他吐出口气，"我决定不再担任学生会主席这一职位。"

长津大学里的学生很多，能轻易读书考学的家境大多不差，但出身普通的依然占大多数。方迹属于前者，他出身极好，自幼便受着前端教育，张乌酉在其余学生会骨干那边用钱用势令他们退出的方法，于他根本行不通。

然而，他家中子嗣不兴，他是这一代里唯一的孩子。

张乌酉前一日劝方迹无果，次日便携着学生会从前历过的危险去方家走了一趟。他是大学校长，说话有理有据，方家父母听完那一番话，几番衡量，越想越慌。

不是什么有无大义、自不自私的问题，全世界的父母都是如此，自己磕磕碰碰走刀片都没问题，但孩子哪怕破了点皮，他们都觉得是大事。他们说是社会名流，在家里也就是普通父母，觉得孩子蠢也好笨也好，哪怕没出息都好，他不用成为什么了不起的大人物，只要他能做着自己喜欢的事情，平安健康过完这一辈子，也就够了。

张乌酉抓人心理极准，在他离开后的第二天，方迹便被父母约去商量，叫他去英国留学。说是商量，其实已经定下了。方迹也想反抗，也曾据理力争，可他实在受不了父母带着眼泪的逼迫。

于是，最后他妥协了。

在办理签证的那一日，他咬着牙想，张乌酉的手段实在高明，若张乌酉不任校长，也会是一个很好的阴谋家。

他也憋屈气闷，也想将这心情说出来。

可真要说的话，那就像是在抱怨和推诿，他不愿意。

"青崖，不只是我，长津大学学生会已经有六人请辞，三位部长，三位副部长。"方迹觉得难堪，略低着头，"前些时间你没来，不大清楚，我们……"

他有些说不下去。

方迹没有参过军，却在此时生出一种做了逃兵的感觉。

这是他的理想和抱负，在学生会成立之时，他也以为会和大家一起走下去，可是……

"我知道了。"陆青崖的语气平静，"我回去整理一份现在学生会的人员名单。"

"青崖？"

"我知道主席有苦衷，也明白张校长一定是做了什么事情。但我左右没什么好挂念的，应当可以和他去争一争。"她说，"我还是想保下学生会，它做成过很多事情，以后也还可以再做很多事情。这是一股力量，无论如何不该被无故削弱。"

方迹闻言，觉得羞愧，陆青崖却浅浅笑了。

杏花落了一瓣在她发间，将原本素净的少女衬得明艳灵动。

"若我还在从前，遇见这样事情，我也是有顾忌的。主席不必多想什么，有些选择不能由人，这是没办法的事。"

这句话她其实说错了。

若她还在从前，陆校长尚在人间，他们都不必面临这样困难的情境。陆校长不是张乌酉，他断不会轻易解散学生会。

虽然陆青崖表示理解，可方迹过不去自己的坎儿。他不多久就离开了学校，走时脚步匆匆，半低着头，什么都没去看。

可顾终南看见了他。

又或许可以这么说，他一直倚在大树边上，在听他们说话。

4.

待方迹离开，顾终南从树后绕过来，站在陆青崖身后等了会儿，可眼前的人一直在发愣，根本没留意这儿多了个人。他想了想，摘掉了她发间的花瓣。

陆青崖一吓，飞快转身，差点儿撞到顾终南的肩膀。

"少将？"

顾终南拈着花瓣儿冲她眨眼睛："想什么呢，这么入神？"

陆青崖不答话，而他若有所思般："学生会的事儿？"

"少将都听见了？"

"嗯，差不多都听见了。"

顾终南今日是来办理退学手续的。

说来，之前他爸让他来当旁听生，说想用书本练练他的性子磨磨他的锐气，让他好好学学什么叫韬光养晦，可他一天书也没读就发生了后面那些事情，也真是不巧。

也许他真不是读书的人。

顾终南拿着一沓文件，都是办理退学手续时签来的，他刚办完就看见了陆青崖，原想过来打个招呼，不料才一走近，就听到她身边那个小姑娘在讲关于他的事情。他眼看陆青崖的眉头一点点皱起，眼看她的表情从恬淡变得微带怒意。

他倚在树上笑，觉得真没必要。可有人为他生气不平，他又觉得心口被浇了温水，原先冷硬的地方变得又湿又暖。

这感觉还不错，所以他没打断，也正因为他没出去打扰他们，所以，他将后来的一切都收入耳朵。

陆青崖叹道："学生会里，大家大多因为共同的信念走在一起，如今因为这样的理由分开，确实有些难受。尤其主席是个有想法有能力的人，想来实在可惜。"

"是可惜。"顾终南抬眼看花，"不过这世上哪有那么好的事情，能让他张乌酉想什么成什么？你放心，多撑会儿，撑过这一阵子，张乌酉就没法儿再为难你们了。"

"什么？"

"华夏学生联合会做成过不少事情，制造舆论和控制舆论其实很有用，你们最好拿捏的一点，不过就在于组织者和参与者都是学生，不过学生也是上进青年的代表。"顾终南大方地笑了笑，"可这只能算是个民间组织，原来有同盟会的陆校长在这儿镇着，做事自然顺利一些，但现在……"

说到这里，顾终南微顿，把这句话带了过去。他含含糊糊道："现在，看起来便比较好欺负。"

陆青崖的确因那句话而显得难受，可她没说什么，只是继续听着。

"我前些日子托人打探了，发现张乌酉的确有许多动作，不只是长津大学，对别的学府他也有做过类似的事。他不是只想解散长津大学学生会，而是想解散华夏学生联合会，但现在还在前期，他的动作不大。我联系了徐世先生，将这前因后果与他说了说，而他听闻之后有些凝重，讲会去与其他先生商量，过段时间还打算在报纸上登一篇文章，讲述如今的青年做过的上进事情，会重点提到华夏学生联合会……"

徐世先生是翻译国外文献和著作的先锋，可以说是教育界的泰斗，在哪儿都受尊重，在文人中极富话语权，只是他脾气有点儿怪，不喜与人多做交流。

张乌酉私下不论在做什么，明面上也是长津大学校长，在学问上矮徐世先生一辈。如果有徐世先生坐镇，那么张乌酉恐怕短时间内真不敢再对学生会下手。

"你怎么联系到徐世先生的？"

"其实早在过来递交入学手续、在张乌酉面前说我要加入学生会的那天，我就在做这手准备了。虽然后来断了许久，但好在这些日子我们收集到的情报充足，比起之前更具说服力。"

顾终南回忆着："我原先听说徐世先生事务繁多、时间紧张，轻易不见外人，还担心这事儿成不了。可这担心真是多余。徐世先生是真正的教育家，不说我们准备多少，哪怕我们什么证据都没有，只要他晓得了这个事儿，他就一定会挂心和调查处理的。他知道学生会意味着什么。"

这一番话，顾终南说得认真。

他在认真的时候会不自觉变得严肃，严肃到让陆青崖能够借此联想到他号令三军、挥斥方遒的模样。

可是，他的严肃也只到他说完这番话为止。

"这个事儿算是定了，就是联系人和写文章登报还需要时间，所以你要加油撑住，撑到徐世先生出来给你撑腰那天。到时候，你拿着报纸'啪'一声摔在张乌酉办公桌上。"

顾终南笑声清朗，作势比画着动作。

"你就这样！"他甩手，指着空气，"和老子玩阴的，你还嫩点儿！"

这当然不是陆青崖能说出的话，可她照着顾终南的描述想了想，不多时便被逗笑了。

"是这样吗？"

陆青崖兴致来了，跟着学他的动作。

"哎，不对不对，你摔报纸的力气得再大一些，幅度再大一些，头仰着点儿，要让他看出你的不屑……"

顾终南一副二流子的模样，也不知是哪儿学的，痞得浑然天成，活脱脱就是个天天混迹市井不干正事，这一秒不爽了，下一秒就能提起拳头打架的小混混。

"对！"

在他精心指导之下，陆青崖终于能勉强做出个样子。

顾终南很开心似的："孺子可教啊，小黄连，你这样必定能把那老东西气个半死，也吓个半死！到时候，这些日子的仇，也就算是报了一小部分了。"

陆青崖跟着笑，却不解："一小部分？"

顾终南的笑意微滞，但很快又勾起嘴角。

顺着张乌酉，他们的确查到了一些东西，比如陆元校长的案子，比如他父亲的死因。可这一切都还在开端，不能定性，现在要说，还是为时过早。

尤其是对陆青崖，顾终南并不想多去影响她。

"可不是一小部分，那张乌酉做的坏事可不少。"顾终南似真似假道。说完，他抬头，"这花儿都开了？若不是今天出来看看，我还没注意。说来最近天儿确实暖和，外套都不用穿就能出门，冬天还真是过去了。"

"对啊。"

陆青崖很快被转移了注意力。

说来也不是第一次了，哪怕她之前心情再怎么不好，再怎么心烦不安，但只要顾终南出现，她都能很快宽心回来。这个人好像是无所不能的，好像什么事情都能解决。

望一眼枝头又望一眼陆青崖，顾终南的心底生出了点别的想法，就像是嫩芽钻出了地面，那芽尖儿迎着风动了动，他用手肘推了推她："你们这儿管摘花吗？"

"什么？"

"我记得有些地方不能摘花，你们这儿管吗？"

长津大学的校训规章很多，但这园子本不属于长津大学，是后来扩张才有的，而园里的花树，也是在那之后，一些学生自己打申请批下来种的。

陆青崖想了想："我不大清楚。"

"你都不清楚，那肯定是没问题了！"

顾终南笑着伸手折了花枝，那一枝很细，枝头却开着三四朵花，中间还有两个花苞。他取了开得最好的那朵拿在手上，举着花枝递给陆青崖。

"喏，送你！"

陆青崖愣愣接过。

这是她第一次收到花，以前从没有过，即便是和同伴玩笑也都是在花摊上各挑各的。她的脸颊染上杏花颜色，眸中映着眼前的人。

陆青崖红着耳朵小声道："谢谢。"

"不必。"顾终南转着手上那朵，想了想，为她别在发间。

陆青崖下意识要躲，却被他另一只手按着肩膀躲不开。

等他为她别完之后，她的耳朵更红了。

陆青崖摸一摸耳上。

她半低着眼帘，微带笑意，面色和杏花一样，丰艳中不失清雅，正合适站在春风里。

景色衬人，人也衬景。

"这花儿衬你，这样好看。"

顾终南几乎被她的笑晃着了眼睛，看见这样的陆青崖，他莫名觉得满足。

"也不枉我大老远来这儿一趟，当个偷花贼。"他抚上树枝断口，"这花开得好，只可惜枝头上到底花苞更多，现在折了就开不出来了，也不好多折几枝。"

陆青崖放下抚花的手搭在枝上，目光从花枝转向了顾终南。

顾少将常年征战，在她最初认识他的时候……这样说大概不好，可他的确容易暴躁，他也有同理心，只是要少一些。

他略有轻狂、稍稍自负，除了身边人，谁也不在乎。

更不可能会在乎这一枝花。

陆青崖大抵知道他是什么时候改变的。

有些时候，时间就是走得格外快些，鲜衣黯、怒马衰、湛湛长空被替成烽烟肆虐，风云涌动里，天翻地覆也好像只是一瞬间的事情。

而顾终南也就在这一瞬里变成如今的模样。

从今往后，天地与他同等，尘埃亦与他同等。

顾终南依然是顾终南，也说不清是好是坏，但他终于还是在乎起了这
一枝花。

第九章

坐牢

"你想走吗？我带你走，我们回去吃饭。"

1.

华夏版图辽阔，不比周边小国。在这片土地上，就连传个消息，从北到南，也需得几天。而有这几天的工夫，事情都不知生出多少变数了。

"日本亲王访华？可前段时间日本和东北不还在打吗？"

街头茶摊上，蓝帽子老汉啃着酥饼指着报纸，一脸嫌弃地反驳那个咋咋呼呼的年轻人："所以这不暂时休战了吗？你以为北虎将是吃素的？依我看，那些个东西怕是被东北那位郭将军给打怕了！"

老汉声音洪亮，说着扬高了些，看起来颇为自豪："这不，上赶着巴结献好来了吗？我说啊，这战就不该休，就该往他们脸上打！"

这话引来周边不少人附和，大家笑着，津津有味地吃着茶点："就是啊，休什么休！就得继续打！"

"没错！该打！就该继续打，给他们打个……哎哟，哪个不长眼的？"

这边年轻人正叫得起劲，不料背上就挨了一脚，直接被踹趴下了。

"不长眼的东西说谁呢？把你两只招子放亮点儿，这是你姑奶奶！"

陈柯君抱着手臂环顾一圈，她能打能闯，就是不爱干细活儿，可真来了事情她也推脱不掉。就说近来给顾终南查的那些东西，她查得整个人心烦气躁，正愁没个发泄的地方，好不容易找个空儿出门，想去靶场打个架放松一下，不料半路上倒是听见了这么些混账话。

"你谁啊你？无缘无故打人，你也不怕……"

"无缘无故怎么了，老子打的就是你！"不等那小伙子吵嚷完，陈柯君一拳冲着他肚子过去，直接把揍跪下了。

完了还嫌不过瘾，她解开胸前的绳子，把原先背在背上的长棍"啪"地拍在桌面。

接着，她一个个指过去。

"嫌这世道不够乱是吧？想打仗是吧？想打你们自己怎么不上，敢情死的不是自己，上嘴皮碰着下嘴皮嘚啵几句觉得挺轻松呗？"

她今儿个出来本来就是活动筋骨的，穿的也是方便动作的衣服，头发盘起来收在脑后，看着像个假小子，表情、言语却比那些真小子还狠还辣，整个人从内而外看上去就三个字——不好惹。

"见过打仗什么样吗，瞎叫唤，休战不比死人强？"她越说越火，那火从脚底蹿到头顶，几乎把她整个人烧着了。

她本想骂娘，却在开口的前一秒想起昨晚和李四季打电话时笑着和他做保证，说自己再不讲脏话了，一时间噎住了。

半晌，她啐一口："真恨不得把你们都提溜到战场上去，看有几个人有胆子叫开战！"

人群里有不服气的冷哼一声。

本来嘛，也就是他们几个在这儿谈谈新闻说说话，这个女的一来就把人打了，还人五人六教训起他们，谁能服气得了？

"哟，怎么，谁哼的？"陈柯君转个头，"让姑奶奶认识认识？"

角落里的少年冒出个头儿。

他原先蹲在那儿没出过声，也不曾附和任何一边，这声冷哼，只是出于心气和对陈柯君的不服气罢了。

少年穿得破烂，戴条辨不出原先颜色的围巾，脑袋上一头乱毛："我哼的，怎么了？"

"怎么了？"陈柯君冷笑一声，"有什么意见，给我说说呗？"

"我……"

陈柯君这一身气质是刀枪里滚出来的，哪怕不说话都能叫人觉得呛，少年一个半大小子，世面没见过多少，难免心底生怯。可他也就怯了几秒钟就反应过来。

"我就是觉得，军人不就得打仗吗？"他说完觉得自己有理，声音不禁放得更大了些，"你说，他们不打仗参什么军？"

人往往有从众心理，尤其是在人堆里的时候。尿的时候，大家会一起尿，然而，但凡有一个敢于反抗地站出来，剩下的就会开始按捺不住躁动。

"就是。"

"不打仗养他们干什么？"

陈柯君眉尾一挑："哟？"

见她声音小了，那少年的胆子更大了些。此时此刻，他甚至生出一种喝了酒的感觉，仿佛大家的目光都化成了酒气，都是在给他壮胆。

"再说了，我们不知道战场什么样，你知道？你去过吗？哼……不就是打仗嘛，换了我，我也行，我就敢打！"

陈柯君原本握住了棍子想再把人教训一顿，却在听了这句话之后笑出声来。

"你敢打？"她轻蔑地瞥了少年一眼，"胆子够大的啊，小瘪三，你可有家人？"

"谁是小瘪三！"少年抱着胸，"没有，我光杆子一个，吃百家饭长大的。"

陈柯君过去捏了两把他的胳膊。

他长得瘦，身上倒是结实，她趁他不备抡起拳头就往他面门砸，不想少年反应极快，晃身躲过了。那一拳只从他的下颌擦过去，但由于力度够大速度又快，也还是蹭出条红印子。

他捂着被擦过的地方骂骂咧咧："你这女人讲不讲理了？信不信我们报警啊？"

"报警？不好意思。我看等他们来了，哭的怕是你们。"陈柯君轻嗤，吊儿郎当地把棍子往肩膀上一架，"喂，你要真有本事，把前面那句话再说一遍。"

"哪句话？"少年警觉地问。

"不是你说的吗，你敢打仗？怎么，屁话吧？放出来了就散了？"

少年十几岁的年纪，这个时间段的孩子最受不得激了，尤其还在这么多人面前。

"谁说的？"他的脸涨得通红，"我敢说就敢去！"

"别说我没提醒你，现在呢，哪儿都在征兵，有本事你就报名去。对了，你叫什么？我留个名字，等晚点儿查查有没有你。"

"留就留！我赵六儿行不更名坐不改姓，我下午就去报名！"

陈柯君似笑非笑，很明显没把他的话当真。

"赵六儿？我认识一只猴子，也叫六儿。"

赵六儿把这话当奚落，被气得脸红，有一大堆话想反驳，但脑子没转过来，最终竟是一句也没说。

陈柯君于是没再理会这个小朋友，只是有意无意看了几眼周边的人。

她近段时间在这镇里停留得长，小镇人少，许多人都认识她了。她留在这儿，一面是调查顾局长的事情需要有个东西掩护，一面也是长津城里耳目众多不方便。只她平日出来办事都是着正装，因此，大家一时也没想得起她就是那个看上去冰冷严肃的女警官。

但这也就是一时不察，这下她停久了，茶摊里也就有人把她认了出来。

那几个人在起初认出她的时候就暗暗擦了把汗，别过目光，生怕被记住也生怕惹麻烦。

他们都是些小老百姓，一没关系二没钱的，哪惹得起这些人。尤其这女警官还是个火暴脾气，看上去就记仇，这下子更难办了。

正在他们想着这些的时候，陈柯君摸了摸手上的棍子，火气消下去一些。也不是不在意了，只是觉得这么乱生气没什么意思。

"打仗说白了就是以血肉保疆土，他们不怕死，可也没有谁是抱着想死的念头去的。"

伤亡无法避免，但若能少，当然是少些好。

陈柯君抄起长棍在腕间转了一圈："再让我听见有人乱说，别怪我不客气。"

茶摊上众人面面相觑，喘气都不敢，直到她走远才慢慢有了声音。

人群里还是有不服气的，只不过，经历了这一遭，他们的不服气也自然从明面上变成了暗地里。

赵六儿被老汉按着肩膀坐在凳子上："你哟，就别出这个头儿啊！那个女警官你晓得她是做什么的？瞧她凶巴巴的样子，还敢乱打人，一看就不是什么善类，别等会儿自己吃了亏。"

小镇里的人大多不坏，不然也不能一家一口，养大个被丢弃的赵六儿。他们只是脑子蠢，不会推己及人，自私愚昧了些而已。

"我不吃亏，我能吃什么亏？那些个大城市来的不就是看不起我们吗？找碴儿挑刺儿的，呸！"赵六儿憋着一股子气，"不就打仗吗？大不了也就一条命！我还偏去了，我叫她欺负咱们、小瞧咱们！"

周围的叔叔婶婶围过来，一人一句劝着，仿佛忽然想起战场的危险来，仿佛之前吼着要打仗的不是他们。

可少年在这些从前没咋想过的对战争的描述里，除了莫名摸出了点儿女警官愤怒的原因，导致他对她的怨气少了一些外，心底的小火苗半分没熄，反而烧得更旺了。

他是混子，从小到大这儿吃一口那儿吃一口，没读过书，只会干力气活，对什么都没打算和把握。但是，这一刻，他是真的想去参军。

他确实是被激的，确实心里有口气，也确实对参军没概念也不了解。

可他不打算反悔。

人生里有些转折是很突然的，只是大多数人在走过转角的时候都没有注意，只有在走过许久以后，猛然想起，回头，才会发现原先以为普普通通的那一天究竟有多特别。

2.

"听说你接到投诉了？"

电话那头传来顾终南幸灾乐祸的声音。

陈柯君冷笑一声："你消息倒挺灵。"

"那可不，你是我的部下，在外边惹是生非，丢的可是我的脸。"

"得了吧，就你那狗脾气也没好到哪儿去！我告诉你，换了你在那儿听见那些浑蛋话，你指定也得打！"

顾终南被挑起了兴趣："哟，你是听着什么了？"

"没什么。"陈柯君烦躁地一挥手，"你给我打电话就为了这个？那你别说了，给我叫小四季过来陪我讲讲话，这么久没见了，怪想他的。"

陆青崖今儿个上学回来给他带了个小盒子，盒子里装的是分开包的糖块，每块的味道都不同，白色糖块里面掺着桂花花瓣，半透明的黄色糖块里夹着花生。顾终南翻动着糖块，拣了块最小的外层裹着黑芝麻的出来吃。

他边吃边含混不清地道："他在熬药走不开。"

"你在吃什么呢？"陈柯君问了句，然而顾终南只是哼了几声，没打算答她。

他打小就喜欢甜食，也曾经因为这个闹虫牙，有一次他疼得厉害，却因为担心顾常青说他，于是硬生生扛着，在被子里闷了一晚上，不料第二天右脸肿成了个球，被说得更厉害了。这事儿他没和外人提过，堂堂少将，像个女娃娃似的嗜甜，这真不是什么能随便说的事情，有损威严。就是前阵子聊着天和陆青崖提了一嘴，也不是刻意提的。

顾终南继续翻着糖块。大概是因为她听见时笑了他，弄得他脸上挂不住，装生气装了许久，今天才带了盒糖认错来着。

他嚼着糖块在心底做打算，想着如果自己继续装生气，能不能哄她再给他带一盒。这东西精致得很，味道也不错，就是少了点儿，若是她不带了，那他就得省着吃。

"我说他辛辛苦苦给你熬药，你倒是老老实实给喝了啊！别总给人家添事儿，你以为谁都和你一样累不死的？小四季自己还虚，还需要休息呢，就顾着你，我觉得他都该瘦了。"

"行了。"

芝麻糖没化完全，说话时顺着吸气的动作滑下去，卡在了他的喉咙里，顾终南喝了口水咽下去，觉得自己亏了一半。

他把盒子放到一边，语气明显有些不开心："过几天你回来吧，那小镇里的人对你意见太大，镇长给我打报告赶人了。"说到这里，他捶了捶桌子，"丢人哪。"

可另一边陈柯君拍桌子的声音比他还响。

"正好我也不想待在这破地方了！每个人脑子里存的东西都和什么似的……我和你说，我明天一大早就起身回长津！"陈柯君说着，不过瘾似的又狠狠地在木桌上一捶，"得了，你先别告诉小四季，等到时候我回来给他个惊喜。"

"我觉得，对于他而言最大的惊喜，就是你在外边待久点儿，不要回来。"

"什么？"

陆青崖端着托盘在半开的门上轻轻敲了三下。

顾终南望过去，招了招手示意她进来，电话这边的他便立刻道："没什么，你明天路上注意安全，我有点儿事，不说了。"

说完，他放下听筒，正巧闻见托盘上药碗里清苦的味道。

"打完了？"

陆青崖端起药碗递过去，顾终南却往回推了一下。

"我等会儿再喝。"

"你上回也是这么说的，转身就把药给倒了。"

顾终南想反驳，最终却也只是生硬地压低了声音："这次不会了，我现在喝不了，只能等会儿喝。"

陆青崖疑惑："为什么现在喝不了？"

为什么？顾终南回味着舌尖上的甜味，他觉得，这个当下是不能说自己刚吃了糖现在喝药会比平时更苦这种大实话的。

"因为刚才处理了一点儿工作上的事情，现在我需要捋一捋思路，等喝完药思路就断了。"

这实在是一个好借口，顾终南刚一说完就在心里给自己比了个大拇指。

"所以你先过去吧，等事情处理完了我自己会喝。"

"这样吗？"陆青崖微微蹙眉，"那我方便在这里等你吗？"

顾终南一愣："怎么？"

"我就坐在这里，不打扰你，你去处理事情，等处理好了再喝怎么样？"

顾终南了然道："不放心我？"

陆青崖坦坦荡荡："是。"

他们对视片刻，还是顾终南先败下阵来。

"行了行了，我现在喝。"

他叹了口气，在端起药碗的一瞬间生出了种英雄末路的感觉。

从前在军中谁敢这么逼他？一碗药罢了，他从来都是说一不二的，说不喝就不喝，坚决得很，就算李四季和陈柯君轮番盯着他，他也有的是办法赖掉。

偏偏是她。

顾终南喝完之后，强忍着干呕的感觉，但那药不贴心，苦味一直留在嘴里，弄得他很不舒服。

"你不吃块糖缓一缓？"

也不晓得是出于什么心理，顾终南豪气地挥挥手："我也不是小孩子了，哪需要一口药一口糖的。"

正巧是他说完这句话的时候，陆青崖眼睛一转就看见那个还没来得及被合上的糖盒子。盒子里整整齐齐地码着糖块，只是最边上有了个空缺。

"咳！"

顾终南干咳一声，强行严肃道："还有事儿吗？没什么的话，我要工作了。"

他这一声咳得刻意又生硬，也就是陆青崖解意一些，真由他把话头带过去。若是陈柯君在这儿，铁定拿着棍子直接戳向他的窘迫点，拆穿了他之后还要狠狠嘲笑一顿。这还不算完，等第二天，她指不定还得拿着这个张榜公告，弄得尽人皆知，然后跟着大家再次嘲笑他一顿才算了结。

"那你忙着，忙完早点儿休息。"陆青崖收拾了药碗托盘，"我先回去了。"

"等等！"

顾终南叫停她，表情有些为难，满脸的想问又不想问。

陆青崖歪歪头："嗯？"

他定神："我还剩几服药啊？"

"没了，这是最后一服。"

顾终南露出了点儿轻松和解脱的表情："那你也早些休息，别看书看得太晚，这夜里就算开了灯，那光也昏暗，伤眼睛。"

明明是个比她成熟许多的男人，近来却总觉得这是只带着绒毛的动物，陆青崖望向顾终南的时候，眼里总能生出光来，但凡有他人在场，不管是谁，都一定能看出她面对他和面对旁人的不同。

可这儿没有旁人，没有人打断她，于是她便自由地继续这么将他望着。虽然用可爱来形容他有些不合适，但偶尔她对他真会生出一种摸头的想法。

"好。"

说完，她笑了笑便走了，很满足似的。

虽然，认真论起来，他们之间什么也不曾发生过。

顾终南则不同，他在确认陆青崖真的离开之后，飞快转身拿了块糖就往嘴里塞。没来得及挑，这块糖有些黏，好吃是好吃的，可他刚喝了药，现在就想嚼些甜的，而这么一嚼，那糖块便粘在了牙上。

今夜晴暖，风好月好，陆青崖在房间写着心事，心里总带着个人，面上总带着笑。只她不知道，她心底的那个人，此时正和一个黏牙的糖块做着斗争。

比她想的还更可爱。

3.

春秋仿佛冬夏之间的过渡，算不得两个完整独立的季节，这时的天气最宜人，可惜也最短，不多久就过去了。只是舒适的时候谁都愿意就这么舒适着，不会也没必要去想这是多短暂的东西，闲时就当闲时过，快活最好。

自从日本亲王访华，边境烽火暂歇，顾终南也过了许久的平和日子。

他一直没放弃追查张乌酉，也在这期间找到了他在鑫城和人进行交易的证据。那段时间他断断续续取了很多钱，最后算出来是一笔不小的数目，够不上买地买车，但足够买凶杀人。

虽然他们的证据只是个躲在茶厅吃剩菜的叫花子的目睹，算不得多实，但这东西实不实不重要，毕竟他也不可能将这个告知上级调查。

他信不过旁人，尤其是现在调查局那个新任局长。

刑侦调查局的新任局长姓齐名瑄，出身平都，是正正宗宗的齐家

· 162 ·

嫡系。

　　前些日子，他通过陈柯君从调查局那儿拿到了一份文件，那是关于陆元校长的案情调查资料。很奇怪，文件袋里装着的是一沓空白的纸，而真正的那些资料，像是无缘无故消失了，怎么也找不见。

　　顾终南费心许久搜寻线索，将这些推测出来是一回事，可他到底还是需要一些东西来证明自己的推测。好不容易，他有了些眉目，不料这一切就像是初冬叶片上覆着的霜，都不需温度多高日头多大，天一亮，霜自己就化了。

　　他烦躁地挠了挠头，六儿原先在边上玩他的笔杆子，见他动作，有样学样也挠了挠。

　　顾终南望过去，叹了口气。

　　"你什么时候来这儿的？"他过去给六儿顺了把毛，"小黄连呢？她今儿个不带你？"

　　六儿听不懂，只是睁着眼睛看着他，表情无辜得很。

　　现在天黑得晚，但云霞也烧了会儿，再过不久，天色就要黑下来。

　　顾终南单手抱起六儿："看来小黄连又被留校了，走，我们去接接她。"

　　徐世先生的文章比他们想象中来得更快，如顾终南所料，在文章刊登出来之后，张乌酉果然没有继续插手学生会的事。不过，陆青崖他们也并没有因此轻松多少，学生会的处境依然不怎么乐观。毕竟张乌酉那种人，阴损的小招有的是。

　　也就因为这样，这阵子，顾终南没少去学校接人。

　　要么留下搞卫生，要么留下整理资料室，要么留下说是要给学生会制订更规范的计划，可规不规范全凭张乌酉一张嘴。他总有地能找碴儿，学生会的人便总不能按时回家。

　　但再不能按时，顾终南去找人，学校也不能不卖他一个面子。于是这段时间，总是他去了学校，大家才能离开。

还记得顾终南第一次去的时候，当着所有人面就骂开了，说张乌酉这明显是变着法儿折腾人。

学生们从前只听过顾终南这个名字，只知道他也在长津，但越是存在于"听说"里的人感觉便越远，即便在一座城市里，学生们也没想过能见到他，更不清楚他是怎样的人。

于是，大家在听见他这句话的时候面面相觑，只有陆青崖望着他无奈轻笑，让他小声点儿。

顾终南把六儿放到车后座，自己坐上了驾驶座。

这边的路灯坏了几盏，还没来得及修，而前边有段路没有路灯，顾终南打开车灯，一路就这么亮晃晃地开过去。天色在路程里变暗，灯便显得越来越亮，等他到了学校门口，天已经全黑了。

这会儿早过了下课时间，校门口却围了一堆人。

顾终南停好车，刚觉得奇怪，那些学生便一窝蜂围过来：

"少将！"

"少将，您终于来了……"

"少将，您知道九康的事情吗？"

十几个学生，一人一句，杂七杂八的，把他的脑子都给闹疼了。他认出里面大多都是学生会的人，看见他们慌张又着急的样子，他不自觉拧了眉头。

"怎么了？"

原先被他不悦的表情给镇得安静了一瞬的同学们在这一句之后又开始叽叽喳喳起来。

顾终南叹了口气："安静点儿。"接着，他随手抓了个看上去清明些的小子，"你和我说说发生了什么，直接说重点，别带其他的。"

那男学生脸色苍白，看着略显紧张："少将，主席被人抓走了。"

自从方迹辞任之后，陆青崖就成了长津大学学生会的主席。顾终南乍一听见这句话，脸色忽然就变了。有个女孩子被他的脸色吓得后退了一小步，还没站稳就看见他逼近说话的人一步，表情严肃得让人发怵。

"怎么回事？"顾终南问。

那男生被盯得呼吸都有些困难，却仍努力想把事情讲明白："听说昨日九康有一个女学生被驻扎在那儿的日本人……抓走失去了清白，她原是被救出来了的，但家人半夜没看住，又被她跑出去了。在这之后，她一夜未归，大家去寻她也没寻见，直到今天中午才有人在那边河道的下游发现了她的尸体。"

"什么？"顾终南听得难以置信，"居然有这种事？"

"关键不在这儿。"那男生说得脸都涨红了，"关键是九康那儿的领导也不知是怎么想的，说如今日本亲王访华，为了维护这次的和谈，副省长亲自出面，要将这件事压下来……"

"压个屁！"顾终南一掌拍在车头上，"他们是没长脑子还是脑子被狗吃了，怎么想的，人家欺辱我们的人，他们还给人家往下压？他们是不是早就忘了自己姓什么？这种不要脸的缺德事儿也办得出来！"

自顾自地发了一通火，顾终南这才察觉不对："等等，这件事情和小黄连被抓有什么关系？"

那男生在听见这个称呼的时候迷糊了会儿，但很快就反应过来。

"这件事情被压得很快，那些人的镇压手段很暴力，所以知道的人不多。但那个女学生正巧是华夏学生联合会里的人，是上进青年代表，组织里还是有人晓得的。今天一早，这消息就传了过来，主席听见之后，反应⋯⋯反应就和您一样。"

陆青崖处事果决，但性子从来温婉，就算气急了也说不出顾终南那些话。只是，再回忆起来时，那男生却突然觉得这两个影像重合了似的，甚至感觉他们简直就是一个人。

"在气完之后，主席便联系华夏学生联合会里的其他干事，进行了联合揭发，并且还紧急安排了一次各地学校一起进行的游行，说'他们觉得不光彩，想压下来，那我们就闹得大点儿，让他们压不下'。本来这游行应该在今天下午进行的，但午休时间刚过，主席就被抓走了。不只是长津大学，甚至包括原本参加游行的各个高校的组织者，他们都被当地部门抓走了⋯⋯"

顾终南低了眼睛。

他知道这个世界不光彩，也清楚这个世道有多脏，可每次看见，他还是觉得心底发凉，还是会疑惑，为什么会是这样？

"我知道了。"

他当然愤怒，也气，也想发泄，但握拳的手最终松开，拍在说话的男生肩上。

他的力道不重，却能让人感觉到他心底的沉郁。

"你们先回去吧。"

这时，人群里走出一个怯生生的女孩子。她犹豫着开口："少将，主席不会有事吧？"

顾终南望向她。

她微微皱着眉头，瞧着文文弱弱、手无缚鸡之力的，眼睛里却含着希望。

"少将，这件事情是不是牵系很大？"

"大家会没事吗？"

"少将, 您有办法的对吧?"

办法?

顾终南微顿。

九康是段林泉的地盘。

而段林泉, 那可是架空总统实权的大军阀啊。

鸟雀飞过, 天上落下一根羽毛, 夜里有云遮月, 空旷的校门口, 最亮的是顾终南没来得及关掉的车灯。

那束光直直打在他的身上, 而他环顾四周, 望见的全是和那姑娘类似的神情。

顾终南抿了抿嘴唇, 再抬头时, 眼底便带上慑人的光。

"对。"他举重若轻地笑了笑, "放心, 我有办法。"

4.

这监狱老旧, 还是清朝留下来的, 但门墙像是进行过改良, 不是戏文里那种一根根木头竖立着、能看见外边情形的。这里四面都是墙, 只其中一面上有扇铁门, 铁门将里外隔绝, 仿佛也同时隔绝了生气。

这里的墙面早辨不出颜色了, 狱中条件不好, 空气污浊, 不辨日夜, 潮湿的地面上铺着一些稻草, 那就是他们的床。

陆青崖往外瞥一眼, 可这边牢房靠里, 就连声音都难传过来, 她谁也看不见。

屈指叩了叩墙壁, 安静的空间里终于有了点儿声音。

幸运的事也不是没有, 她是被单独关押的, 清静。

陆青崖靠着墙坐在稻草上, 心想, 真清静啊。

她将今日发生的事情全部想了一遍, 可她得到的信息不多, 被抓进来得又太仓促，除了对已知的事情进行分析，剩余其他的，比如她会被如何处置、那个遇难女学生的事情能否解决，这些东西她都不清楚，也实在没有把握。

想不出来，索性不想了。

现在也不知道是几点钟，不过再怎么算也应该到了晚上。这么晚还没回家，顾终南应该去找过她。

刚想到这里，陆青崖就笑了笑。

她打小就不爱在别人家待着，即便是年幼时候在叔叔家暂住，也总有一种生疏感，她很不喜欢，却没想到在顾家住了这么久，怪打扰他的。陆青崖觉得这样不大好，原想年后就同顾终南说想回陆家，却不料一事接一事，让她耽搁到现在。

又或者不是耽搁，是她总无法同他开口去说。

她其实不是那么想要离开顾家。

借着昏暗的光线，陆青崖看着自己的掌心。

她不会看手相，眼睛里除了那些深深浅浅的纹路之外，什么都看不出。

早知道就去学一学了。

她叹了声，生平第一次明白了为什么会有那么多女孩儿去寺庙求问。她一直是顺其自然的性子，觉得未来如何没什么差别，哪怕是姻缘也一样。来了就来了，不来就罢了，没什么好求好问的。可只要一想到他，她就会对这虚无的东西生出些期待。

也不知道，这掌纹有没有哪条是同他有关的。

"小黄连？"

在这一声响起的时候，陆青崖几乎以为自己是幻听了。

"打开吧。"

门外传来开锁的声音。

闻声一愣，还没来得及把情绪整理好，她就看见了站在门前的顾终南。

顾终南大步迈进，门口的小兵弯着腰："少将慢聊，我十五分钟以后再过来。"

说完，那小兵把门又关上，脚步声也渐渐远去。

"这里怎么连张床都没有？"顾终南环顾了四周一圈，把手搭在了她的肩上，"你没事吧？"

陆青崖先是站了会儿，接着握紧拳头，几乎是跑着朝他扑过去。

顾终南不备，被她扑得退了一小步。

但他很快就回抱过去，轻轻问她："怎么，受委屈了？"

其实陆青崖不觉得有什么委屈。

不止不委屈，甚至，在看见他的那一瞬间，她就有底气了。

"别怕，有我呢。我这不是来了吗？"

她笃信他会找她，而他真的来了，在这样的情况下难过到眼睛发酸，这一点连她自己都觉得不正常。

当陆青崖把这些想过一遍，这个由一时冲动牵引出的拥抱，也就止在了这个地方。

她退后一步，眼睛潮潮的，有些发红。

"你来了。"

"你这不废话吗？别说我了，你是怎么了？眼睛怎么了？怎么哭了？"

大概顾终南真是这个世界上最不善解人意的人，他扳着陆青崖的肩膀，凑过去看她的眼睛。

陆青崖扭头，竭力掩饰着方才的失控："没哭。"

"还没哭？眼睛都红了！"

联想到那些私下拷问犯人的刑罚，顾终南直接就急眼了："他们扣押你时说了什么？他们打你了？"

陆青崖一个劲儿往边上躲："没有，我都说了没事儿了。"

"没有？那你能一见我就抱过来？我还不知道你，平时碰个手都扭扭捏捏的……"

"真的没有！"

先前的旖旎气氛在顾终南近乎暴躁的逼问里尽数散去，陆青崖又羞又恼，否认完了就转过来，然而就在她转头的这一时刻，唇上有个软软的东西擦了过去。

时间在这一刻停住了。

秒针走了几下，在他们的意识里却被无限拉长。

直到那被顾终南拍过的稻草回弹，带出很轻的摩擦声。

"咳！"顾终南打着毫无意义的手势，"你真没事儿？没什么就好，我就说嘛，他们这帮人本来就不占理，万一事情闹大了，可不更多麻烦吗？是吧？"

说完，他干笑两声。

可陆青崖却没有反应。

顾终南的心里"咯噔"一下。

糟了，小黄连这种典型的出身书香世家的姑娘，铁定是保守的，说不准在他之前都没和几个男同学接触过。听说文人都重名节，她这该不会是觉得自己被轻薄了，犯轴了吧？或者，她会不会觉得自己方才与她离得那么近，就是故意的？就是为了占她便宜？

顾终南的脑子越想越乱，越想越觉得自己的猜测是对的。

然而事情并没有顾终南想得那么复杂。

事实上，陆青崖不过是愣住了。只不过她这一愣，时间久了些，这才导致给了顾终南那么多胡思乱想的时间。

"什么？"

在陆青崖出声的前一刻，顾终南几乎都打算给她低头认错，说会对她负责了。但她那反应，明显是准备当什么都没发生过，这倒把顾终南给堵了一把。

分明是想把这事儿带过的，却不知怎么，在冒出"负责"这个念头之后，他直接就开始在心里组织起了言辞，想同她说。大抵是没来得及，所以心有不甘，顾终南又咳了一声，似是而非地回了句："什么什么？"

兴许问出这句的顾终南存的是自己都没意识到的心思，想把话题重扯回去。

陆青崖的脸上烧得很，她抿了抿嘴唇："外边的情况怎么样了？既然你会来这儿找我，那么九康的事情你是知道了吧？"

她都把话说到这儿了，顾终南当然也不好再扯回那些不怎么正经的地方。

他压下心中憋闷："知道了，你……"

他叹口气："我本想直接过来把你带走，但外面的都不放人，说是上面下的指令，所以我是以探视的名义进来的。恐怕，就算我今日强带走了你，在这件事情彻底解决之前，其余地方的学生依然出不来。"

"这个得彻底解决，你可想过如何解决？"陆青崖满面担忧，"之前是我想浅了，日本亲王访华期间，哪能让学生游行举报这种事？"

"若你想深了，就不游行了？"

陆青崖摇头："总能有别的办法。若我多想一些，或许不至于连累这么多人。"

顾终南笑着在她额头上敲了敲。

"什么叫连累？你没错，错的是抓你的那些人。"他说着，望一眼那稻草堆。

还没把目光收回来，门锁就被人从外打开了。

看管的人在外边吃夜宵，这门一打开，就飘进一阵饭菜香气。

那小兵人模狗样，腰间别着一串钥匙，他弯着腰笑，嘴上还泛着油光："少将，时间过了。"

看一眼那小兵，又看一眼被弄脏了衣裳的陆青崖，顾终南突然问道："你吃东西了吗？"

陆青崖不明白他怎么问起了这个。

先前不觉得，被这么一问，她恍惚觉出些饿。这才想起，从今早到现在，她竟是一口水都还没喝过。

见她摇头，也不知从哪儿来的，顾终南心底蹿出一股火。

他本来就不是瞻前顾后的人，哪怕经历了那些事情养出了些心思，骨子里也还是有些狠气，被狠气一催，便会生出股冲动。

他低头对着她道："我收回刚才的话。"

陆青崖不解："什么？"

"你想走吗？我带你走，我们回去吃饭。"

门口的小兵整个人呆愣在那儿："这，少将……这不合规矩……"

"你是哪儿来的，和我说规矩？"顾终南语气不重，却偏偏话锋凌厉，刀子一样片过去，锋芒毕露。

小兵被这么一吓，脸上顿时煞白一片，连喘气都不敢了。

陆青崖不懂他这又是怎么了，她只能拉住他："这是做什么？"

她的眼睛里养着片湖,水光粼粼,又亮又清,专门用来灭他的火。

被这么一拽,顾终南冷静了些。

而她也趁机低声对着他道:"我相信总有说理的地方,也许在调查清楚之后,他们就会放我出去。"她说,"总是有公道的。"

顾终南缓了口气,心却越发沉了。

公道?

可操纵公道的是人啊。

"你先回去,好不好?"陆青崖说。

顾终南闷闷应了,看得门口的小兵直抹汗。

等再跟着走出去,那小兵便是头也不敢抬了。

空荡荡的屋子里又剩下她一个人。

陆青崖坐回稻草上。

说来奇怪,这屋子与之前没有什么不同,可原先埋在心底那些隐隐的慌却都消失了似的。

她垂下眼帘,莫名觉得安定。

只没安定多久,外边又来了人。

这回是送东西的,他们拿了一盘热菜、一碗白饭,虽然不是多好吃,但在狱中也不算差了。

再后来,那些小兵又依次送来了被子、枕头、水、报纸和烛台。

陆青崖望着那些东西,哭笑不得。

她……

她这可是在坐牢啊。

第十章
启程

"如果你愿意，我便……"

1.

灯光如柱，霓虹满天。

酒会上，身形高挑的男人举着酒杯不饮，只和人稍微碰一下，那人便诚惶诚恐喝完了满杯。男人没什么表情，一双眉眼总凝着几分锐气，对谁都是疏离冷淡的态度，看上去不好接近，却也不缺人来巴结。

"大帅。"

被亲信叫了一声，男人回过头来："怎么？"

"大帅，顾少将来电。"

"顾终南？"

男人少有地露出几分意外："他找我做什么？"

"不知。"

男人略作沉思，一言不发，放下酒杯走了过去。

等到他接上电话，那一头便传来一声笑。

"段大帅？"

段林泉和顾终南接触并不算多，甚至可以说，在某个阶段、某种意义上，他们是外人眼里对立的存在。

"听闻段大帅近些时间事务繁忙，可……"

"顾少将是打来和我聊天的？"

"哪能呢，我这不正算进入正题吗？"

段林泉同顾终南一样，从军多年，虽然他喜欢掌权，比起顾终南来说圆滑些，但在某些地方，他依然保留着直来直去的习惯。

"段大帅觉得近日九康如何？"

段林泉摸不准他的意思："怎么，在长津待得闷了，要来九康走走？"

九康和大海隔了个风昆，但也算不得内陆，在长津以北，路途说远不远，而风昆气候宜人发展也好，正是日本亲王目前游历的城市。

"倒也不是。"

顾终南的声音带笑，脸上却没什么笑意，而坐在他身边的陈柯君更是一脸凝重。

说是凝重，其实更多的是紧张，陈柯君抱着手臂听他说话，生怕错过了一点儿动静。段林泉不是什么简单人物，也算不上什么好人，她不知道顾终南那份肯定是哪儿来的——

就在他回来，同她说完今天发生的事情之后，在她惊讶之余，他又补上一句："我不觉得段林泉知道这件事。"

当时陈柯君何止是震惊，她简直觉得这句话可笑。

"什么，他不知道？你开玩笑呢？"

"我和他打过交道，他的确重权重利，也常会打压异己，可他没孬到这个地步，也不会蠢成这个样子。"

"说得你多了解人家似的。"

"我确实比你了解他。"

"那你的意思，这是他手底下的人做的，他不知情？"

顾终南耸肩："我是这么猜的。"

"那你打算怎么办？"

他笑了，说："他不知道，我告诉他。"

再往后，便是说干就干的顾少将，打了这么一通电话。

等顾终南委婉地绕着圈子讲了几个故事，段林泉实在忍不住了："顾少将该不会就是来和我说这些东西的？"

"当然不会。"

在陈柯君眼里坐得吊儿郎当的顾终南终于坐直了一些："可我不信段大帅没从我那几个故事里听出些什么来。"

段林泉沉默一阵。

"你是说我有下属欺上不报？那他们瞒我的是什么，你又是怎么知道的？"

顾终南终于爽快地把事情给说了。

而在他说完之后，那头的人沉默得更久了些。

在这一段空白里，顾终南适时补充道："我是怎么知道的这不重要，毕竟事情只要发生了就会有人知道，尤其是大事，这是遮掩不过去的。以'大局'当借口，做这些不齿的事情，既丢了国家脸面，又失了民族尊严，让人家看我们软弱可欺，这到底能维护几分和平？在这样的前提之下，便能得到一时的安定又如何？堂堂华夏，千载文明，走至如今，难道就是来给人家欺辱的？段大帅觉得呢？"

那头传来一声笑，带着丝丝冷意。

"我知道了，多谢顾少将提醒。"说完，段林泉挂了电话。

而顾终南长出了口气，他挂断电话，按了按额角，像是累极了。

卸去那副轻松模样，陈柯君瞧过去，见他脖子上一圈都是汗，这才发现原来他之前的镇定自如都是装出来的。

"怎么样，他怎么说？"陈柯君着急问道，"他真不知道？他会处理吗？"

"看他那反应，我是猜对了。"

陈柯君松了口气，一拳捶在他肩膀上："那你还这副鬼样子，吓得我以为大事不好了呢。对了，你刚才为什么不直接说？还讲那么多奇奇怪怪的故事，拐弯抹角的。"

"段林泉为人自负，就算他能接受，我也总要让他自己先琢磨一会儿，等到他的思路贴上我要说的话，再把消息吐出来。不然你以为我爱多说这些？"

"行啊你。"陈柯君啧啧两声，"那接下来呢？九康那个女学生的事儿怎么办？那些被抓起来的学生怎么办，你心里有底？"

"差不多吧，我不知道。"

顾终南像是在算着什么，对谁都是一副有主意的模样，但事实上，很多东西他也不知道会怎么发展。他越来越觉得自己生活在一条绳子上，那绳子越走越细，而底下是云雾层层，他不晓得摔下去会发生什么，只是在尽可能走稳一些。但这绳子的两头牵在哪儿，他也不清楚，即便他再努力走稳，也拦不住绳子自己摇晃绷断。

在陈柯君离开之后，顾终南望着电话出神。

她以为他那句不知道是随口说的，以为他那些分析和动作都是真的胸有成竹。

他们高看他了。

2.

在日本士兵于九康侮辱女学生一事被报道的同时，他们那层希求和平的表皮也被揭开，露出吸血的獠牙和丑陋的内里，而这一次的和谈也以失败结束。

战争先从九康爆发，而后东三省又爆出战事，再往下，便有消息说日军有几支队伍已经过了倪谷江，看着是要进攻参州。

战事起得突然，军队却是随时在准备着，这样的世道，哪天打起来都不意外。等到被关押的学生们陆陆续续被放出来，战火已经弥漫了几个城市，他们办事的效率实在不高。

算下来，陆青崖是最早被放出来的一个。

她是傍晚回的顾家，是顾终南去接的她。

那日时候有些晚了，霞光只剩最后一缕，缠着薄云在天边飘浮，另一边月亮升起半轮，月辉疏淡，伴着星霞微微，全洒在他的脸上。

顾家门前，陆青崖面带担忧："你今晚就要启程？"

"准确地说是二十分钟之后，我去营房和大家会合，然后一起去参州。"顾终南靠在车门边上，等着陈伯帮他收拾行李，"算算时间也不多了，这种时候耽搁不得，能早些过去还是早些过去为好。"

"报纸上说西北边界已经打起来了，你们是要过去支援？"

顾终南"嗯"了一声："先去那儿和军队会合，再看情况做些部署。这次敌军来得凶，恐是早有计划，到了那儿，难免有场硬仗要打。我脱离许久了，这段日子只是通过电话和书信在了解军中情况，但具体的不大清楚，只估摸着不会简单。你在长津也小心些，若有问题，随时打电话给我。"

他指了指门里。

"我给你留了联系方式，是我在参州的，电话、地址都有。虽都留了，但也就是防个万一，你别真给我寄信，路远信慢，我怕看不见。"

陆青崖轻蹙着眉，她有许多叮嘱，可一句也说不出。她不懂战场具体模样，也实在不清楚打仗这回事，只大概晓得现在形势严峻，但她晓得的肯定没他多。

她想来想去，总觉得自己说什么都是余的，没多少用。半晌，她只道一句："那你当心些。"

"我会的。"

陈伯提了包从屋里出来，给顾终南放在车后座上。

那包不大，装不了多少东西，他当初回来也是提的这么小一个包，分明这儿是他的家，他却像是随时准备离开一样。

"少将保重啊。"

陈伯的头发又白了几根，顾终南笑着应"好"，随后关上车门，启动了汽车正要离开，又从窗户里探出头来。

"对了。"他望向陆青崖，"我原本就想和你说的，总觉得这不是件小事。"

陆青崖一顿："什么？"

"上回在狱里，我情急之时的那个……"

顾忌着陈伯在边上，顾终南比了个手势带过，没完整说出来，可他看陆青崖的反应，便明白她也想起了。

陆青崖脸红了红："少将是无意的，我知道。"

"可事情发生了就是发生了，哪管什么有意无意。"他一仰头，"若你瞧我还算不错，不嫌弃的话，我对你……"

"少将。"陆青崖打断他。

她自小便喜欢看书听戏，没少在旁人的故事里见过临别场景。虽然晓得那些都是编的，此时却也不知怎么，脑海里闪过了那些片段。闪过古时将军小姐相许，分开之时总会说些承诺，但那些承诺总是实现不了；也闪过才子佳人许下约定，却总挨不到实现约定的那一天。

像是个咒。

说来有些幼稚，她应该不信的，但她觉得不大吉利。

"少将时间紧迫，有些事情，一时也讲不清楚，不如下次见面详说。"

顾终南想了想："也好，那就下回详说。"

留下这句话，顾终南驾车而去，最后消失在夜色里。

陈伯是顾家的老人了，有眼力见儿，自不会多问，陆青崖便也当那事没发生过，一切如常。只夜深时，她会攥着顾终南留下联系方式的字条，半是欣喜半是担心，对他又想又怕，每日起来就是看报，找参州的消息。

参州果然打了起来。

顾终南刚刚落脚就给她打过电话，没打多久，只是报个行踪。陆青崖知道他忙，也没有多说什么，倒是他挂电话之前多留了句："情况没有我们想得那么糟，不要担心，但若你出去见着上次给我买的糖，记得多存两盒，我回来吃。"

陆青崖在这头只能听见声音，所以她不会知道，当陈柯君路过，听见顾终南这句话时，一双眼睛瞪得有多大。

她杵在那儿，眼珠子都快掉下来。

等顾终南挂了电话，陈柯君过去猛地往他后背一拍。

"拿这么瞎的话安慰谁呢？"

顾终南被吓得手一抖，差点儿把电话摔下去，而他捡好听筒，第一反应不是放回架上，而是听一听那头挂没挂，生怕那边的人听见陈柯君这句话。

陈柯君绕着他来回打量："刚才那是你吗？你这什么表情，哄孩子呢？"

顾终南显然没想到会被人瞧见，他不自在地一摆手："你管我？"

"啧啧，管是管不了咯，但你这样，以后还有脸说我吗？"

"我怎么？"

陈柯君自打被顾终南发现她喜欢李四季，便没少挨他的奚落。虽然前期有些不清不楚为她心疼不值的情绪在里面，但她也没多在乎那些。现下，她只想抓准了机会，把从他那儿收到的言语还回去。

于是，她挑着眉头："就算我对小四季再怎么殷勤，那我也是个姑娘家，我有些什么温情都还正常，你一个大老爷们，你这什么表情？"

没想到顾终南不仅不气，还从先前的不自在里平复过来，并且学着她用眼神上下打量着。

"你？正常？姑娘家？"说完，他转身就走，再没多留下一个字。倒是气得陈柯君差点儿不顾情势和他打起来，还好李四季碰巧来送伤员资料，这才阻止了一场打斗。

送完资料离开，回到伤员病房，李四季四顾看了一圈，重重叹了口气。

陈柯君总是喜欢冲动。

可如今战事吃紧，每一秒都要小心，随时可能有变故……

这哪是吵架的时候？

3.

近些时日，人心惶惶，街上早不似以往热闹，大家能不出门就不出门，长津大学也开始停课。陆青崖在院子里抱着六儿，望着远方不知哪儿升起的烟，满脸忧色。

这一次打得比以往都厉害，战火已经蔓延到临边，恐怕再过不久就会打到长津。她虽听过战争可怕，可长津繁华，又处在内地，在很长的一段时间里都是平和安定的，她从没真正见过炮火，没见过弹片横飞。

六儿不懂那些，只搂着陆青崖的脖子趴在她胸口，拿到了吃食就蹦两下，从树上蹿到屋顶，玩累了就回屋里睡觉，半点忧愁都没有。

夏末初秋，天气闷热，见它睡着，陆青崖给它摇了会儿扇子，边摇边在想，长津都成这样了，那些边界地区又该有多凶险？

陆青崖又忧又怕，到院子里走了一圈又一圈，脑子里的思虑既多且杂，大概是局势不好，她想的也多是不好的事情。她一件件想过去，天色也就在不知不觉中暗了下来。

等到天色全黑，她才去开了灯。

陈伯呢？

刚开完灯，她便发现了不对。

陈伯今日早晨便出去买菜，老人家喜欢买便宜的，觉得能省一些是一些，所以他总爱去近郊的菜农那儿买，说那里的菜价低又新鲜，划算得很。挑来拣去，偶尔他也会回得晚些，可再晚也不会超过下午。

说是近郊，到底也在长津城内，便是远也没远到这个地步。

陆青崖心下不安，拿了个手电筒就往外走，可她没走多久，就听见一阵急促的脚步声夹杂着女人的哭声从不远处传来。她急忙关了手电筒，躲到街边一堆废竹筐的后面。透过眼前不大的缝隙，她看见一群带着刀枪的人闯来。

见状，她连忙捂紧了自己的嘴，不敢发出半点儿声音。

这些人穿什么的都有，武器也不统一，见着门户就进，打砸抢了一路，不像是外来的军队，倒像是匪徒一类。

街上的灯光很暗，陆青崖又躲得太靠里，看不清楚眼前景象，只能通过被砸开的房门里透出的光线，看见他们刀刃上的血以及那些挨个倒下去的无辜人。陆青崖控制不住地有些发抖，她等了许久才等到警察，可匪徒凶残，警方来人不多，他们越打越乱。在这期间，有颗子弹擦着陆青崖的脸颊过去，她控制不住想叫出来，却发现自己莫名失声，根本叫不出。

她在破竹筐堆里蹲了一夜。

等到第二日天亮，那伙人才散去，而街上一片哭声，到处是尸体，到处是血。

陆青崖浑浑噩噩，还是想找陈伯，她先回了趟顾家，可屋里院里都没有人影。现在城里戒备森严，走几步就有巡查兵，她不知是有了安慰还是惊吓过度到不晓得怕了，竟一个人往郊区走，只是走到半路，就被拦了下来。

"现在是非常时期，小姐还是别出城了。"

拦住她的人穿着深色制服，腰间别着把枪，像个领头的。

"我要找人。"陆青崖的脸有些麻木了，做不出表情，"我家老伯昨日清晨就出来了，去近郊菜农那儿买菜，到现在也没回来，他……"

"昨日清晨？"

领头人回忆了一番，忽然想起来什么似的，露出个难以言说的表情。

"你说的该不是城边靠里的户菜农吧？"

"我没去买过，不大清楚。"陆青崖从他的表情里读出什么，越发慌了，"是发生了什么吗？这话又是什么意思？"

那人为难道："若是你家人昨日去了那边，小姐就不用出去找了，警局门前停了几具尸体，你去认一认吧，指不定在里面。"

陆青崖惊愕道："什么？"

"是昨儿个半夜才发现的，夜里入侵的土匪白天就踩过点，他们早晨过来，路经菜农那儿，把那边的人全都抹了，然后在那儿住下，据被抓到的说……唉，总之，那一整天，去过那边的人都没回得来。"

"什么叫都没回得来？"

不等陆青崖多问，领头小哥就被同伴叫走，说是又有事端。

临走之前，他催促着陆青崖叫她赶忙过去，若两天不收，那些尸首就要被运走了。

"尸首……"

陆青崖念得恍惚，无论如何不能相信。

她总觉得会有万一。

万一陈伯机灵逃掉了呢？万一陈伯是躲藏在哪儿才回晚了呢？

可所有的侥幸，都在她看见警局门前的尸首时落空了。

不是所有事情的发生都要有一个铺垫，又或者，即便那些事情早就铺垫好了，但在事情发生前，人们也未必就能意识到。这是陆青崖近段时日里遇见的最坏的事，她无措也不能接受，可感受如何是一回事，她明白自己该怎么做。

在警局处理完陈伯这一桩，陆青崖耽搁到了天黑，她想回顾家给顾终南打电话，却没想到，这世道朽了，事便总能有更坏的。

当夜，炮火莽莽，敌军入侵，哭声喊声弥漫了整座城，长津也自此沦陷。

4.

日月不明，朔风猎猎，战火硝烟弥漫了半个国家，尘灰自战场扬起，许久也不曾落下去。

参州作为前线，已经连着打了许久。

短暂的休息时间，战壕里大家互相递着干得发硬的馒头和潮了的饼干，最近天热，食物不好保存，有些吃食已经起了霉，看一眼就知道不能再吃了。

顾终南翻了翻口袋，找到一个还算干净的馒头，他把上面的虫子打掉，将那灰乎乎一团塞进嘴里，嚼着觉得太干就拿起水壶给自己灌一口。草草应付完了这餐，还没来得及歇口气就听见前面又有了声音。

他稍微站起了些，拿着望远镜看是什么情况。

没过多久，顾终南的表情就凝重起来。他对着身后一打手势，是撤退的意思。

离他最近的汉子拧着张脸："少将，真要退？"

"退！"顾终南脸上糊着片沾灰的血，"不然我们一个都别想活着回去。"

汉子咬牙："成！"

完了，那汉子转身就往后边跑去传令，可他刚走动几步，前方便传来枪响，一枚子弹直接射入了他的太阳穴，而他最后的表情就定格在那一抹不甘上。

顾终南见状，大声指令："一二排留下，其余原路撤退！"

喊完，他从第三排战壕里几下翻了过去，架起枪就往前扫，但他们不过占了个高地的便宜，而敌军一拨拨冲过来，那数量远不是他们能够抵挡住的。

四周枪林弹雨，炮弹的声音震得人耳朵都要出血，顾终南有那么一瞬间觉得自己什么都听不见了。即便边上的人吼得撕心裂肺，他也只能模糊听见一个意思。

他们叫他快走。

顾终南回头望一眼，见大部分人都已经安全离开，他也下了最后的指令，让拖时间的战士们赶紧停手撤离。可敌军来得比他想象中更快，这时再要走，怕来不及了。

"少将您先走，我们在这儿撑着！"

"你是指挥，还是我是指挥？我说一起撤离！撤离！听见了没有！"

战壕里，顾终南低着头躲流弹，大声吼道，"走啊！"

"走不走得了，你看不出吗？"左边的汉子急了，也不管什么长不长官的，脏话都要骂出来，"少将快走！这里我们撑着，走！"

顾终南是军中主将，也是西北军区的主心骨，在这个节骨眼上根本不能有半点儿闪失，不然乱的可就不是这一场仗。他们谁都清楚，顾终南自己也清楚，他该离开，敌军就在眼前，他们差距悬殊，眼下局势已定，这是末路，留下就是死。

留下就是死。

他狠狠咬牙。

若能讲理，他很想讲，他一个都不想放弃。他不能死，他的兄弟们就该死吗？谁不是一条命？可战场上哪有讲道理、做选择的地方。

"少将！"

周围传来的催促声越来越多，顾终南看一眼越加逼近的敌军，在转身的那一瞬，他干裂的唇上沾了血，那是他生生咬出来的。

他的心脏紧得发疼，一路没命地跑，好不容易赶上大部队，却不料回程途中，一条河段上的木板桥被炮弹炸毁。底下的河流是浅，最深处也不过就到他下巴，可全员蹚河过去还是会耽误时间。

时间是要命的。

顾终南捡起破碎的木板，在他的安排下，战士们将木板扛在肩头，站在河里搭出一座临时木桥。因为剩下那一小队的抵死顽抗，这边人过了五分之四，那边敌军才追上来。

他们留下的士兵有近百人，敌军来了，这就证明，那边的小队再没有活人。

枪弹一发发从山边射过来，河中间举着木板的小兵中弹倒下，那儿的木桥缺了一边，顾终南红着眼睛，不假思索跳下去补上那个位置。扛着厚重木板在肩头，他艰难地回头数人，好在没过去的只剩下十多个了。

"快！动作快点！"

他一边喊，那河水便一边往他嘴里灌，木板边缘有刺划过他的脸，带出血水散在河里，他却感觉不到似的，只满心焦急。

等人都过完了，河里的战士们也迅速撤了木板渡河。

木板随河水漂走，河上枪弹四射，两边又都倒了许多人。

战场上，血永远擦不干净，死人也永远数不清。

当喧嚣暂时落幕，顾终南带着军队躲在树林里等援军，他们坐在枯叶堆上，不敢生火，也不能大声交流，每个人都显得疲惫沉默，看不见一双稍亮的眼睛。

能坐在这里是一件值得庆幸的事，他们活下来了。可多开心也不一定，他们的兄弟们许多都没能回来。

"少将。"

夜半时分，除却轮流守夜的那些兵，还醒着的，就只有顾终南。他肩上的担子比谁都重，承受的压力也比谁都多，心里的事儿，自然也更深更杂。

叫他的人叫于老九，他刚守完夜。他是个实打实的粗人，心却比较细些，由于从前做过内应，对那些权贵之间的东西也懂得几分。

"少将，您这次回来，是把以前的东西给拿回来了？以后咱们还和以前一样吗？"

顾终南垂着眼睛摆摆手："你觉现在说这个合适吗？"

"合不合适的，我好不容易找着个机会，前段时间您在长津我问不着，最近您回来了，但这一回来就是打不完的仗……那我总得问问不是？"

"为什么总得问，这有什么好问的？"

"少将，您就别和我绕弯子了。"

顾终南不语，只是盯着他看。

大抵是夜色太深、周围太黑，于老九看不清他眼里有些什么东西，只能看见他嘴唇动了动，最后听他轻声道："睡吧，打完了再说。"

当兵的大多爽快，当他们遇上不爽快的事情，便会显得有些急躁。顾终南从前对他们从不会有什么弯弯绕绕，都是能答就答，遇上不想说的，就捶他们，嘴上占几句便宜，说给他们个教训，看他们还问不问那些不该问的，这么混过去。

于老九心里也清楚，真论起来，顾终南是他们上级，这种权不权的，本也不该他来问，但军中和官场到底不同，他打心里敬佩顾终南，也是真把顾终南当兄弟。当时上头调令和报纸来消息的时候，他们整个军区都炸了，又碰巧新来的领导是个绣花枕头，前后一比，自然叫他们更不服气。

不服完之后想起顾终南，于老九他们私下没少暴躁。少将心气多高的一个人，碰着这种事儿，该有多憋屈。

"少将，您该知道，有句老话叫'将在外军令有所不受'，从古到今，这东西都没变过。"

这话里带了反骨，但凡有个有心人听见，于老九这颗脑袋就保不住。可他们刀山火海里滚出来的，碰见不平的事情，便总敢说出来，话里还颇有几分天不怕地不怕的味道。在他看来，这就是他们少将被人给欺负了，他们当兵的，自个儿的头给人欺负了，那可比自己受了罪还难受，还觉得烦躁。

他越想越气，当即表态："上边的人忌惮您，不给您兵，不给您全部调令，现今兵荒马乱倒是想着让您来送死了，我呸！都是些什么狗东西……少将，说白了，只要您一句话，刀山火海兄弟们也跟着您去！"

　　于老九满眼的信任和不忿，这感情的确是很激人的，可顾终南忽然想起他爸从前在顾家长廊上问他的那句话。

　　当时，顾常青严肃端正，问他一句：在他眼里，西北军区还属于国军吗？

　　他答当然。

　　言辞肯定的一句当然。

　　那时候，他的偏重点在后边，答的也是西北军区当然属于国军。现在看来，父亲更在意的却是那声"在他眼里"。

　　于老九见顾终南恍然，以为他真的在考虑，一腔热血烧得更旺了："少将，我只认您，弟兄们都只认您！只要您一句话……"

　　"我一句话？"

　　于老九狠狠点头，但顾终南只是笑了笑。

　　他轻叹道："我没什么话。"

　　于老九目光灼灼，比顾终南还着急："可是……"

　　"现在有仗要打，你们就当和以前一样，等到时候和平安定，不用再打了……"他略作沉默，"等到不用再打仗的时候，那想必是一个好时候，到了那时，这些也就都不重要了。"

　　于老九没想到会收到这么一个回复，他吞吐半天，骤然急了："若真能挨到那时候，想必什么都好了，可少将您呢？"

　　"我？"

　　"到了那时候，您怎么办？"

　　怎么办？他向来是走一步算一步的，这个问题他还真没想过。

　　顾终南又想笑，可顾忌着于老九是真心为他着想，觉得不便伤人，是以强行把笑憋了回去。

他不答，只是拍拍于老九的肩膀："睡吧，别明天没了精神，这可要命。"

这般模样，看在于老九的眼里，像是什么都不在乎，又像是心中早有打算。顾终南的心思如何，谁都猜不出，只要他不想说，谁也都问不出。

于老九无力地叹了口气："少将也该有个盘算了，兔死狗烹之类的事情，那伙人绝对是做得出的，您总不能一条退路都不给自己留。"说完，他便躺在一边，枕着手臂，很快睡着了。

顾终南望他一眼，见他睡熟，便抬了头。

星星一颗颗布在被枝叶割裂的夜空里，又多又密，数都数不清。

这样多的星星，别说掉下一颗，就算多掉几颗，地上的人怕也发现不了。

天气又闷又暖，什么虫子都跑出来。

顾终南跟着那些换班的小兵一起赶虫子，这儿一只那儿一只赶了一整夜。

做这些事时，他面色如常，仿佛不曾听见于老九那番话，仿佛什么都没有放在心上。

第十一章
礼物

她把手枪握得很紧，像是握着极重要的东西

1.

当顾终南再回到营房，已是浑身血污、辨不清模样了。他的脸色阴郁可怕，跟着他回来的人少了一半多，剩下的也是一个挽一个，或轻或重，都负了伤。

而其中伤得最重的是被顾终南背在背上的于老九，他的左腿不正常地在晃，像是断了。

"李四季！"

顾终南一回来就往医药室跑，他最近瘦得厉害，身上骨头都突出来，硌得背上的于老九一颠一颠，吐着血笑："少将……别急啊，我还没死呢。"他眼睛都睁不开，还撑着强笑。

"没死？没死就给我多说两句话！一路上没吐几个字，这辈子是想歇了吗？"顾终南生怕于老九睡了，他知道于老九失血过多，睡了怕是便醒不来，"李四季！"

这间房很大，房中伤员极多，李四季连轴转都转不过来，他眼圈发青，脸色也没比那些伤员好上多少，却还是在听见顾终南呼喊的时候忙跑过去，接下了于老九。

稍微检查了一下于老九的伤口，李四季便神情严肃地说要转送医院准备手术，不然怕这腿保不住了。

在看见老九躺上担架之后，顾终南稍微松了口气，可没一会儿就闲不下来似的又去门口接替其余的弟兄。

等这一番忙完，他身上的汗已经混着洇开的血痕粘着衣服贴在身上了。

还不等他歇口气，他便听见身后有人叫他。

"顾终南？"

这个声音很熟悉，可声音的主人不该出现在这里。

"你怎么来了？"顾终南回头，眼睛血红一片。

陆青崖见他这样，一时间惊愣得话都说不出。

远方不晓得是演练还是怎么，又有炮火声响起，这一下像是炸在了顾终南的脑子里，他额头上暴着青筋，几步走到陆青崖面前，声音几乎是吼出来的："不知道危险吗？没见过死人吗？谁叫你来这儿的？"

陆青崖没说话，是身边的小兵过去扯了顾终南的衣袖。

他贴近顾终南，将前日得到的消息报出："少将，长津沦陷了。"

乍一听见这句话，顾终南都没回过神。

他难以置信地重复了一遍，却是疑问的语气："长津……长津，沦陷了？"

问出这句话时，他望向陆青崖，而陆青崖点点头，不晓得怎么，竟有些哽咽。

"我见情形不对，是在战火蔓延开之前逃出来的，我没地方可去，只有这个地址……我把六儿也带来了。走之前，我锁好了门，里屋外院都锁了……"

"这种时候，你管什么锁不锁门？"顾终南又气又急，"陈伯呢？"

"陈伯……"

陆青崖的哽咽重了几分。

她并不想哭，只有些忍不住。

稍微平复了情绪，她将前因后果说了出来，而顾终南的脸色也就在她的讲述里变得越发苍白。

小兵正想和顾终南再报几句长津的状况和他打仗期间军区里的情况，可还没说上两句，外边就响起警报，是敌军又来犯了。

条件反射一般，分明方才还浑浑噩噩，可这警报一响，顾终南的眼神立马就凌厉起来。他整了整衣服，扔下一句"去去就回"便又消失在陆青崖面前。

陆青崖在路上耽搁了两天，到这里两天了，好不容易见到他，却只见了一面就看他又离开了。她站在原地愣了会儿，身边的人来来往往，每个人都忙得很。

她定了定神，走到李四季身边："你们这里看着人手不够，有什么我能做的？"

李四季忙乱之中将纱布给她："左边五号床伤势不重，你去给他上药包扎，完了跟着护士看哪里需要，帮一把吧。"说完，在她接过纱布要离开之前，李四季又补一句，"这两日你也没怎么休息，等这边忙完了便回房吧。"

"好。"

应了一句，陆青崖快步过去。

她没什么会的，但好歹算个人手，能做些事情。

这才让她安心。

九月、十月的天气最好变，随着秋风渐凉，烦闷的天气也终结在一场骤雨里。

军中的生活远比陆青崖想象的更险更累，算起来，她到这儿也一个多月了，却是最近才有机会和顾终南多说两句话。战火暂时歇下，军队的演练却歇不了。

这日清早，顾终南敲了敲陆青崖的房门。

"哟，起了？"

陆青崖很久没见过这样的顾终南了，来到这儿之后，她才发现他的另一面是那个样子，果决严肃，少有笑意，看着又高又远，怎么都够不着。

"怎么呆愣愣的？"顾终南靠在门边，歪着头冲她笑，"这么点儿时间没见就和我生疏了？还是打算就一直当作不认识我？"

恍然间，他又变回了长津城里的那个顾终南。

她轻笑："只是到这儿之后，难得看见少将这么空闲，不大习惯。"

顾终南挑眉："也不是空闲。这不最近好不容易有了些时间，昨夜梦里，我想起从前答应补你一份生日礼物，可一直不记得，再拖下去，你下个生日都要到了，赶紧过来给你补。"

这桩事儿，若他不提，陆青崖都要忘了。

"喏。"

顾终南从腰间掏出把小手枪。

"毛瑟1896。"他牵起她的手，将手枪连带着包它的小皮套一并放在她的手上，"好东西，留着防身。"

陆青崖握着那把小手枪，一时怔住了。

这把枪不大，只是她握不惯，左右摆弄了一会儿，看上去有些无措。

顾终南朗笑道："别弄了，别等会儿弄出些什么危险来。"说着，他看一眼腕表，"时间也差不多了，我记得你不会用枪，正巧我今天要去靶场练兵，陈柯君也在那儿。她枪打得好，走，我们过去，我让她教你！"

"嗯。"

陆青崖跟在他的身后，揣着把小手枪，低着头微微笑。

即便是在军区，要弄到这么一把小手枪送人也不算容易，她虽不会用，也不懂这些，可她还是把手枪握得很紧，像是握着极重要的东西。

2.

等练完一圈回来，上午也过去了。

顾终南来到靶场，正瞧见陆青崖一脸认真地跟着陈柯君打靶子，她的脸被烈风吹得红扑扑的，这几日天气干燥，她的皮肤有些皲裂，表情却明亮灿烂。他还没见她这样笑过，在不远处望了会儿，他不由得跟着笑了起来。

小黄连这么笑还挺好看的。

陈柯君比陆青崖先发现顾终南来了，她瞥一眼这边，又瞥一眼那边，眼睛转了几转，像是在打什么坏主意。

"哎呀，我的手有些酸了。"

陈柯君的表情浮夸，也只有陆青崖才傻傻信她。

"怎么，是累了吗？"

陈柯君忍着笑皱眉："大概是累着了……哎，少将你来了呀？"

她另一只空闲的手一摆一摆的，笑得跟什么似的。

"少将，你看我这举枪举了一上午，再教下去也没准头了，不如你亲自来呗？"

对着挤眉弄眼、一脸"你懂我意思吧"的陈柯君,顾终南控制了许久才没让自己的脸部抽筋。

"行了行了,你哪这么娇弱?"顾终南转向陆青崖,"怎么样,打了一上午靶子,手酸不酸?"

"哎哟喂。"陈柯君捂着牙倒吸气,"真酸。"

这一回,就算再迟钝,陆青崖也明白陈柯君的意思了。

但她也不知该说什么,只脸上一红,对着顾终南摇头:"没什么,从前没打过枪,今日试了,只觉得新鲜刺激,没感觉出累。"

"那练得怎么样?"

陆青崖低了低头:"还好。"

陈柯君笑道:"哪是还好?你这么有天赋,只怕再练两天,我都打不过你!"

"得了得了,你不是说手酸吗,吃饭去吧。"

陈柯君本想再八卦一会儿,可她也实在喜欢这个文气却干脆的小姑娘,不好再臊陆青崖,于是扔了几句玩笑话,自顾自走了。

"你打一枪给我看,等打完这枪,我们也吃饭去。"

陆青崖点点头,照着之前演练的那样瞄着靶子。

"不对。"

在她开枪之前,身后的顾终南走近,端起她的手臂。

陆青崖靠在他的胸前,感觉到比自己高些的温度贴近,手轻轻一颤。

"专心,屏气,别抖。"

顾终南一旦握上枪,整个人气势就变了。

他语气沉稳:"看着眼前的人形靶,照你现在这个角度,若无意外,是能打到靶身,这很好。可真遇见了人,不说他动不动,就这手枪的后坐力也会冲得你偏几分。比如你想打的是他的头,那么,你就往你的目标点,再移这么些。"

顾终南的声音很轻,生怕她听不进去似的,他端着她的手臂动了两回。

"大概是这么个角度和距离,记住了吗?"

陆青崖点头。

他往后退开:"打吧。"

陆青崖收了心神微定,一声枪响,身后人见状鼓掌。

"真不愧是小黄连,这学得就是比一般人快,要是我手下那些小子能有你一半,我真能省心不少。"

陆青崖回身:"哪有。"

这么久没见,还是这么容易害羞。

顾终南也不再多夸:"走吧,今儿个不吃食堂了,带你去吃小馄饨。"

"去外面吗?"

"嗯,你也来了这么久,还没去参州逛过吧?虽然现在多事,我离不开,但在附近还是走得的。三姊儿家的小馄饨最好吃,皮薄肉多汤鲜,你肯定喜欢。"

被他说得有些饿,陆青崖低头,细细收好了枪。

说是要去吃小馄饨,可惜他们刚刚走出靶场就碰见下雨,这雨来得急,风也大,他们没伞,还真是走不远。

无奈之下,两人对视笑了笑,还是去吃了食堂。

现在是饭点,食堂里正是热闹的时候,看见顾终南带着陆青崖走进来,几个老兵发出善意却暧昧的笑声,弄得顾终南挨个儿把他们敲了一顿。

陆青崖生性安静，性格温文，说来是与军中气氛不搭的，可她坐在这儿，却意外地合群。她不似顾终南话多且贫，和他们只说几句就能笑翻过去。

吃饭时，陆青崖基本上没开口，只是坐在那儿，听见有意思的就笑一笑，不时和顾终南对视几眼，弄得大家调笑得越发明显。

然而现在到底还在打仗，他们聊着聊着，话题也就到了这军火上。

参州作为前线，战事频发，军火却是很不够的。

也不是上边有意克扣，虽然段林泉忌惮顾终南，但现在非常时期，参州破了对谁都没好处，他也不至于这么拎不清。只是这边战事吃紧，段林泉虽无克扣，给得也不大方，每每掐算着，没给他们余多少，补给来得也很不及时，他们有好几次都差点儿被逼到弹尽粮绝，大家伙儿跳着脚骂也没用。

"少将，与其指望那些个东西，不如我们自己找人买呗。多买些，堆在那儿，也不怕……哎哟！"

"这是你说买就能买的？"

于老九狠狠敲了新兵蛋子一个脑瓜崩："你当军火是白菜啊？放在那儿随你挑，给点儿钱就能提一堆回来？更何况购买额外的军火是要批的，若是叫人发现……"

说到这里，他想起那个晚上，话音忽然止住了。

"少将，他们那么防您，我那个提议，您真不考虑？"

顾终南抛着花生米拿嘴接："考虑个屁，你可歇歇吧。"

"不过，这买军火的事情，倒是能想想。"

他喝了一小口酒。

那新兵蛋子见自己的主意被顾终南夸了，笑得整张脸都舒展开来："是啊，少将，这个真能考虑！现今最大的军火商就是那苏二爷，若我们能搭上苏二爷这条线，那……"

他话还没说完，又被于老九敲了脑袋："得了！你这张嘴，什么话都敢放！苏二爷是谁？你说见就能见？再说了，就苏二爷那个背景，和他做生意，他倒是敢卖，你敢买吗？"

这话没比于老九未出口的那句忠义到哪儿去，传出去了，也是要乱的。虽说这里的都是兄弟，可谁也拿不准兄弟堆里有没有混进来的外人，更何况……

于老九望一眼陆青崖，更何况，非常时期，他们还是谨慎些好。

顾终南嚼着花生，看着陆青崖。

"想什么呢？怎么忽然走起神了？"

于老九为人小心，自然注意到了陆青崖的出神，他虽相信顾终南带来的人，但自己不熟，心底多少还是有些防备。他有意无意道："青崖妹子，我见着提到军火，你便有些不对，怎么，吓着了？"

这话顾终南哪能听不出什么意思？他略显不悦："若她真被吓着，你是不是要给她赔酒？"

于老九被顾终南这么一讲，登时就想反驳，心里说的是少将这还玩见色忘义这套了，嘴上却不敢真说，只想占个便宜。

只可惜，他刚刚发出个音儿就被打断了。

"没有。"陆青崖抬眸，"也不是走神，只是想到些事情。"

她低了声音，凑近顾终南："若你真要见苏二爷，我倒是有些门路。"

不料，顾终南直接丢了花生："你认识苏二爷？"

被他这么一叫，先前的悄声成了空的。

陆青崖一怔，无奈又好笑，只得在众人惊异的眼神里缓缓道："苏二爷曾经是长津大学的旁听生，父亲为我引见过。在我记忆里，那是位温文的小叔叔,靠写字养活自己。二爷尊我父亲为师,之后也到过我家几次。谈论间,我晓得他不写字了,改行去做军火生意,还有些惊讶。本以为他会从文的,没料到他从了商,生意还越做越大,做到了如今这样。"

顾终南听得啧啧称奇。

他感叹道:"长津大学真是出人才。"

边上一个汉子咋咋呼呼大笑道:"少将不也是长津大学毕业的吗?"

没有陆青崖在这儿,顾终南怎么吹都行,但当着她的面,知根知底的,他脸皮再厚也扯不出花来。

"走走走,谈正事呢。"他凑过去小声找面子,"这是骄傲的时候吗?"

陆青崖假装没听见,眼睛却弯了。

私购军火原本只是句无意说的玩笑话,但有了陆青崖那么一句之后,顾终南却不由得多想了起来,甚至开始考虑这事的可行性。

而这一考虑,他就考虑到了晚上。

他若真去见苏二爷,给军中添了军火,这消息不可能传不出去。而这消息一旦传出去,那到了旁人耳中,会变成什么样子,便未可知,也不可控了。

轻叹了声,顾终南仰头对着月亮。

"难啊!"

他甩手回屋。

这事儿,实在是难啊。

3.

难而已,又不是不能做,他一军之将,身正不怕影子斜,如今为了大局买个军火,有什么大不了了?

　　那夜睡去之前，顾终南就想通了，然后安安心心睡了一宿，次日一大早又去了陆青崖那儿。

　　"你真要去？"

　　"对，如果我没记错，苏二爷现在定居承明，那地儿离参州不远，坐车也就六七个小时，如果谈得顺利，我们两天就能回来。"

　　陆青崖大概知道如今参州军区的境况，说得委婉一些是军火不足，每回他们最开心的就是缴获了敌军物资，说白了，顾终南都快穷疯了，现在连打颗子弹都省着。再这样下去，怕是在敌军攻破参州之前，他们自己就撑不住了。

　　但苏二爷到底是商人，而顾终南说来风光，口袋里却是没钱的。

　　方才谈论之下，陆青崖才晓得，他不是想买军火，而是想去"借"。

　　"那若不顺利呢？"

　　"不顺利？"顾终南似乎没想过这个，"不顺利，那我们就再想办法，总比指望那些抠抠索索的补给来得可靠。"

　　陆青崖笑了笑："那我先去给苏二爷打个电话，探探口风。"

　　顾终南惊讶道："你还有电话？不是，你……你和苏二爷这交情可比我想象的深啊！"

　　说来苏二爷也算是个传奇，黑道出家，心冷手狠，用七年时间成为全国第一的军火商，如今声望势力非凡，却洗白了似的，谁都抓不到他一点儿把柄，谁都得给他几分面子。而他自己孤高，寻常生意都交给了心腹，只有大些的会自己出面。

　　是以，要找他虽不算难，但要和他本人做些商量，还真不容易。

　　在陆青崖说打电话之前，顾终南想的最好的办法也就是自己出面碰碰运气，看他亲自去承明，那苏二爷会不会卖他"西北军区总指挥"这身份一个面子。

但现在不同了。

顾终南坐在椅子上看陆青崖打电话，巴巴等着她讲完，想问问有没有希望。

其实，最初待在这儿，他是想听陆青崖说了什么，以此判断苏二爷的态度的。只可惜她拿着听筒，听得多，说得少，偶有几句也是阐述如今军区情况，不偏不倚，没半句在卖惨装可怜。

顾终南原以为她只是试探问几句，不料她竟真和苏二爷一来一往、有商有量地讲了这么久。

好不容易等她说完，顾终南见她舒一口气，顺手递去杯茶。

"累了？"

"没有。"

陆青崖喝水很慢，总是小口小口地饮，看着像只小动物。

顾终南笑着望她，等她喝完才问道："怎么样，苏二爷说什么？"

陆青崖没直接答，反而有些犹豫地与他对视。

"苏二爷说什么了？可是不想答应？"

"二爷不是好看透的人，他的意思我也摸不准，倒是没有不想答应，如果要猜，我看他是不太了解情况，也不完全信你。"

顾终南一愣："什么叫不全信我？"

"借军火不是一件小事，尤其还是借给你们军区，他自然要比寻常生意考虑得更多一些。不过，你别太担心。"陆青崖说道，"苏二爷虽是商人，讲来也精明，但他向来有想法抱负，加上性子爽快，真要借军火也不是不可能。只是这到底不是小事，他知道你，但外面传言甚多，他也有自己的考量。"

顾终南正想叹气，又听见她峰回路转的一句："所以，苏二爷问你四日后是否有空，说想见你一面。我算过你近日行程，答他如无意外可以过去，先替你应下了。"

"四日后？什么意……"

"你会下棋吗？"

顾终南一呆："下棋？"他木然回忆，"五子棋行吗？虽然玩得不多，但我知道规则。"

陆青崖放下茶杯，半晌没说话。再开口，她显得有些艰难："少将懂围棋吗？"

"我知道那和五子棋一样分黑白两边。"

陆青崖等着他继续说，可他说完这一句就没别的话了。

"完了？"

"完了。"顾终南点头，很快又往后仰去，"完了啊……"

"也未必。"

"未必？"顾终南第一次觉得性子温嗳说话慢是个这么急人的事儿，他抓了两把头发，"你直接说吧，小黄连，苏二爷是不是想考我？怎么，难道他见我就为了考我围棋？"

"要这么说也没什么不对，二爷怕真是想拿这个看你。"陆青崖低了低眼，"苏二爷爱下棋，从前来我家便是为了和父亲对弈。那时我还小，就站在边上看，算起来，我的棋还是苏二爷教的。"

"苏二爷棋艺怎么样？"

"精湛无缺。"

顾终南挣扎："那我若是突击一下，可有胜算？"

陆青崖欲言又止几次，到底没说得出话，只是，这也不必她再多说，答案是什么，大家心底都有数。

瘫在椅子上，顾终南望着天花板："小黄连，你说，苏二爷这算不算婉拒？"

陆青崖仔细回忆着那通电话："二爷若不想答应，便会直截了当说出来，不会要你跑这一趟。我看，他是想借棋观人，棋道与兵法相通，而你身为主将……兴许这棋局赢不赢没那么重要，重要的是下棋时你的表现。"

顾终南顺着她的话思考了会儿。

"有理。"说完，他沉一口气，"可我现在什么都不懂，能看出个什么……"

不等陆青崖说话，他顷刻又换了张笑脸。

"不如，你帮我补个课呗？"

关于这一点，即便他不说，她也是要提的。

她点点头："自然，我等会儿就出去买一副棋，少将这几日受累一些，练完兵便过来吧。"

"那就这么定了！"顾终南的笑意飞上眉梢，但他很快又压低了声音，"还有件事儿，在我们去见苏二爷，有个结果之前，你可千万别和他们说。我怕万一不成，大家伙儿空期待一场，难免要失望。"

陆青崖应了，应完之后，见他这副欢喜模样，也不晓得在想什么，鬼使神差补上一句："若真不成，你也要失望的。"

"我？"

顾终南笑着揉了揉她的头发，仿佛什么都不放在心上。

"这有什么，我还差这一回吗？"

他这话只是随口答的，没多少意思，倒是做完这个动作，才发现自己对她太过亲昵。然而，对上陆青崖担忧的眼神，原本想错开话题的顾终南又转了念头。

他说："这个世界本就是让人失望的。我看过许多东西，绝大部分都让人厌恶。你知道吗？我想过死，想过放弃，不止一次，可偏偏就有那么一些东西，他们让我对人间有所眷恋，不至于失望得彻底。"他转过头，忽然笑了，"比如你，小黄连。"

秋雨总多，下得却不大。偶有风来，雨丝斜打枝叶，淅淅沥沥的，那湿气通过耳朵浸到了心里，弄得哪儿都染了潮气，湿漉漉的，又由于天气原因，不冷，反暖。

所以不是因为他这句话。

陆青崖背过他，按了按心口。

对自己说，这不是因为他那句话。

四天，不到一百个小时，刨去顾终南练兵和处理公务的时间，剩下的实在是少得可怜。

夜里灯火昏暗，顾终南坐在棋盘前，他这几夜都没怎么睡，要么看陆青崖给他的书，要么就是一个人在脑子里演算那黑白棋子。坐在他对面，陆青崖的脸上有些倦意，是这时候她才真的佩服起顾终南，觉得人与人真是不一样的。

要说累，顾终南事务繁忙，要想的、要做的远比她多出许多，可他即便一天从早忙到晚也是精力充沛。倒是她，分明是休息好了的，这夜里稍微一熬，便又开始困了。

"你是想睡了？"

顾终南注意到她打呵欠。

"没有，我睡过午觉的。"陆青崖眯了眯眼，往棋盘上落下一子。

"你这眼睛红得和兔子似的，还说不想睡。"顾终南将注意力从棋盘移到她的脸上，"小黄连，你以前可没这么会说谎。"

陆青崖的眼睛里有些血丝，却仍亮着，显得有些可怜。

"行了，睡吧，明日还要去承明，路上坐车也累，不休息好可不行。再说，你和我说的我大多都记下了，剩余那些，我自己回去琢磨琢磨也行。"

陆青崖不放心地问："我睡了，那你呢？"

顾终南笑得开心："你看我像困倦的样子吗？"他边说边收拾东西，"我先回屋了，你这几日劳心劳神的，若明日事成，我给你记头等功。"

"坐下吧，我陪你。"

"可……"

"不用客气了。"陆青崖啜了口茶，"车程那么久，我在车上也能睡。"抬眼时，她迎上顾终南怀疑的目光，忽然有些不悦，"我只是不习惯晚睡，但没你想得那么娇贵。"

顾终南动作极慢地大幅度点了两下头："看来你是瞧出我心底的紧张了？我还以为自己藏得不错。"他又坐回来，"正好，那你就再陪陪我吧。"

昏黄的灯色下，他迎着那光亮笑了笑："明儿个事情办完之后，等再回来，不管怎样，咱们都得去吃一顿小馄饨。这一回，风雨无阻。"

先前的不悦散在他这一声笑里，陆青崖不自觉跟着弯了嘴角。

他还敢说她变了，说她会撒谎，他自己不也是？

陆青崖在等顾终南落子的间隙里偷偷看他。

他以前可没这么会哄人。

4.

从参州到承明，陆青崖基本上是睡过去的。

这路不平，地上坑坑洼洼，车子开在上边颠簸得很。

陆青崖起先睡得并不安稳，她被颠得醒醒睡睡，脑子疼得厉害。中途却不晓得是怎么，突然有了个好靠处，似乎还有人扶住了她，让她睡得安稳起来。

但这些都是她意识模糊时感觉到的，醒了也就忘了。

等到了地方，被苏二爷的人引进门去，站在厅室里等二爷时，她轻声问顾终南："你在车上休息过了吗？"

"嗯，休息过了。"他自然地为她拨了拨头发，"方才没注意，你怎么连头发都睡乱了？"

陆青崖原是过耳的短发，但许久没打理了，现在长长了些，已经到了肩膀。她没多少时间打理，平时也就在脑后绑个马尾，今天却注意着稍微拿水梳顺了些，半扎半披在后边，看上去文静秀气，倒是挺适合她。

陆青崖抚过他为她整理的地方："看你这么大方，就知道你昨夜说的紧张都是骗我的。"

"谁说的？"顾终南微微睁大了眼睛，表情无辜得很，声音倒是更低了，"我现在紧张得一塌糊涂，但这不是怕被发现了丢人吗？万一苏二爷看见我瑟瑟发抖的模样，以为我是个不堪用的，不借我兵火，那我不是亏大了？所以啊，只能忍着。等我们出去，不管怎么样，我一定先把现在憋着的抖全发出来给你看，省得你误会我骗你。"

陆青崖被他逗得好笑，但这里实在不是能随便聊天的地方。她低着头笑，余光一瞟，看见了门外站着的女孩。女孩有些眼熟，估摸着十五六岁的模样，头发黑亮长顺，一身浅蓝旗袍，纹样素雅，外面披着颜色稍浅些的月白披肩。她大约是刚到这儿，披肩上缀着的流苏还轻轻晃着，她生得乖巧灵气，气质上却有些被娇惯出来的小任性。

那个女孩见陆青崖瞧着自己也不呆愣，反而大大方方对她笑了笑，朝气明媚，让人很有好感。

"二叔！"

陆青崖正看着她，她却转了视线，脆生生喊了一句。

"嗯。"

苏二爷身着麻色长袍,脸上架着副眼镜,不像军火商人,倒像是教书的先生。

他从后面过来,先点了点头,向顾终南他们打了招呼,这才转向女孩:"要出去吗?"

"今日的书我在早晨就读完了,字也写好了,都在书桌上呢。现在就想出去转一转。"

"我没想讲你,小孩子爱玩也正常,出去吧,记得带上阿沁。"

"好咧!"

得到应允,女孩蹦着就转出去。

苏二爷见陆青崖望着女孩的背影,开口便笑了:"我那侄女不大懂事,也不会待客,等以后有机会,我好好说说她。"

陆青崖摇了摇头:"那姑娘性情真挚,挺惹人喜欢的。"

"看你这样,怕是完全不记得了,你们小时候还一起玩过,她是曼笙。"

陆青崖有些惊讶:"我竟没认出来,许久不见,没想到曼笙长这么大了。"

苏曼笙算起来只是苏二爷的侄女,但她小时候家中出了变故,无人抚养,因此自幼便被养在苏二爷身边,即便当年苏二爷在长津大学读书,也是带着苏曼笙的。论感情,她在苏二爷的心里,怕是和女儿差不多。

"一路舟车劳顿,累了吧,先吃口茶。"说完,苏二爷转身,亲自倒了两杯,先端给了顾终南,"连日战伐,少将辛苦。"

"谢谢二爷。"

苏曼笙原本想直接出门,但出门之前突然饿了,便要阿沁去给她拿几块桂花糕,而她在门前等着。正等着,她便听见顾终南这一出声。

顺着声音回头，可阳光刚好从那边屋檐打下来，晃了她的眼睛，揉完再瞧过去，就只能模模糊糊看见一道颀长身影，其余的半点都看不清楚。

"小姐，糕点拿过来了。"

苏曼笙拿着，也没多看，打开油纸包就吃。

倒是那小丫头性子不定，和她叽叽喳喳半天。

"顾终南？"苏曼笙若有所思，"原来他就是顾终南。"

"对啊！少将果真是名不虚传的好相貌。"阿沁红着脸，兴奋地说，"除此之外，他比外边那些眼睛长在天上、只知道背后嚼舌根的有本事不说，还比他们要好说话……"

"夸成这样，至于吗？不就是进门时对你笑了笑？"

阿沁害臊地嗔道："小姐！"

"小丫头片子懂些什么？你看一个人如何如何，从外表哪里看得出来？他们那样的人可黑了，更别提这顾终南这种年纪轻轻就坐上西北军区总指挥位置的。军火采买向来有规定数额，而他今日来此，分明是要采办数额之外的部分……我看啊，这顾终南和段林泉没什么不同，都是割据一方的土皇帝。只不过段林泉占据西南，而他霸着西北，就这么一个分别罢了。"

阿沁嘟嘟囔囔："可我看少将不是那样的人。"

"你看？我叫你给我拿桂花糕，你给我拿的这是什么？"苏曼笙把手上的清糕拿起来扬了扬，"连块糕点都分不清，你能看出些什么？"

阿沁不说话了，苏曼笙倒是满意。

"我这么和你说吧，自他去年得胜回长津，说是升了官，但那也就是个表面，实际上，顾终南可被削了实权的。但你看他和以前有什么分别？出门还带着几个兵。喏，那边车上，看见没，他带来的。"

阿沁顺着苏曼笙指的方向望去，那儿确实坐着两个人。但一个是开车的于老九，另一个只是于老九觉得闲扯来聊天的路人。

"看见了吧，他比从前还更威风了。这西北军区本就离首都远，那些兵将日日夜夜见的最大的头儿也就是他，不论有什么命令，怕都是只听他的。说白了，这块地方他最大。如今都敢背着官方自己做军火生意了，这还不是军阀？还不黑呢？"

阿沁听得表情凝重，似乎也觉得有道理，但还挣扎着不愿相信。苏曼笙重重一叹，打心眼里觉得这丫头不争气。

苏二爷在承明有地位，大多数人不敢冒犯这位苏大小姐，所以她也没有小声说话的习惯，即便是在评论人家，也是一副本就如此的模样。不远处的于老九听见这番话气得牙都痒痒，要不是那是个小姑娘，他又怕给顾终南惹麻烦，恐怕早过去和人"讲道理"了。

苏家大院外面热闹，院里却极为安静。

二爷不喜喧哗，这里就连打扫的婆子们都不敢多话，室内一时只有棋盘上落子的声音。

围棋纵横十九道，变化无穷，变数无穷，要下好一手棋并不容易。

棋盘两边分别坐着两个年轻男子，左边持黑子的是顾终南，而右边持白子的是苏二爷的门生，名唤杨总惜。

顾终南先行，第一手便毫不犹豫将子落在了天元。

他微微侧目，身边的女子对他笑了笑，这笑很浅，同这几夜的每一抹都很像。

陆青崖除了第一天在教他围棋规则，剩下几日，都是分析："苏二爷知道你不善围棋，怕是也不会亲自和你对弈，而若他不来，那么与你对弈的便该是他的门生。那位我稍有了解，他棋艺精湛，若如常对他，你怕对不过，唯有一个方法能稍稍应对，便是仿棋。"

　　所谓仿棋，就是对手走一步，你走一步，让自己的棋与他形成对称，等他看不透、坐不住了，那么机会也就来了。

　　这屋内稍有些暗，苏二爷没有开灯，倒是在一边悠悠闲闲点了蜡烛。

　　烛光微弱，比起照明，似乎只是调节个气氛。

　　顾终南与杨总惜一人一步，很快就下到了四十七手。

　　等对手落子之后，杨总惜微微皱眉，对上苏二爷的眼睛，很快做出个决定。只见他在右下一落，仿佛早准备好的，落出一块地方。

　　在落子之时，杨总惜想起苏二爷的话。

　　"顾终南不会下棋，若说他在这四天真能学到什么，至多也就是些皮毛，若说技巧，他最可能用的便是仿棋。仿棋难以摆脱，你且看他先手如何，若他当真用了，你便要开始打算，舍一块弃子，换一步先手。"

　　讲起来，棋盘之上有乾坤，得失成败便是这一方天地，而这方天地许多时候都能折射出真正人世，那是往大了说。实际上，是得是失，是输是赢，也不过就是一局棋。

　　都不过一时的荣耀，一时的落魄。

　　"杨总惜不是傻子，他不会看不出你的战术，为了摆脱你，他很有可能送一块子给你吃。你虽知道，可你下不过，那这块子你便不能不吃，你会在这儿退几步，可这不是结果，你也不必为此浮躁憋屈。"

　　当陆青崖这么对他说的时候，顾终南笑了笑："《孙子兵法》有云，'故小敌之坚，大敌之擒也'，弱者顽固死守，只会越死越多，而善败者不乱，这招我懂。"

　　杨总惜在那一手弃子之后，果真顺畅不少。顾终南无法再仿，从棋局看，竟一时真被他牵制住，连失好几手。

　　然而，就在杨总惜稍稍放松之后，苏二爷微不可察地挑了眉头。

顾终南这几手看着在退，实际上却更像试探，虚虚实实之间，他给自己留了许多退路，一边审时度势，一边伺机而动。

　　终于，在杨总惜只进不退的杀势里，顾终南偏巧落了中下，猝不及防逼死了他一块地方。杨总惜其实极有耐心，平日里并不执着于杀棋，只是今日被顾终南引诱，再加上轻敌，才会有这么个缺漏。

　　想瞧的都瞧完了。

　　苏二爷坐回座上，接下来的棋，不用多看了。

　　这一局棋，顾终南下得比陆青崖想象中的更久也更好，她自始至终在边上看着，不得不承认，顾终南实在是比她预想的还更厉害些，厉害到她都有些佩服。

　　原来，这世上当真有人天赋异禀、气运加身，老一辈人说这样的人来到世间，就是来干大事儿的，或许，这些个说法是有道理的。

　　落子声轻，室内茶香萦绕，顾终南微微抿着唇，模样专注，而陆青崖就这么安安静静站在他的身侧。苏二爷朝他们俩看了一眼，眼底带着几分欣赏。

　　一辈人换一辈人，亘古如此。

　　这局棋下到最后还是杨总惜赢了，然而，就像陆青崖说的，这棋局不在输赢，况且顾终南觉得自己已经算是超常发挥，再加上又得了好运，既已尽力，便也没什么好遗憾的。

　　在杨总惜离开之后，苏二爷又端了一杯茶过来："听说顾少将从前不会下棋。"

　　"我不懂围棋，但我会打仗，从前不觉得，现在看看，这和带兵实在相似。"

　　苏二爷点点头："我知道了。"

"在这里，苏某给少将赔个不是。我平素不爱信旁人是非，可有些传闻，日日听着，难免受外界传言影响，我也还是俗人，那不信也就是嘴里的不信。但今日一见，是我多虑了。"苏二爷以茶相敬，"日后西北军区若还有缺漏，我自当鼎力相助。"

桌边的烛光一闪，陆青崖偏头一瞧，忽然想起不知在哪本书里看见的，说是当灯芯迸出双花，就是好事要到了。

现在瞧着，果真是这样。

5.

苏二爷的宅子就是普通住宅，而采买军火，还是要去隔壁街道的苏家库房。

这事儿陆青崖跟着不便，苏二爷也说许久不见她，再加上刚刚看了一局棋手正痒着，她也便留下与二爷对弈。

采买军火没那么快，顾终南带着于老九在库房清点了好一阵，这才把事儿折腾完。等他们再出门，天都要黑了。

走在街道上，于老九开始和顾终南念叨着不平的闲话。

"少将，现在外面都这么传您了，这些个鬼话是谁放出去的，您心里有个底儿吧？"

顾终南刚刚办完这么大一件事，心情正好，整个人都放松起来："都说是鬼话了，你在意它做什么。"

"这哪能不在意啊？您以为这说话没个实际就没关系了？人情往来若是战场，这流言蜚语就抵得上子弹，别的不说，就说苏二爷府上那位大小姐吧，您知道她是怎么看咱们的吗？中午我守在门口，那小姐当着我就说开了……"

于老九本就对此不满，加上听了苏曼笙那些话气闷了一下午，现下又被顾终南这无所谓的态度一激，顷刻间竹筒倒豆子似的叽里呱啦说起来。顾终南晓得于老九在意这些、心底憋着气，为自己不平，现下他是不想听又不得不听，只等于老九发泄得差不多了才摆摆手。

"行了。"

"少将！"

"你看前边是什么热闹？走，瞧瞧去。"

顾终南说完拔腿就走，他个子高，稍稍走近就看清了人群里是个什么情况。

里面的姑娘叉着腰："怎么，想讹我？讹钱讹到我这儿，我看你这眼睛也是白长了，怎么，我看着像是好欺负的？"

她背对着这边，而在她对面的是个瘫在地上的大伯。那大伯一身衣裳破烂，像是逃难来的，此时正虚弱地半躺在地上，手里拽着姑娘披肩的一角，嘴里叨叨念着什么。

"我再给你一个机会，你松不松开？"

"这不是苏家那位大小姐吗？"于老九凑过来，嘟囔一句，"怎么哪儿都能见着。"

顾终南有些无奈。

他本是想转移于老九的注意力才凑过来，打算看几眼就回去找小黄连，没承想遇见苏曼笙这一茬儿。他此来到底是欠了苏二爷一个大人情，这撞上二爷侄女的事情，他是管不管呢？

"你还不松开？"

苏曼笙一脸气恼，这件披肩她极喜欢，只是布料轻薄，硬要去拽，怕是就要扯坏了。

"这条街上没管事的人吗？阿沁，你去……"苏曼笙气着，却在瞥到那大伯脸色时微微迟疑，"你去找医生！我就不信，他能装得多好！"

顾终南看了会儿也没看出这是怎么回事儿，他于是碰了碰身边的小伙子："小哥，你知道这是发生了什么吗？"

"嗨呀，近些日子邻省不是逃来了些流民嘛，他们每日在街上晃悠，身上也脏，难免会碰着人，地上就是一个。我瞧见他是碰着那位小姐了，小姐不愿意，要他道歉，可他刚刚开口就倒下去，手上还扯着小姐的披肩不松。那小姐便恼了，说他碰瓷呢。"

"是这么着？"

"可不是。"小伙子低声说，"其实那些流民本也不容易，我看那小姐是个富贵家的，何必这么纠缠，不如给点儿钱走了得了，这样下去，多不光彩。"

顾终南瞥了他一眼："既然你都觉得是碰瓷的，怎么还要那小姐给钱？"

"这怎么了？那小姐有钱就给点儿呗，再说，本也是她态度嚣张，别人碰了她一下就非要人道歉，这被讹了能怪谁……"

顾终南觉得这人不可理喻，也不愿再听。他走上前去，没先去理苏曼笙，倒是蹲在那大伯面前看了一会儿。

周边都是看热闹的，每个人心里都有自己的判断，他们既瞧不上逃难来的流民，也不喜欢这高声傲气的大小姐，有了先入为主的观念，自然什么都没注意。

但顾终南看见那大伯脸上出了虚汗，牙齿紧咬着，痛苦的模样不似作假，是以先来看他。也是在他蹲下的那一刻，大伯再没了力气，松开了抓着苏曼笙披肩的手。

"什么，你说清楚一点？"

顾终南凑近过去，那大伯见终于有人来理他，也努力提气，可他说不

· 215 ·

出完整的句子，只念着疼啊疼的，他单手捂着腹部，疼得眼泪都流出来了。

"老九！"

"哎。"

顾终南扶起老伯："这大伯怕是身子有异，送他去医院。"

于老九念着"好"，便将人背了起来。

苏曼笙听得心惊："送……送医院？"

顾终南回头，她见是他，迟疑了一会儿，又问起来："我都没碰着他，他自己倒地上的……送什么医院，能出什么事情？"

"未必和你有关，也可能是这大伯自身的毛病。"顾终南不大喜欢和苏曼笙这样的大小姐打交道，不是说这样的姑娘多坏，只是和她们交流，大多时候都累，"他拽着你也不是想讹你，只要你稍微听上一句、看上一眼，就明白了。"

瞧见那大伯的模样，眼见他被背走，苏曼笙的心底也有点儿慌。可她即便是慌，即便晓得自己弄错了，也只想着事后送点儿东西做补偿就好，现在她还是要面子的。

也因为要面子，所以即便知道自己错了，她也不肯认。

她嘴硬，语气却透出点儿心虚："你又不认识他，怎知道事实如何？"

顾终南不喜欢争辩，只挥着手让周围的人散了，才回头低低道："别惹麻烦。"

"什么叫我惹麻烦？我走在街上好好的，分明是麻烦惹我！"

"哦？"

顾终南这一声很轻，也不迫人，但道理摆在这儿，苏曼笙的气焰一会儿就消下去，甚至不肯再与他对视。

"可我怎么看着是你惹的呢？"

苏曼笙气得想跳脚，语气却不似之前硬气，反而还透着些希望事情揭过的急切："你这人不知道就别瞎说。"

眼看差不多够了，顾终南那些幼稚的报复心思也歇了些。

"行了，我知道，你不是故意的。"他笑着指指自己的眼睛，"我都看见了。"

苏曼笙过惯了顺遂日子，不喜欢被人挑衅，因此她碰见这种事也容易被激怒。可即便她气得不行，对那大伯的状况也未必是毫无察觉。否则，她便该让她的丫头去叫保全，而不是去叫医生。

"这回那大伯不是什么坏人，是以你也出不了什么意外。可你想过没有，若今天那大伯真是讹钱的，就算道理全在你这儿，但对方不讲道理，你能怎么样？你是打得过他，还是周围有人愿意为你出头？"顾终南拍了拍蹲下时衣角沾上的灰，"如果还有下回，你还是机灵点儿好。到底是个小姑娘，别真吃亏了，让家里着急。"

说完，顾终南忽然想起许久之前，在长津大学里的那一件事。

当时陆青崖遇见的那位大婶是真的想讹她，他那时不了解她，担心她吃亏，想上前给她出头，她倒是厉害，几句话就把人劝退了。分明是聪明得不行的人，分明她有许多办法，最后却还是逞了意气。

她说，那是因为她不开心。

想到这里，顾终南不自觉笑了出来。

承明的天最好看，尤其是在傍晚，蔚蓝里夹杂着橙红光，云层是轻薄的，一片片浮在光上。不远处有小贩在叫卖着什么，苏曼笙听不清楚，她只听见他突如其来的一声轻笑，继而抬头，目光直直与他撞上。

他的眼睛微微弯着，仿佛想到了极愉快的事情。

苏曼笙蓦然便有些好奇，想问他想到了些什么。

然而，她还没来得及问，阿沁便带了人过来。而顾终南见那小丫头回来，不一会儿也就收回笑意，转身走了。

他们要回的是同一处，可他步子迈得那么大，根本没想等她。

阿沁见自家小姐一脸郁闷地盯着顾终南的背影，又想起回来路上听见的那些闲话，心底不忿，嘴上便开始骂。

她说："那顾少将果真不是什么好人，明明一开始就看见了，非要让小姐着急上火才肯出来说话，说的还都是些气人的，真不绅士……"

"别瞎说。"苏曼笙打断她。

阿沁一头雾水："小姐？"

苏曼笙恍然回神，掩饰着什么似的："回家了。"

阿沁不晓得小姐这又是怎么了，但小姐的心思瞬息万变的，一直难猜，她纠结了会儿，也就不再猜了，只心底还在为此不平，觉得自己先前确然看错了人，觉得她家小姐说的真是对的，看人不能看表面。

那顾终南就是个最好的例子。

第十二章
归来

"小黄连，我喜欢你。"

1.

顾终南与苏二爷借军火的事情，不日便传遍了整个参州。参州既不闭塞也不偏远，这事儿又大，爱讨论的人也多，没多久就从参州传出去。而这消息一旦在人群中漫开，每个人要怎么想，就由不得谁控制了。

国难当头，这传言就像是一把干柴，正好加在原先那些谣言烧出的烈火上，让"顾终南"这个名字又沸了些，偶尔迸出几点火星子，都能叫边上的人烫着几下。

而随着这借军火的事儿被传得沸沸扬扬，那些个流言也更深了几层。

"什么，这都哪里传出来的？"

苏曼笙坐在车上，气鼓鼓地瞪着阿沁。

阿沁拉着苏曼笙的手："小姐，您也不是不清楚，这什么世道啊，最大的事儿也就是这些，谁都爱看爱听，而看久了、听多了，连传数次，假的也成了真的……"

"什么成了真的？那些人是没长脑子还是没长眼睛，不会自己看自己想？任凭别人胡讲两句就信了？现今这年头，说话真是不用负责任。"

阿沁软言软语给苏曼笙消气，心里却念着，想当初，小姐您不也是那些人中的一个吗？不过见了几面，这还护上了。

"小姐，不气了，您瞧，这都快到了。"

苏曼笙往车窗外看，果真看见军部大门，这才不情不愿掏了镜子出来整理妆容。可她眼睛被气得红红的，眉头也舒展不开，怎么看怎么不好看。

"你快给我讲几个笑话，不然等会儿我都笑不出来。"苏曼笙着急地对着镜子左右看，"这副表情难看死了。"

"这会儿笑不出来，等见着少将不就笑出来了……"

"嘀咕什么呢！快点儿，我真是白养着你了。"

军区附近沙尘颇重，这车轮向前滚着，后面便扬起一片沙土。

而等车子停下，车里的人也先是等那些黄沙落地才提着裙摆走下来。

这军火物资来来回回送了许多次，几乎每一次，苏曼笙都跟着过来，说是来散心长见识的，可她每回都是精心打扮了，一到这儿就要找顾终南。

次数多了，大家伙儿也就看出了她的心思。

路过的小兵对视一眼笑了笑，彼此靠着眼神传递着什么信息似的，却被进门的人一挥手给打断了。

于老九瞪过去："这么闲？"

两个小兵连忙敛下表情立正站好，于老九见状也不再多说，只是拍着脑袋替他们少将头疼起来。

小兵瞟一眼，又瞟一眼，小心翼翼地开口："于哥，我说那苏大小姐对咱们少将够热乎的啊，这都连着快两个月了，按说少将谈的军火早送完了，这后来的都是苏大小姐自己和二爷请来的东西吧，这位可是真财神爷。"

另一边的小兵裹着围巾，白气从嘴边冒出来："那是，于哥，您给我们透个底儿呗，少将和苏小姐到底有没有一腿？"

"腿个屁！"于老九一手一下在两个小兵的脑袋上敲了起来，"再让我听见你们瞎说，饭甭想吃了！"

见小兵们老实了，他静下心倒是寻思了起来："不过我说这事儿够玄乎的，那大小姐之前也不是这么个脾气啊……我之前听她那话，不是瞧不上咱少将吗，怎么转性了？我看别是苏二爷看中了少将，给她灌了碗迷魂汤，这才……"

"才什么？"

"才换了心思，瞧上了少将，然后……"

于老九说着，转身，就对上顾终南笑吟吟的一双眼。

当即他就吓得打了个嗝儿。

"于老九，我说你胆子不小啊。"跟在顾终南身后，陈柯君环着手臂走出来，一副看热闹不嫌事大的样子，"大庭广众的就开始胡说八道编排上级……现在讲得这么起劲儿，上回我私下问你，你怎么不说？"

"我……我这不……"

"行了，闭嘴吧。"顾终南摆摆手，"还嫌我事儿不多、不够烦的？"

他说着往门里走进去，于老九见他进门，刚出个声儿，就被他止住："要说的东西和军情有关吗？"

于老九顿了顿，摇头。

"那就住口。"

说完，顾终南便走进去，但他刚走几步就后悔了。

"终南哥哥！"苏曼笙从屋里迎出来，手上提着个精致的小袋子，脸上笑意盈盈，"你可来了。"

顾终南浑身一僵，缓缓回头，身后于老九一脸无辜地摊手：这可是你不让我说的。

不远处，两个小兵跟着陈柯君憋笑，四个人整整齐齐站了一排开始看戏，新鲜热乎第一手的，甭提多开心了。

与他们相反的是顾终南无奈想走又不得不去应付的揪心。

"你……"顾终南沉吟一会儿，"你怎么又来了？"

苏曼笙瘪瘪嘴："我记得你说过我可以来的。"

那还是苏曼笙第一回来这儿时，顾终南随口讲的。他那时没有多想，只当小女孩没见过这些地方，又天不怕地不怕，寻个新鲜，和在家待久了出门踏青是一样的，再加上她毕竟姓苏，他也不好说得太重，才会客套地对她这么讲一句。

不承想会有今天。

"我那是……"顾终南往后瞟一圈，"你们还站在这儿干什么，没事情要做？要不我给你们安排点儿？"

他这一声之后，那一排便只留了个陈柯君。

她本就是有事要和顾终南商量才过来的，现在事情没说，她也不好走，正巧占着便宜，瞧个热闹。

苏曼笙眨着眼睛看他，面上有些担心："天气这样冷，终南哥哥就穿件单外套吗？"

陈柯君打量了她一圈儿，又望一眼顾终南，心道，你终南哥哥可比你穿得厚实，小姑娘自己轻轻薄薄不加衣服，关心起别人倒是有模有样。

"我……"

顾终南本想说些什么，末了也没说，要照着她的话头说下去，恐怕说多久也说不完。

"你若是没事,还是回家吧,这里到底是军区,你一个女孩子少来,不安全。"

"不安全?"苏曼笙摇摇头,"终南哥哥在这儿,怎么会不安全?终南哥哥可是英雄,国土都护得,哪能护不得我。"

顾终南被这左一个终南哥哥右一个终南哥哥弄得脑壳痛,他揉了揉太阳穴,手还没放下就听见苏曼笙问他:"终南哥哥,你不舒服?"

"我……对,我不舒服,我先走了。"

他转身,对着陈柯君比口型说"快走",可步子还没迈开,就被人拉了袖子。

在他身后,苏曼笙大概也觉得自己是太大胆了,她看他转回来就松了手。

她吸了吸鼻子,回想起自己过来的这几次,原先不愿面对的想法在对上他目光的那一刻尽数涌上头来,与此同时,鼻腔也被冷空气激得发酸。

"你是不是在躲我,是不是不想见我?"

陈柯君挑眉,脸上一句"小姑娘终于看出来了"写得明明白白。

"我每回来这儿,都要同二叔费许久的口舌。二叔不愿我来,阿沁也叫我少来,他们都说这儿没什么好的,也存着不定的危险,可我就是想过来。"苏曼笙咬了咬下唇,"我……我就是想见你。"

哟,摊牌了?

陈柯君看得有滋有味的,连顾终南给的眼神都没顾上。

饶是苏曼笙这样心直口快、从来有一说一的姑娘,在说完那些话之后,也觉得有些羞。

她被宠着长大,确实任性了些,可她也知道,女孩子家不该这个样子。

她不该每天全心想着念着一个人，不该在察觉到他的拒绝之后还佯装不知贴过来，她应当自尊自爱一些，给自己留个体面，她本来就是最爱面子的。

她捏着拳头，言语间颇有几分不管不顾的味道："终南哥哥，我喜欢你，你知道吧？"

她目光灼灼，将话说清了。

倒是顾终南，搜肠刮肚找着拒绝的话。他倒是能直说，只是怕直说伤她。

找来找去，他终于找到一句觉得贴切的。

他说："你还小。"

陈柯君没忍住笑出了声。

"我不小了！我虚岁都十六……不，十七了！我能同你在一起的！"苏曼笙粉着张脸，"只要你答应。"

顾终南叹了口气："那可糟了，我没想答应。"

"你……你拒绝得这么快做什么？我挺好的，真的，我会的很多，你多了解了解再说呀！"苏曼笙着急，打开提了一路的袋子，"我上回过来，见你桌上摆着盒糖，我……我前些时日，有朋友给我带了这个。你瞧，这是国外来的，比寻常糖果好吃，是稀罕东西，我就吃了一小块，剩下的都留在这儿。我存着没吃，就是想今天带给你的。"

见着她这样，陈柯君一下子有些笑不出来了。

若那些传说没错，这苏曼笙被捧着长大的，她任性散漫都习惯了，却能一而再地来碰顾终南这个软钉子，过往种种再加上如今模样，估计也是动了点真心。

只可惜，她选错人了。

北方冷得早，尤其最近大降温，苏曼笙来时为了打扮，没穿厚衣裳，现下被冻得鼻子手指都发红，眼睛里也蒙着水雾，却仍固执地捧着那盒糖抬头望他，想他收下。

可顾终南只是看了那盒子一眼，轻叹一声："你看错了。"

苏曼笙愣愣道："我看错什么了？"

"我不吃糖，也用不着这个，你带回去吧。"

"这么可能，我问过的！你明明喜欢吃甜的，那些小兵还见过青崖姐姐给你买……"

"那怎么一样，她是陆青崖。"

他轻飘飘留了这么一句，便轻咳着编出什么类似"身体不适，需要休息"之类没人信的鬼话出了门。而陈柯君不晓得该说什么，只拍拍小女孩的肩膀权当安慰，也跟着出去了。

原先留在门外的阿沁小跑进来，犹犹豫豫："小姐，现在时间也不早了，该回去了……"

苏曼笙抓着那盒子，指尖都发白。

"小姐？"

苏曼笙把盒子往桌上一放，抹了把眼睛："刚才终南哥哥往哪边走的？"

阿沁没见过这样的苏曼笙，一时怔了："往……往西……"

"西边哪是休息的屋子，他理由找得烂就算了，连躲我也不走心。"

"小姐，您是要去找少将吗？"

"我……"

苏曼笙忍了许久，终于没能忍住，眼泪接连着掉下来。

"不找了！"她忍着哭腔，"有什么好找的，有什么了不起的？不就是不喜欢我吗，凭什么我每次都要找他？我找他找得还不够多吗？我每次出门多不容易，他呢，他巴不得我出不来，巴不得不见我……我巴巴想看他一眼，他只嫌我烦罢了！"

"曼笙？"

门外，陆青崖拿着纱布，正要去李四季那边帮忙，却因为这一连串带着哭腔的低吼而停住了。

"你这是……"

还不等她问完，门里，苏曼笙慌慌张张便擦了眼泪。

可她刚想回陆青崖的话，脑子里就响起顾终南的声音。

——"那怎么一样，她是陆青崖。"

她是陆青崖。

苏曼笙一下子更委屈了。

苏二爷年轻时辗转了许多地方，只后来在长津读书才待得久些。而她小时候也因为这个，在哪儿都待不熟，没多少玩伴，唯一关系好些的就是陆青崖。

怎么就偏偏是陆青崖呢？

"青崖姐姐……"

苏曼笙低下头去。

陆青崖后知后觉地从她方才吼的那些话里觉出些什么，她也不再多问，只过来给苏曼笙擦眼泪："这么难过吗？"

她的声音温柔，为自己擦眼泪的那只手也温温热热的，苏曼笙一时不想辩驳，就点了点头。她不情不愿被陆青崖抱在怀里，鼻子和眼睛都比原来更酸。

过了会儿，她才开口，声音模模糊糊的。

她说："怎么偏偏……"

说了一半，又不讲下去。

陆青崖的肩膀都被她的眼泪打湿了："什么？"

"没什么。"

屋檐上覆着薄薄一层冰霜，即便是到了白天，也没融多少，半天才化几滴水。这几滴水，要攒许久，才能从檐边落下来。

她们站在这儿，听见滴答声响，不晓得听了几轮。

而苏曼笙却怎么也不再开口了。

2.

这几天，顾终南也不知是在忙些什么，他白天黑夜的总泡在书房，仿佛一下子多了许多处理不完的公务，也多了许多接不完的电话。

好不容易得闲，还是因为说领了任务，第二天一早要带几支队伍，清理一伙流窜的日军。可在这之前，他们从没听过，哪里有一伙日军在流窜来着。

当夜，顾终南一个人坐在山坡上喝酒。

这山地不高，坡头有块平坦地方。坐在这里，低头，隔着下边丝带细的小溪，能看见对岸灯火人家，而抬头，就能看见星河璀璨，月明如霜。

是个好地方。

可顾终南每回来这个好地方，带着的都是不怎么好的心情。

他越来越忙了，处理公事的时间占据了一大半，可他还是有些事情放不下，非得把它摸清楚。

一是他爹的死，一是陆元校长的案子。

他揉着太阳穴。

前前后后这么久，他才终于理清了个大概。

那张乌酉是齐家的人，而齐家亲日，举家都是汉奸。

陆元校长大概是碰巧撞破了张乌酉这一桩才遭的灾祸，原本不是一件多难的案子，偏偏刑侦调查局里有齐家的人，给他爹添了许多困难。

而这也是他爹被害死的导火索。

那齐家早盯上了刑侦调查局局长这个位置，偏巧这次撞上张乌酉和陆元校长的事情。张乌酉一方面想解决这一遭，坐稳长津大学校长的位置；一方面又想向齐家表现，可他对这些业务不熟，才错找了青帮。

那青帮一伙都只认钱，在绑了顾常青之后，发现他身份非常，于是又联系了顾家，想收双份钱，做一单事，没承想那顾家又给他们添了顾终南这么个麻烦。

而后来，就是他知道的。

他逃出来了，张乌酉怕有万一，联系了齐家将青帮收拾干净，而顾家自然也不会和他多说什么，所以他才会陷在这些个迷雾里，乱了那么久。

再后来，齐瑄成了刑侦调查局的新任局长，而他被打压，浮浮沉沉，就到了现在。

现今国家动荡，那齐家见势不好，竟开始利用动荡中的漏洞钻空子，做出许多可耻的事。顾终南原先想着等证据确凿再从明面上来打压齐家，可眼下那边的手都伸到军部来了，再等，就来不及了。

于公于私，那齐家，他都是非除不可。

只可惜齐家明面上没出过什么漏洞，不止没有漏洞，平素还友爱乡邻，偶尔会给流民施粥，比谁都慈善，菩萨似的，加上齐家是大族世家，颇有美名，把他顾终南和齐家放在一块儿一比，效果也挺鲜明的。

有个词叫百口莫辩，兴许有些东西就是讲不清楚。

顾终南又灌一口酒。

那齐家最主要的势力不在华夏，他真要端了它，也不是办不到，只是若他这一动作，恐怕外边那些脏水要将他淹得更狠一些。

但这也没什么。

就是些流言而已，有什么好怕的？

"怎么一个人在这里喝酒？"

顾终南没回头。

陆青崖走上前来："我刚才去你房间和书房都没找着你，问人也都说没看见你，才想到了这儿，竟真的碰上了。"

她走到他身边坐下："心情不好？"

顾终南带了一瓶酒、一个杯子，他想发泄又怕喝醉，只一杯杯给自己倒着。

"是不大好。"

他听她轻叹，倒酒的动作一顿。

"要不然，你叫我一声终南哥哥听听？"

陆青崖一滞："什么？"

"你叫我一声，没准儿我心情就好了。"

"你这个人啊。"

顾终南见她终于有了笑意，这才放下心来。

也不知是从哪时起，他竟见不得她为他担忧叹气了。

"小黄连……"

她来之前，他只低头看着烟火人间，是她来了之后，他才微微把头抬了起来，看见星月交辉。

"外边都在传，我买军火，是要反了。如今内忧外患，若我这时反了，以后可是要被骂成百上千年的。而你为我出谋划策，这事知道的人也实在不少。"顾终南微顿，"你有没有担心过我会连累你？"

"没有。"她答得肯定，"你不是那样的人，做不出那样的事。既不存在，有什么好担心的？"

他想叹，想说什么，最终却都化成了声轻笑。

到头来，还真是她。

"你笑什么？"

"我笑今夜好风好月，我却自寻烦恼，还好你来宽解了我。"

他与她对视，两人同时一笑，先前所有的复杂心思，仿佛也就在这么一瞬，消散在了这一笑里。等烦忧没了，他再看眼前，心底便生出几分豪气。

顾终南晃了晃酒瓶，就剩个底儿了，估摸着倒进这小杯子里，正好能倒满三杯。

他起身，身影在月光下打了个旋儿，朔风猎猎，刮得他身上厚重的斗篷都扬了起来，边上镶着的那圈狐狸毛更是丝丝向后。

"我明日要去做一件事，为公为私，我不觉自己有错，可外头无人信我。"

陆青崖仰着头看他，星月投来的冷光将他的轮廓勾勒出来，而他的面上隐隐有些悲色。

他说："我从前不知该怎么评判战争，今日忽然想开了，是天地无垠，人心有界。"

陆青崖没怎么听懂。

"什么？"

顾终南忽然笑了，他为她解释："地球是圆的，若要沿着直线来走，它便是个环，你怎么走都碰不到壁垒，于是便会得出结论，说世界无边。的确，世界无边，地界却是有限的。有限的东西，谁都想多占一块。战争的根本，是人心有界。"

"打了这么久，拼了这么久，兄弟们真刀真枪、拿命来换的，原来是这个。"

春
风
吹
散
小
眉
弯

陆青崖微微皱着眉，目光所至，始终是他。

顾终南像是有些醉了，又仿佛清醒得很。

他朗声向天地——

"我今日有酒，想敬这三杯。"

清亮的酒水倒满了杯子，又被他一扬手洒在了地上。

"敬一杯疆土，我华夏地大物博，悠悠广阔，有山水河川，有黄沙旷野，容得下豪情万里，也当容得下我军凯旋，战士们安然康健。

"敬一杯生死，我曾和弟兄们许诺、和他们的家人许诺，说我们都会活着回来。我说我们今后荣辱与共，临别却成了生死相托。是我食言了。

"敬一杯虚名，世人大多议我论我，知我也不知我，懂我也不懂我。我自问磊落，对人对事皆无愧于心，故曾为此不平，现在想来却也罢了，浮名骂名，都是小事。"

顾终南说完，低头，晃了晃酒瓶。

"咦，多了一杯。"

他勾出一抹笑来，如万千烟花一时绽放。黑夜里，他转身望她，俊美张扬，让人心惊。

陆青崖下意识屏住了呼吸，凛凛寒风带起墨发飞扬，发丝微凉，拍在她脸上有些疼。顾终南看着她，眼前的人鼻尖和眼睛都红红的，像是被冻着了。

他于是蹲了下来，单手解开斗篷，披在她的身上，自己只着单衣，周身像是笼着一层光。

他半跪在她面前："这最后一杯就敬你吧，小黄连。"

他说着，声音轻了下来。

"等我回来。"他蹲下身子，带着淡淡酒香将她拥入怀中。

他想说些什么，最终欲言又止，只是又道一遍："等我回来。"

两个人静默无言。

许久，她接过酒杯，一饮而尽。

陆青崖粲然一笑，眼里带着微光。

"好。"

3.

在山坡上喝酒的那一夜，回忆里，它被星光月光笼罩着，再怎么看都
蒙着层光影，也因为这么一层，陆青崖每次回看，都觉得不像真的。可现
实明明白白，也不是触不到的幻梦，即便不像，那也发生过。

陆青崖不记得自己是怎么回的屋子了，她只记得，在回去之前，他吻
过她。那个吻很轻，一触即分，短之又短，却带着他的一片真心。

次日，顾终南很早就走了，带了一拨人，说是要去剿了那伙流窜的
日寇。

但她总觉得没那么简单，又或者不止她，很多人都这么觉得，只是没
一个人敢说。

药房里，陆青崖点着陈柯君要的东西，清点完毕，在交给她时，终于
没忍住问了一句："你知道少将到底在干什么吗？"

陈柯君接过那个小包，若有所思般看了陆青崖一眼。

随后，她沉了沉声音："他的事情不该由我来告诉你，虽然他不愿多
说，但若是你，你可以去问，我想他不会瞒你。"

"可我……"

"你这是担心他，又不想让他知道你担心他？"

是也不是。

陆青崖心情复杂，一时间不晓得该怎么形容。

陈柯君拍拍她的肩膀，促狭一笑："没多大事儿，他办得好，唯一不

好的，是这事说不清。这不是什么非黑即白的东西，不过他说了，他会小心，不会留痕迹，就算有人猜见也抓不住他。人言而已，别太紧张。"

人言而已。

在听见这句话时，陆青崖还不明白这是什么意思，可随着时间一天天过去，在那些漫天的谣言里，她不过随意摘了几句出来，就都知道了。

又是齐家。

在许久之前，顾终南就同她说过齐家，虽然说得不多，但她也并不蠢，不是听不出来。然而真要讲来，现在不是个好时候，顾终南不该选在现在动作，她想，怕是那齐家在什么地方动了什么手脚，而他不得不下手了。

果然，没过多久，报纸上就登了消息。

说是有一伙流窜的日军到了平都肆意作恶，而当地受害最深的就是齐家大院，一夜之间，齐家就这么没了。也是祸不单行，同夜，刑侦调查局的局长去查案子，在路上遭了车祸。这两件新闻排在一起，大家联系着看，都说这齐家是真造孽。

不过一个晚上，横祸全飞到他们那儿了。

这是个登出来的大新闻，而没登出来的，是各个地方几天之内都少了些人。那些人多是同齐家沾亲带故的，什么身份都有，但都是单个单个的，身份也没那么显赫，除了明白人，寻常吃茶的群众都不怎么看得出。

又过几天，报纸上有了新的消息。

而与这份报纸一起出现的，是消失许久的顾终南。

顾终南走进屋子，人又瘦了一圈，精神却好，极开心似的。

"小黄连，我回来了。"他抽出陆青崖手里的报纸看一眼，"我人都在这儿了，还看什么报纸，看看我呗。"

这几日她只是待在这里帮李四季整理东西，没人告诉她顾终南今天会回,她也没个准备,一下子见他出现,难免显得有些难以置信。

"你⋯⋯"她结巴了下,"你没事儿?"

见她是这反应,他也就明白,她怕是猜到了。

"没事儿,挺好的,累是累点儿,但心里舒服。"

顾终南不欲多提。

"别的不管,现在我回来了,那我临走之前和你说的那些话是不是该兑现一下?"

临走之前?

陆青崖一脸疑惑。

临走之前,他说过什么吗?

"你不记得了?"顾终南做出一副惊讶的表情,"我不是说了吗,等我回来,你嫁给我,你答应了呀。"

陆青崖脑子一蒙,仔细将那晚回忆了一遍,却半个意思相似的句子都没找着。

"你什么时候说的?"

"我在心里说的。"顾终南理直气壮,"我说等我回来,说完就在心里补了一句'你嫁给我'。你说巧不巧,我这刚一补完,你就答我说好,我还以为你听见了呢。"

陆青崖被他弄得一愣,觉得好笑。

但她还没笑出来,就看见顾终南转身往外跑,再回来,手里便多了一捧花。

那捧花像是他心口开出来的,热烈而拥挤,死死堵住了她,让她开不了口说话,只能把花接住,抱在怀里。

"其实不是开玩笑,我很早就在打算了,只是心里压着事儿,才一直拖到现在。"

他分明在笑，却是笑一会儿停一会儿，那几分紧张怎么都掩饰不掉。

顾终南又想起陈柯君说他的那些话，她总喜欢给他泼冷水，可那冷水也是事实。他也知道自己容易惹人厌，没什么好性格，以前自大，后来偏激，到了最近才稍微好那么一点儿。而那一点儿的好，还是从他的小黄连身上偷来的。

是以，即便他们都说叫他不用多想，直接问了就是，说谁都能看出来，陆青崖心里是有他的，他也还是难免有些忐忑，总觉得该多准备准备。

然而准备了半天，最后都是空的。一会儿嫌花哨，一会儿嫌不真诚，想来想去，还真不如直接说，那些花样确实不适合他。

"小黄连，我喜欢你。"

毕竟是没说出过口的话，顾终南原以为自己会说得别扭，可他看着她的眼睛，上下唇一碰，这句竟然顺顺当当说了出来。

"我看今儿个天气挺好的，要不你考虑考虑，嫁给我吧？"

的确，外边虽冷，阳光却好，那金光一片，照得哪儿都暖融融的。陆青崖往外看，不经意间看见一排发顶。

这地方不大，窗户也矮，不好藏人。

更不好藏这么多人。

难为他们了，蹲了这么久，居然连个声儿都没出。

陆青崖不自觉走了会儿神。

顾终南见她恍惚，好不容易攒出的镇定劲儿过去，伸手就在她眼前挥了几下。

等人再看他，他又不自在了。

他本来就是急性子，问完也是着急的。

可她温温婉婉慢惯了，他这一句来得突然，或许一时之间没有准备，难免会反应不及。

"不如……"顾终南咳了几声,"我也清楚,这种事情确实需要考虑,若你现在没想好,过几天再答我也可……"

"不用考虑。"

陆青崖小声截住他。

"我想嫁给你。"

这句比之前的声音更小,即便顾终南就站在她面前也有些没听清。

可他回味儿了一下,眼睛立刻便睁大了。

屋里两人四目相对,屋外的人却一个一个顶着墙,急得不行。他们贴得一个赛一个的紧,若这儿建得不结实,恐怕那墙早被他们推倒了。

几个老兵面面相觑,这里边的动静怎么越来越小了?于老九心一横,抬起头就要去看,却被边上的汉子拉了回来。

那汉子比着口型:现在探头出去,找死啊?

于老九抓心挠肝:你不好奇?

几个人哑巴似的比画了半晌,好不容易互相壮了胆子,决定一起探头,边上的门却忽然一响,最边上的于老九还没回头就被踹了一脚。

"趴在这儿干什么呢?"

顾终南牵着陆青崖,抬着下巴瞅他们。

"听墙脚啊?"

"这,没有……我们这不……"于老九目光闪烁,"我们这不是看快过年了,打扫卫生来着,这墙根儿不干净。"

另外几个蹲在那儿的随声附和:"是不干净。"

"这儿也得擦擦。"

"还有这儿……"

顾终南挑眉:"是这么回事儿呢。那你们人这么多,光弄这一个地方也不像样子啊,来,自己分配着把地方都扫了,晚上我检查,不干净可没饭吃啊!"

于老九苦着脸:"这……"

"好了,你也不是没发现,现在弄这些做什么。"陆青崖拽拽他的衣角。

顾终南将她的手牵得更紧了些:"听你的。"

他对着她笑得温柔,转回来又板起了脸。

"走吧走吧,算你们运气好。"

陆青崖有些贫血,唇色一直很浅,现在却泛着点儿红,还微微带了水光。于老九眼睛尖、脑子活,一下想明白刚才他们没看见的地方发生了什么。

这是成了?

他转了转眼珠:"谢谢嫂子!"

有了他这一声,剩下几个都活泛着跟着叫了一声儿。

陆青崖被这么一叫,整张脸连着耳朵尖尖都开始泛红,顾终南倒是没说什么,反而还挺自豪似的,偏头看她。

等人都走了以后,他才假正经地敛了笑意:"害羞了?"

陆青崖瞪了他一眼。

"现在是开头,害点儿羞也没事,反正日子还久,你总会被叫习惯的。"

顾终南弯了腰,凑到她面前,轻轻吻了吻她的鼻尖。

"你都答应我了,你不能反悔。"

陆青崖被他弄得有些痒,她皱了皱鼻子:"谁要反悔了。"

顾终南眼睛都笑弯了:"怎么,你心底这么看重我呢?你这样可不行,应该多让我紧张会儿,不然我拿捏着你对我的感情,不珍惜你了,这可怎么办?"

陆青崖没想过这个，但她也不愿去想。

她知道他不会，就是想告诉他自己的心意。

可眼下见他笑成这样，陆青崖也忽然意识到了自己的大胆，她被逗得不好意思，于是收回被他牵着的手："那我以后不说了。"说完，她自顾自走出去。

倒是顾终南亦步亦趋跟在她的身后：

"别啊，你别恼，我瞎说的。我特别喜欢听你说心里有我，你要是不说，那我可慌大了。小黄连？生气了？哎……等等我……"

清风朗朗，军区与外边隔着道道高墙，墙里是他们自己的地方，走到哪儿都是他们自己的人。

大家看见他们，从来都是笑，打趣也是善意的，顾终南不怕被看见，更不怕被人说什么。

他声音越来越大，生怕周围人听不见似的，一点儿不觉得丢人，还嬉皮笑脸地往她身边凑。

陆青崖觉得影响不好，让他别说了，顾终南却佯装无辜，说怕她怪他，跟了她一路。

这样两个人在一起，恐怕分个一辈子也分不出来，到底是谁被谁拿捏住了、谁对谁的感情更深一些。

第十三章
结婚

只 要 他 在 身 边， 她 总 是 安 心 的

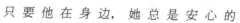

1.

苏曼笙是从外面知道顾终南结婚的消息的。

当日，她读完了本书，正准备再写写字，不想笔没墨了，正准备去拿，就听见家里扫地的婆子在那儿说这件事。她待在拐角听了很久，直到阿沁过来，把那两个婆子斥责一顿，将她领回书房。

"小姐……"

"嗯。"

拿起笔来，苏曼笙才想到这支笔没墨了，微顿了会儿，她放下笔。

"我今天不写字了吧，二叔最近有些忙，估计也没时间管我。"

阿沁是最明白苏曼笙心意的人。

打那日从军区回来，她家小姐就变了个人似的，原先那么爱热闹的一个姑娘，现在却连出门走走都不愿意。最近，小姐也就是站在院子里发会儿呆，而更多的时候，还是一个人待在屋里，把门一关，谁也不知道她在干什么。这一番光景，怪让人担心的。

"小姐，您中午吃得少，要不要吃些糕点？"

"糕点？"苏曼笙摇摇头，"不了，我没什么胃口。"

阿沁蹲下身来："小姐，您不能一直这样。"

苏曼笙觉得奇怪。

她怎么了？她不过是不想吃糕点而已，怎么阿沁这么小题大做？

阿沁握着她的手："小姐。"

苏曼笙拉紧了衣领，犹豫半晌也不知该说什么。

停顿许久，她终于找到一句自己能说的："他要结婚了？和青崖姐姐吗？"

阿沁的眉头皱得更深了，一脸为难："我……我也不清楚。"

"对，你该是不清楚的，毕竟这件事报纸都没登，而我们……我们和军区本来就没什么交集，二叔不准我再过去，我一个人也去不了。以前说见他要多努力，现在想想，也就是求着二叔几句话的事情。哪像现下，说见不到就真见不到了，明明是认识的人，想知道他的消息，还要通过外面，可就算这么听着，也只能知道些零碎的，拼都拼不齐。"

桌上的书被吹开几页，露出里面夹着的一封书信。

"我昨夜做了个梦，梦见我又被他拒绝了一回，这回我没哭，只是要他猜，被拒绝之后，我还喜不喜欢他。"她回忆着那个梦，"他本来要答我，我没敢听，又补了一句，和他说，猜错就要娶我。"

这本书里，隔几页就夹着这么一封，都是她原本想给出去却没能给出去的。苏曼笙见信一封封露了出来，回头将书合上，又在书上压了一本字典。

然后，她低头，抠了一下自己的衣角。

"其实我还是不甘心的,若不是二叔阻拦我,我还是想去见他。"

阿沁也不会安慰人,只握着她的手:"这不过是一时的,小姐是有福的人,说不准,那些好的都在后边呢。"

"对啊,我也还年轻,后边还有大好的日子。"

苏曼笙心道确然,她大概只是一时难过,而随着时间,什么都会过去的。她总不可能为了一个顾终南,耽误自己一辈子。

"我都知道,你先出去吧。"

阿沁想陪着她,又担心她需要独处,纠结再三才下去。在为她关门的时候,阿沁想起二爷说的那些话。

苏二爷什么时候都是明白人,他欣赏顾终南,因此,在得知苏曼笙的心意之后,也没多阻止。只可惜顾少将对她家小姐没这个意思,弄得小姐伤心许久,又不肯明说,导致最初那么几天,二爷总是为此叹气。

叹完之后,苏二爷对阿沁说:"由她吧,也别劝。这些心里头的东西,只能自己想明白,旁人帮不了。'顾终南'这个名字,以后别在她面前提了。"

但她们不提又能怎么呢?

这名字早就被苏曼笙放在心上了。

阿沁站在门外,抬头看了一眼,眼瞧着天色渐渐暗下,外边的灯一盏盏亮起来,把星星的光都给抢了,唯一抢不掉的是高挂的明月。

可月亮只有一轮啊。

薄云半遮了月轮,又被风给吹散。

军营里张灯结彩的,到处都贴着红色的"囍"字,大伙儿都是能喝的人,席间酒香四溢、碗筷碰撞,说话声一个比一个高,闹腾得很。

"少将,您这不合适吧?"于老九端着酒碗就往顾终南脸上怼,"哪有结婚一口酒都不喝的？"

那酒水溅到了顾终南脸上，他面上笑心里骂，一口酒都不喝？那他之前灌下去的那些是什么？白开水吗？

眼见躲不掉了，顾终南一把抢过酒碗，动作间里边的酒水洒出一半，接着他一口将那酒给干了，引来一片叫好。

喝完，他把碗塞回去："别以为老子不知道你们在想什么！想灌醉我，门儿都没有！"他一拍桌子，"来，一起上！我叫你们看看，什么是千杯不醉！"

陈柯君坐在李四季边上，拿手肘碰他："都这样了还和大家伙儿叫呢？哈，谁不晓得那帮子弟兄都是有备而来的。我看他今晚够悬，估计入不了洞房。"

见她越说越露骨，李四季红着耳朵往边上坐了点儿："你喝得也不少，多吃些菜。"

陈柯君将目光转回到他身上，看他坐远，又贴过去。

"别逗了，我就喝这么点儿，还不够开胃的呢！吃什么菜？倒是你。"她歪着头挑李四季的下巴，"小四季，我看你从开席来就没喝酒呀，怎么脸比我还烫呢？"

说完，她凑近一些："而且，还这么红。"

李四季被她一碰，整个人都僵了几分，又想往后退，可这会儿另一边的人坐回来，他实在没处可退了，只得偏头躲。

"我就说你是喝多了，还不承认，我给你去拿解酒的汤来。"

"坐着！"陈柯君起身，两只手拽住他的衣领逼他抬头面对自己，抬脚踩在他分开的两腿间一小块凳子上，"我说你这几天躲我躲得好啊，我昨晚不去你房里等着都抓不着你！"

或许是这边声音太大，一时间把周围的注意力都吸引了过来，连带着顾终南都因此解了围，微愣之后，他在自己的婚礼现场跟着大家兴致勃勃看起了他们的戏。

　　这头，李四季的脸都涨成了猪肝色。

　　"你……你别胡说！"

　　"我胡说什么了，你没躲我？不就是前几天亲了你一口，至于吓成这样？"陈柯君越说越上头，"我说我长得也不是那么凶神恶煞，你一个大男人，这也没吃什么亏吧？"

　　大家伙儿在陈柯君说出"前几天亲了你一口"这句话时就不约而同地倒吸了口凉气，现下被冻得牙齿打战，心里叫的却是刺激，巴不得她说得再具体些。

　　"你……你这……"李四季一时身子发软，竟掰不开陈柯君拽他衣领的手。

　　"我怎么了？我说得不对吗？再讲，我昨天在你房里睡都睡了……"

　　李四季着急了，陈柯君昨晚确实是在他房里睡的，可那是她醉得不轻，倒在他床上叫不醒，自个儿睡了一夜，而他是回了药房蜷缩在那长凳上歇了一晚啊！

　　"昨夜……我……我们可什么都没做！"

　　"你这就不对了！"

　　周围都是群看热闹不嫌事大的，他们拿着这个热闹下酒，喝得兴起还要插个话。

　　"李四季，你这可不厚道……哎哟！你扔我干吗？"

　　陈柯君一双筷子掷出去，正好打在说话的人脑门上。

　　"我家小四季是你能说的吗？"

　　她吼完又拽住李四季的衣领，低了头，望进他的眼睛里。

"只有我可以。"

李四季的瞳色很浅，眼里有光，清清透透映着她的模样。

"你看，你眼里有我。"

陈柯君明显是喝得太多，情绪一会儿一变，前一秒还在生气，这一秒就笑开了，带点儿满足，也带点儿委屈。这样笑着的她和平时的她不太像，只有他一个人能看得见。

"你怎么就不愿意承认呢？"

"我……"

李四季心念一动，想说什么，话音却在下一秒被她吞进了唇齿之间。

伴随着脑子里"嗡"的一声，周围一群大老爷们儿掉了杯碗长筷，一地碎响之后有人鼓起掌来："好！"

这一声之后，大家伙儿热血上头："好啊！"

"再来一个！"

"君姐爽快人！"

"李四季你你可就从了吧……"

乱七八糟说什么的都有，大伙儿笑得开心，连顾终南趁乱溜了都没看见。

这会儿，李四季整张脸红得都快爆炸了，也不知哪儿来的力气，猛地推开陈柯君站了起来，明明是羞恼的，可在看见她差点儿往后摔倒的时候，又一伸手把人拉了回来。陈柯君顺着力道倒在他的怀里，李四季与她对视了几秒，转身就跑了出去。

而陈柯君见状也不含糊，喊着"小四季等等我呀"就追上去。

这边大老爷们儿，拍桌子的拍桌子、拍腿的拍腿，起哄起得比谁都厉害，好不容易稍稍安静一些，又开始推杯换盏，吃酒喝肉。这时大家都喝了几轮，没几个清醒的，偶尔有人吐出句"少将去哪儿了"的嘀咕，也很快被另一杯酒压下来。

烟火人气里，夜晚就这么过去了一半。

2.

军营里的人大都热闹豪气，闹新婚也闹得凶，陆青崖知道，所以她根本没指望顾终南今晚能清醒着回来。

不料他这么争气。

当顾终南听见陆青崖这句话时，正在水盆里抹脸，都没来得及用毛巾把脸擦干，他就往她那儿走。

"既然你觉得我今晚不会过来，那为什么还搭着手坐在床边等我，为什么不自己睡了？"

陆青崖把他的领口扯开："水都弄进衣服里了，你不难受？"

顾终南抬手几下在袖子上把水蹭干净，然后便抱住她。

他弯腰，把头埋在她的脖颈上。

"我都没感觉到。"顾终南坏心眼地往她脖子里吹气，"光顾着看你了。"

陆青崖痒得往边上躲："说正经的呢！"

"我哪里不正经了？今儿个可是我们的新婚夜，在这样的晚上，做这样的事情，再正经不过也再合适不过了。"

顾终南带着她往床边走，她被迫回退着，走得磕磕绊绊。

她轻轻捶他："你别闹，喝了一晚上酒，你还没吃东西……"

"不吃了！这良辰美景春宵苦短的，难不成我饿的还是肚子吗？"

他抱着她倒在榻上，那一下有些突然，他垫着她的后脑勺，生怕他的小黄连磕着碰着。

"你……可是，我……"陆青崖结结巴巴，"可是我还没有准备好。"

顾终南眯了眯眼："没准备好？"

"对。"

"那可……"

陆青崖侧过头去，不到一秒就被压在身上的人握着下巴转回来。

"那可太好了！"

顾终南说完就亲上去，陆青崖因为惊愕，没闭上眼睛，他们之间的距离太近，她看不清眼前的人是什么模样，只能大概感觉到他在笑，极开心的样子。

笑着笑着，顾终南就松开了她。

从他吻上她到松开，再到伏在她身边闷笑，这一连串的事情发生得太快了，以至于陆青崖根本想不通这么短的时间里顾终南到底经历了哪些情绪变化。

她推了他一把："做什么？"

他笑着抓住她的手，怎么也停不下来。

"我……"

刚刚说出一个字，顾终南又开始笑，笑得陆青崖一头雾水。

"好好好，其实我方才是想说，那太好了，你这么晕晕乎乎好摆弄，今晚我过得应该不会差。可你之前那表情，怎么看怎么像是被我骗来的，让人又怜又爱，我分明是想的，但你这副模样，我竟然舍不得动你了。"

这些话太流氓了，陆青崖听得面红耳赤，躲又躲不开，只能捂住他的嘴不让他说。但顾终南总是有办法的，他装得委屈巴巴，噘了噘嘴，温温软软，在她掌心亲了一下。

仿佛被烫着了，陆青崖连忙收手，没想到顾终南再次握住，将她的手翻过来，又在手背上亲了一下。

"你是真的没准备好？"顾终南低着眼睛蹭了蹭她，"你若真害怕，我就忍一忍。"

室内的灯光昏黄，桌案上摆着香炉，隐约散着白烟，浮动了暗香。

"反正我们日子还长，不着急。"

"既然不着急，那你就起来。"

顾终南充耳不闻。

陆青崖被他弄得好笑："怎么，一边这么说，一边还压着我，你什么时候这么心口不一了？"

"你若真要我起来我就起。"

"那我真要。"

眼见着装委屈装无辜不管用，顾终南叹一口气："我的小黄连变狠心了。"

可他不过刚刚把自己撑起一些，就被一双手圈住了脖子。

顾终南一愣，身上的人有些羞了，手却没放开。

她的声音很轻，像是在辩解："我只是为了不让你说我狠心。"

顾终南低下头快速地又亲一下。

"不说不说，再不说了。这个世上哪有比你对我更好的？"

她还盘着头发，只是在床上被蹭乱了，边上有一绺钩着夹子，看得顾终南头皮发紧。他撑着手，小心翼翼把那些夹子一个个摘下来。摘完以后，用手给她拨了几下。

"没弄过这个，刚才扯了你两根头发，疼吗？"

"盘发本就不好拆，就算是我自己弄，也少不得扯几根。"

顾终南摸了摸她的头："那我们以后不弄了。"

"嗯。"

外头起风了，夜里连云都是黑色的，它悠悠飘来，遮住了星光月光，地上树枝乱颤，投在地上的影也淡了些。

只有这间屋里还亮着灯。

或许因为现在正是好时候，屋里的人，顾不上再去管一盏灯。

3.

在大多数人眼里，春节过了才算新年开始，而过年总是喜庆的。

而顾少将最近是喜事一件接一件，才刚刚完婚，这论功受封中将的消息就传过来了。只是顾终南并不打算去参加这授勋仪式。

用他的话来说就是谁也不傻，外面刚刚传开，说齐家灭门和他有关，在这关口上，他们就让他离开参州，他还能再回得来吗？

因此，他用军务繁忙做借口，脚上扎了钉子似的不肯挪步，只回一封书信。

那信上言辞恳切，字字句句都戳人，仿佛他真是动情感恩，想去又不得已，只能为着一大堆事儿留下，遗憾得很。

军中大多是见过这书信的。

感动之余，大家伙儿能做出最中肯的评论，就是这一看就不是出自顾终南的手笔。

时间似落叶一般打着旋儿过去，陆青崖为顾终南整理衣衫。

"早点儿回来。"

顾终南拽着她的手晃："我都不想去。"

恼人的东西不止这一两件，生活里最不缺的就是烦心事。

"不如我不去了，就说我感冒了，怎么样？"

陆青崖给他将顺衣领："月初头疼，月中胸闷，好不容易顺过气来，又发烧了。西北军区的顾总指挥居然是这么个多病的身子，被人听见，该怎么继续领兵打仗？"

"这才正好说我能耐敬业啊，重病不下岗，心里只有打仗！"

陆青崖点了一下他的额头。

"别瞎说。"

自去年起，顾终南身上的流言便没断过，那些闲言碎语一遭接着一遭，旧的还没被嚼到没味儿，新的便又添上来。虽说虱子多了不怕咬，但即便再小，那些虱子一拨一拨往上压，也难免让人担不住。

"我在家等你。"

"那行吧。"

顾终南飞快低头在她唇边啄了一下。

"等以后日子太平了，我们就去得偏远些，买处屋子，买处良田，买些鸡鸭狗猪自己养着，好好过一辈子。到那时候，谁再叫我，我都不出去，即便是你也别想赶我。"

陆青崖顺从地靠在他怀里："这也想买，那也想买，哪有那么多钱。"

"怎么没有，我也是有手艺的。"

顾终南最开始投军没那么大的抱负，那时，他只想当个小兵。而一个小兵那么自由，对于未来也可以随意畅想。他想，自己此去，要么战死沙场，倘若能活下来，退役之后，若不想再回长津，他就找个小城镇，娶妻生子，做手艺活儿，当个匠人养家糊口。

如今这妻子就在身边，他的念想也算是实现了一半儿。

"我不会饿着你。"

这样的畅想，一旦开了个头就停不下来。陆青崖听得开心，却也没忘正事："好了，那也是以后的事情，人家大老远把军功章给你送到这附近的庄子，你怎么也得露个脸。"

陆青崖在这儿好赖哄了半天，顾终南才不情不愿上了车。

他是真的不想去。

这是参州，他们不敢在这儿对他动手，可那些地方来的人，哪个是善茬儿？别说讲话了，就连简单吃个饭都让人累得很。

但顾终南到底不再是从前那个不管不顾、什么都不懂的小少将。

现今，他到了那儿，也能人模人样说出些唬人的话，然后高深莫测地在边上坐着。离开了她的身边，他便穿上一层盔甲，没人打得破，也没能看得穿他。

这一整天，他只在一个时候有反应。

那是他路过水池，看见里边的莲花。

顾终南走在短桥上，停步："这莲花怎么是这个颜色？"

桥下水波清清，铺着大片荷叶，荷叶之间，开着几朵水灵灵的淡黄色莲花。

"少将，这是水黄莲，庄子的主人觉得特别，养了一些。"

"哟，也叫'黄连'。"顾终南听得兴起，往那边指，"给我摘一朵带回去。"

对着那几朵莲花，他轻轻笑，声音也低，像是说给自己听的。

"我就喜欢这小黄连。"

旁人不懂他的意思，也不敢多打听，只是应下，回头就给折了几朵好的。

那莲花还带着露水，小小的几滴沾在花瓣上，看着极为可爱。

他现在就想回去送她。

可惜这饭刚吃了一顿，他即便晚上不留下，也得和他们再喝个茶水。

顾终南越想脸越冷，他自己未必有那个意思，但来探他底的那些人却不这么认为。这模样，看在他们眼里，就是顾终南如今趁机抓回了自己的权、又发展了自己的势，连个过场也不想走，在给他们摆脸色。

看来有些东西不是无中生有，顾终南是真有一根反骨。

五六月的天变得很快，一阵风刮来，晴天就换了云雨。

顾终南出门前没带伞，又不想真因为这么个理由就留在那儿，是以，当他回去的时候，整个人被雨淋得从里湿到外，头发也软软地耷在额前，看起来狼狈得很。

陆青崖拿着毛巾迎过来："怎么湿成这样，快去换换。"

"这有什么，不着急，你看看这个。"顾终南从背后拿出几朵花，"这叫水黄莲，好不好看？和你同名，我一看就觉得配你。"

这几朵花被他一路拿回来，跟着他在车上颠簸，也跟着他淌过雨雾，最外边那朵，花瓣儿都蜷得垂了几片，有些蔫答答的。可还是好看。

陆青崖接过花来："这是哪儿来的？"

"吃饭的庄子里摘的。"

陆青崖闻言一愣，本想说这不合规矩，话到嘴边却没说出来。

算了，他几时合过规矩。

"我很喜欢。"

顾终南得意扬扬："我就知道你会喜欢。"

"花也送了，情话也说了，我看你该换衣服了。"

"什么情话？听着怪肉麻的，那可都是我的真心话！"顾终南弹了陆青崖的额头一下，"再说了，这也不过就是淋个雨，你急什么？我这么硬朗，就算真要有什么病也得等到老了以后，但这刀枪里滚来滚去，我还真不一定能活到那时候……"

"你说什么呢！"

顾终南笑弯了眼睛，乖乖认错。

他方才是故意的，也不晓得哪儿来的恶趣味，但他就是很喜欢看她为他生气，很喜欢看见她对他的在意，哪怕是凶巴巴朝他吼，他也开心。

见他傻笑，陆青崖推了他一把，又念叨几句，他这才肯去擦干身子换衣服。

站在边上给他递干净衣服，陆青崖瞥见他故意放慢的动作和刻意鼓出来的肌肉，满脸都是无奈，又不好笑出声。

这个人，怎么越看越像小孩子了？

真是幼稚。

4.

顾终南原先有个小箱子，里边放着大大小小好几十枚军功章，可这天晚上，他把箱子里的东西都倒了出来，随手堆在书桌边的小抽屉里，却把一个小本子小心地放了进去，不止如此，还像个宝贝似的锁了起来。那本子他动不动就拿在手里看，是他和陆青崖的结婚证。

他本想带她回长津祭拜父母，可时势不允许，他们只得在七月半的时候去了郊外，对着长津的方向做了个简单的祭拜。

当夜火盆前，他们烧了几纸书信，说了许多话，都是好的，唯独后来，他们掏出结婚证，还没来得及开口，就看见那个小本子掉在了火里。也是不巧，他们的合照摊在那儿，即便抢救及时，也还是烧了一半，他的那一半。

为此，陆青崖很不开心，觉得这是一个不好的意象，可面对顾终南也没多说什么，只是闷了一夜，怎么都哄不好。

直到最近，他拉着她去补了一本，才让她开心一些。

顾终南对这小本子宝贝得和什么似的，又不想让人知道，于是，他把箱子偷偷藏在了书柜最上层的角落。藏好之后,他担心弄丢钥匙,又费劲地把那小箱子拿下来,将钥匙挂在了锁的边上。这箱子谁都能打开,可那是他的东西,只要有他在,谁敢去打开?

他拍了拍手,对自己的英明机智很是满意。

只可惜顾终南没有想到,后来他不在了,许多年后,陆青崖发现了这个箱子。

她从里面取出小本子,捧在手上,还能感受到这时顾终南将它放进去的小心。

是万千宇宙中的平凡一瞬,也是时光长河里她好不容易捞回的一点沾了他气息的过往。

但那说来再遗憾,也都是未来的事情。

而眼下纷纷杂杂,除却人情往来,仗也是打不完的。

谁会多想那些呢?

陆青崖睡在榻上,脑子不停地在转。

如今国家越来越乱了,以前虽有内忧外患,但还是外患为主,现今,他们不止要和外边打,还要和自己人打。打来打去,人心惶惶,再没有哪个完全和平的地方,再没有哪一户人家可以安生过日子。

"睡不着?"

陆青崖只是翻了个身就被人从背后抱住。

顾终南在她肩头蹭了蹭:"怎么睡不着?在想什么呢?"

最近总有偷袭,那些偷袭来得不道义,像是故意在制造恐慌,有拿枪上街扫射的,有拿炸弹投向小山村的。在这样的社会里,人命如草芥,竟是半点儿不值钱。

前不久,苏二爷也受袭身亡,他打下的地盘,跟着苏家迅速衰竭下去。

苏曼笙差点儿遇害,还好被驻守的部队救了下来,这支部队是属于顾终南的。等苏曼笙被送到参州,她已经变了个人,休养好了之后,她留下对顾终南和陆青崖的祝福,于一个清晨孤身离开,谁也不晓得她去了哪里。

"想了很多东西,末了却还是担心身边人。"

陆青崖转回来,倚在顾终南怀里:"也不知道曼笙去哪儿了,她一个女孩子,年龄不大,又是从小被保护着,现今遭了这样的变故,也不肯留下来……"

"放心吧。"

顾终南拍了拍她的背。

他想起苏曼笙刚来这儿的那个晚上,她先是盯着他发呆,可他不愿在这时多与她接触。这样特别的时候,在一个本就心里有他的姑娘面前,以保护者的姿态出现,顾终南也不是刻意要避讳什么,但他心里有个底,怕自己担不起。

后来几天,都是陆青崖去陪的她。

她们大抵不会知道,陆青崖在屋里陪了苏曼笙几夜,他就在屋外守了几夜。

在临走之前那天晚上,苏曼笙借着夜色大哭,扑进陆青崖怀里,她原想发泄来着,刚哭出声就想起顾终南,一下子又想忍回去。可她没忍住,一个哽咽,就被陆青崖回抱拍了拍背,这么一闹,她哭得更凶了。

在最初,她对陆青崖是有羡慕也有嫉妒的,可她好像没办法讨厌陆青崖。她实在很好,唯一的不好,就是因为她,顾终南看不见自己。

"苏大小姐看着是个聪明人,只是以前少有自己拿主意的时候,现今,她既有了决定,或许不是坏事。"

陆青崖抬起头:"你真这么想的?"

顾终南顿了顿："不然你怎么想？"

"我总觉得，曼笙是我的妹妹，二爷又帮了我们这么多，我们该照顾照顾她。"

"你说得对，但你也看见了，她不想留下。"

这留与不留背后的事情，他们都默契地避而不谈。

顾终南将怀里的人抱紧了些："有些东西是不能强求的，若她愿意接受，我也愿意帮助她；可若她不愿意，我们再多动作，就像是在怜悯她，其实有点儿伤人。"

陆青崖先前没想到，如今被他点破，便沉默听着。

"这样，若她日后过好了，愿意再联系我们，我们再照你说的，照顾她，如何？"

"嗯。"

她闷闷应了。

应完，陆青崖搂住他劲瘦的腰："不说了。"

"想睡了？"

"你明天还要去东北做支援，这路途遥遥，辛苦劳累，那边又乱又急，你今晚休息不好，怕是接下来很长一段日子都没时间补觉了。"

顾终南轻笑："又在心疼我。"

"我也困了。"

"那你不想了？"

陆青崖缓缓道："想也没用，每个人有每个人的意愿，旁人始终是旁人，好和不好其实都是自己最清楚。"

"我家小黄连就是通透。"顾终南用下巴一下下蹭着她的头顶，"不过啊，我就不是。我的意愿是你，想的也是你，我的好和不好，你比我还要清楚。所以，若实在闲不下来，你不要想别人，多想想我，我愿意你想我。"

自结婚以后，他便说了许多漂亮话，像是在肚子里攒了二十多年，如今绑住她了，便想一口气都说给她听。

　　"油嘴滑舌。"

　　陆青崖斥他，脸上却是美滋滋的。

　　而后不久，顾终南的呼吸变得均匀绵长起来。

　　夜色里，陆青崖偷偷看他，虽然看不清楚，但也觉得安心。

　　只要他在身边，她总是安心的。

第十四章
预 兆

"两地相隔千里，我知道，我只能陪你一程。"

1.

汽车在后面跟着，他们相携走了一路，眼看着天色渐亮，顾终南停了下来。

"路太远，天气又冷，别送了，回去吧。"他为她拢了拢头发，"看你这眼圈黑得，昨夜没睡好，今天又陪我起得这么早，快回去再睡一会儿。你说，你这不是故意要我担心吗？"

她开口，说话时呵出白气："两地相隔千里，我知道，我只能陪你一程。"

他笑了笑，她总是知道该用什么办法治他，用什么话来堵他，用什么表情，会让他不忍心多说她。

陆青崖握住他的手："但即便只是一程，我也希望能再陪远些。"

"行吧。"他搂着她往前走，转头挑眉朝她笑，"其实我也想要你陪，恨不得你能陪我到东北。可你身子弱，那边又炮火连天的，险得很……唉……"

顾终南重重叹气："我以前还笑六子想老婆哭鼻子娘气，这回我别被他嘲回来吧？真他娘的风水轮流转。"

她似是不满，脸上却笑着："又说脏话。"

"行吧，我错了。"他乖乖弯腰，"你打我吧。"

顾终南给人的感觉一直像是风沙里的头狼，迈出的每一步都是在给身后狼群做指引。没想到他也会有这么一面，对着一个风也喝不得、寒也受不得的小女子低头，用湿漉漉的眼神温顺地望着她。

没有别的目的，只是等一个顺毛。

陆青崖在他头上摸了两把，想了想，又在他的脸颊落上一个吻。

"风尘扰攘，多多保重。"

顾终南摸着脸颊，朗声笑道："那可不！就算为了你，我也得保重啊，不然你得多心疼。"

笑完，他紧紧抱了抱她。

离开之前，他说："我去去就回。"

而她笑着回他："那我在家等你。"

当夜，陆青崖做了个梦。她梦见一番和平景象，眼前风轻草绿，阳光很好，她坐在湖边嗑瓜子，希望太阳永远不要下山。

醒来之后，她有那么一瞬间错觉那是真的。

后来在顾终南报平安的电话里，她对他说了这个梦，而他听得开心，说这是个好预兆，讲不准哪天就实现了。只可惜，话没说完，那边就被催促着挂了电话，像是有要紧的事情。

这一边，陆青崖握着话筒，笑意还没散，就凝在脸上。

末了，她舒出口气。

　　如今世道一天一变，明儿个怎么样，谁说得准呢？情况哪能一直坏下去。

　　至少……

　　至少，如他所说，这是个好预兆。

　　随着东北战事爆发，顾终南打来的电话也越来越少。陆青崖在他临走那阵，身子便有些状况，原以为是出了毛病，到李四季那边走一遭，却发现是件喜事。

　　她本想等他回来再说，但这次不比以往，她等得肚子一日大过一日，那边都没有回程的消息。最后，她还是妥协了，在电话里同他讲了这件事。

　　她说这话的同时，顾终南正好听见警报，刚刚涌上心头的欣喜没停上一秒就被这份紧张给冲淡了，原想多问几句，却只来得及说一声"你多注意，别累着了"。

　　说完，他放下话筒拿了东西就往外跑。这场仗打的是消耗，时间拖得久，等顾终南再想起来自己要当爹这件事，已经是住在战壕里的第八个晚上了。

　　"中将，您笑什么呢？"

　　边上的老兵脸上划了几道血口子，嘴唇也干裂出血。

　　顾终南抹一把脸："我爱人要生孩子了。"

　　"喜事儿啊！"

　　"对，喜事儿，就是不知道我来不来得及回去看她。"战壕里条件艰苦，顾终南倒是习惯了，还觉得比以往更有盼头，更能撑过来些，"听说女人生孩子都挺不容易的，我爱人身子弱，上次也没来得及问，都不晓得那个肉团折不折腾，也不晓得她怎么样。"

　　"这有啥！少将在战场上能撑住，嫂子在家里肯定也行。"

顾终南听了只笑:"这不一样。"

他说:"我知道她行,但我就是担心,这玩意儿忍不住。"他指着自己的脑子,"那些念头自己在这儿转呢,没办法。"

老兵笑得一脸褶子:"理解,理解!"

顾终南也跟着咧嘴。

月光下边,几口大白牙在这儿晃。

荒山野岭,怪瘆人的。

2.

草长莺飞的月份里,陆青崖摸着肚子和那个孩子说话。

她给他读报纸,给他说他父亲的故事。

起初还不明显,日子久了,那个肉团每每听见顾终南都会有动静。而陆青崖就对着那一小块突出,和他击掌。

隔着肚皮,她碰了碰他。

"你还小,你爸忙,等以后他不忙了,回来了,你们便能见面了。你最好能乖一些,或者不乖也行,你爸也不乖,想来,他能体谅你。"

说着说着,她自己就笑了出来。

"我背着他和你说他坏话,你可不能告诉他,这是我们之间的小秘密,怎么样?"

那孩子又动了动,在她肚皮上凸出一块儿。

"再击个掌,我们就算达成协议了。"

陆青崖满足地笑了笑。

"你爸是个厉害的人,难得有一件事,我能比他强。"陆青崖点着那个肉团,"我啊,比他先认识你。"

屋子里温度暖融,近日陆青崖贪凉,不爱盖被子,却碍于这孩子,不好不盖。每到睡觉时候，她都觉得熬人。

总会想着，要是他在就好了。

她管不住自己，但他能管。

也不知道他现在怎么样，有没有受伤，伤得重不重。

这回，他们分开得实在是久了些，她很想他。

战场上的消息闭塞，弹片横飞，人命是按秒算的，没有人能在这个时候，穿过这片凶险，来播报新的外况。

日本宣布投降，这事来得突然，广播也来得太晚，那场仗已经开打，战场上没有人知道这么一回事。身边的人不知道，顾终南也不知道。

这一日，陆青崖跟着隔壁的嫂子，去寺庙祈福。她原本不太信这个，近日却觉得神明可畏，有个指望总比没有要好。

刚一拜完，陆青崖出寺下山，便看见眼前一片沸腾。在那嫂子好奇去问时，她们听见这个好消息。

陆青崖呆愣地站在寺庙门口被嫂子抱着，身边每个人脸上都喜不自胜。

竟真的这样灵验？

战争结束了？

陆青崖愣愣不敢回神，直到那嫂子笑着哭出来："走，走，回头，我们去还愿……菩萨保佑，真是菩萨保佑，我这前脚刚刚许下的，一出门就听见这天大的好消息，真是菩萨保佑！"

那嫂子跟跄几步，还是陆青崖扶稳的她。

"哎哟，你瞧我，我还说我要多看顾着你。"那嫂子擦着眼泪，"来来，咱们一起进去，你可仔细一些，莫要管我，多管着肚子！"

"好。"

陆青崖笑着，天光清浅照到她的脸上，映得她明艳动人。

寺里的金瓦闪着光，陆青崖挡了挡，眼睛有些不舒服。她稍微揉了一下，再次睁眼，恍惚间却瞧见眼前是红的。

被这幻象弄得一阵心悸，陆青崖的脸色霎时白了。

"怎么了，小陆，不舒服？"那嫂子靠近她，见她有异常，连忙问道。

"没有。"陆青崖低着眼睛，"没有……是被晃着了。"

"是吗？"

是啊，一定是。

陆青崖缓了缓心神，迈步进了寺门。

周围人群拥挤，她落脚的这一声被冲散在四面八方涌来的无数声音里。那些声音由远而近，她恍恍惚惚听见一声闷哼。

这声有些熟悉，像是顾终南的。

是幻觉吧。

陆青崖摇摇头，不再多想。

与此同时，顾终南在战场上被子弹击中胸膛。

他意识涣散，不晓得自己在那儿倒了多久，不晓得自己是怎么被拉回的军营。他只觉得，自己的意识顺着风飘到很远的地方。他看见她从寺门里迈出来，迫不及待就上去吻了她。

"小黄连，你看看我。"顾终南的手虚虚停在她的肚子上，"这是我们的孩子？"

而她恍惚中听见他的声音，仿佛近在耳边，又仿佛隔了山水重重。

"你怎么不理我？我回来了。"

陆青崖想再听仔细一些，可身边嫂子摆了摆手："这风好大，刮过林子，响得和什么似的。"

她闻言喃喃:"原来是风声。"

风声?

顾终南站在她的面前,他想要摸摸她的脸,告诉她不是,告诉她,是他在说话,不是什么风声,想让她看他,想问她为什么要忽视他。

可他伸手,指尖化成灰散在了风里。

再睁眼,就只看见军营里人来人往,医生们满脸严肃,慌乱中抢救着伤员。

顾终南觉得奇怪。

他分明刚才还不在这儿的。

这是……

他忽然猜到了什么,用尽力气想开口,却只吐出个模糊的音节。

但身边的人激动不已:"中将醒了,顾中将有意识了!"

"我……"

有一束光强硬地打进他的眼睛里,强逼着他看开。

被那束光引导着,他想,自己这一辈子,生死里来去,有挚爱挚友,平淡轰烈、起起落落都轮流着历过,见过许多东西,各种滋味都懂,说来精彩,好像没什么可遗憾的。可当眼前浮现出她的脸,他还是挣扎起来。

即便意识已经很模糊了,顾终南却始终记得她在等他回家。

他不能看开,她还在等他。

顾终南的求生意识强烈,多撑了许久,他的身体却渐渐开始不受控制,肌肉无力到拉不动眼皮。他想睁眼,却怎么也睁不开,好不容易挣扎着睁开条缝儿,瞥见的是挂在不远处的时钟。顾终南只能大致看见现在是九点四十几,具体却看不清楚了。

九点四十几?晚上?

他这一整天，怎么过来的？

这个时间……

他想，这个时间，她在干什么呢？

他很想她。

老人都说，人这一辈子，会遇见什么、发生什么，什么时候来、什么时候走，都是打从出生就注定了，这是命。而那些运，只在小事上管用，大事上，全都不由人。

床榻上，陆青崖睡得不安稳，但她很困，又醒不来，只一个劲儿小声唤着顾终南的名字。

隔着千山万水，另一处床榻，顾终南遥遥应着她。

这一头，陆青崖像是听见了，终于安生下来，沉沉睡去。

外头又下雨了。

风声呼呼，卷起地上雨雾漫起一片，谁踩上去都要被沾染。

但也有例外。

顾终南从病床上坐起来，走到门外，望着远方，军营外边是晴夜，可他透过时间空间，看见了陆青崖门外的雨。他一步便从当下走到了雨雾里，望着天上黑压压的积雨云，他伸手想接，那雨水却成串地从他掌心穿过。

他张了张口，半个音节都发不出了。

凌晨两点四十三分，顾终南在军营里咽下最后一口气。

而陆青崖在家中，从噩梦里惊醒。

她猛地坐了起来——

"顾终南！"

衣衫被汗湿了粘在身上，陆青崖抬手，擦了擦脸上的汗。

是梦。

被这个梦吓得肚子都缩了几下，她忍着疼安抚着这个孩子，一个人坐在床上缓了许久，再躺回去，却怎么也睡不着了。

最后，她索性起身，在屋子里走了几圈。

听着外边雨声潺潺，陆青崖坐在桌边喝茶，手里握着的是他的杯子，茶壶边放着的报纸上喜气地登着歇战的新闻。

陆青崖看着这两样，觉得心底稍安了一些。

还好，都是梦，都结束了。

她低头，抚上自己的肚子。

都结束了。

他不日就能回来。

她缓缓起身，扶着窗栏，在心里念着那个名字没唤。

出口的三个字轻轻浅浅，是一句"我等你"。

（正文完）

番外一

有月侵衣

我这一生能与他相关，也只是他的不紧要人

　　我也没想过自己能活这么久，能从那个年代走到现在。眼下四方太平，新生的孩子都不晓得战火模样，他若能够看见，应当会很欣慰。

　　你问他是谁？

　　我可不能说。

　　我若说了他的名字，你肯定知道。

　　有人说他战功显赫，有人批他立场不明，而他不爱辩解，也从不在意自己身上那些争议。他活着的时候，风言风语很多，是他死了以后，才变成大家认可的英雄。

　　年轻时我为他气闷不值，和人吵过许多次，现在老了，还是会气，只是争不动了。你若要听故事，就别问这么多，我不想再来争辩。在我这儿，他是我爱着的人，但归在感情里，这个故事可能不大好听，他有妻有子，是别人的爱人。

　　你别看我现在住在这里，家徒四壁、孤零零的，没有人也没有钱，其实我的出身不错，我二叔曾经是全国最大的军火贩子，贩卖这些的大多沾黑，我也跟着他见了不少当面人背面鬼的家伙。我那时还小，才十几岁，心智不成熟，没经历过什么，但见过的东西已经比同龄人多出许多了，分辨力也好，最擅长看人。

　　可再怎么擅长也还是会有失误的。

　　人啊，倘若你一开始见他便觉得他好，那么之后他再好，也不过就往上添了一点儿。可若你之前误解了他，以为他同那些人一样，两面三刀，那么哪怕之后你只看见了他半分的磊落，你也会觉得这个人不一般。

我与他就是这样。

第一次我见他，只当那是个寻常俗人，不值多提。

倘若我只见了他那一面多好啊。

对不住，我是不是走神了？

其实这印象是怎么转过来的并不重要，他早不在了，你不认识他，我也讲不清，你不会知道他是多好的一个人。

什么，你也喜欢过一个这样的人吗？不如你同我说说？

你们是这样？我说句话，或许你不爱听。

我和你不大一样，我爱的那个人，他真是一个很好的人，坦荡光明，半分虚伪也没有。他没吊着我，也没故意给我什么希望。

他很好，只是不对而已。

你这丫头……很好和不对是能共存的，我之前都说了，我和他的故事，大部分和他不相干。

不是因你问的不开心才不想说了，是我忽然有些感慨。

也没什么，只是觉得，我们之间，实在差点儿缘分。

缘分这个说法，我是后来才信的。年轻时不爱搭理这个，总觉得我能握住所有东西，也因为二叔宠我惯我，让我有种错觉，以为，不论什么，我去要就能得到。

我向来是个敢争的。有那么一段时间，我总去找他。

还记得有一次，他在外面站着，手里拿着份文件，低头在看。阳光从后边照过来，洒在他的脖颈上，我想拍上去，又不想拍上去，怕把那片光给拍碎，可他转过来了。

我一边高兴，一边可惜，不知道在高兴什么，也不知道在可惜什么。

当时，我想得很多，却唯独不曾想，从始至终，我的那些心思，也就是我一个人的心思，和他没什么干系。

他什么也不懂。

他转过身，是为了同我说，该回家了，少来找他。

说来也是，其实我们本就不该多有交集，若没那几次碰面，就算我知道他有多好，但他那样的人物，我远远看上几眼也能知足的。偏偏我们相识了，也因为这个相识，给了我一些念想。

人欲无穷，我与他走近之后，便想更近，连着见了两天，便想天天相见。

可现在想想，我同他，就连最初的认识都像是赊来的。

但那次回家，我还心存侥幸，对他抱有希望。

真正伤心，是听见他无意吐露的心声，他不接受我送他的东西，只接受他后来爱人送的，他说，我同她不一样。我再怎么敢争，也不是个鲜廉寡耻的人，更何况他的心思明明白白摆在那儿，谁都清楚，我哪能再送过去给人当热闹看。

我们就这么疏远了。

原以为这是结束，不料后来我家突生变故，我又去见了他一次。再见时，他同他的爱人已经结婚了，他们看起来和谐自然，实在是好，好得让我都想祝福他们。

可我心里到底还有他，你说，我的祝福哪说得出口呢？我骗不过别人也骗不过自己，我心知无望，却依然存有侥幸，希望自己于他是个例外，希望有朝一日，陪在他身边的人能换成我。

这样真坏啊。

遭受变故之后，我无依无靠，又见到他，本能地便想去依赖。

这个想法太可怕了，我抑制不住，我怕自己做出些不好的事情，于是在最短的时间内整理好自己，离开了有他的地方。

那是我们最后一次见面。

我和他的故事，说起来也就到这儿，再往后，就是我自己过下来的日子。

我心里清楚，他觉得我是大小姐，什么都做不好，每每想到这个，我都憋着一口气。

一个人的日子不好过，万幸我遇见了个好人，老叔是个大夫，做他的学徒可以包吃住。

我就是这么活下来的。

做学徒的日子很苦，我从小被娇养着，什么也不会，是真的从零学起。其间每每忍不住，我就把那口气提出来想想。兴许我该谢他，若不是他，我怕是撑不过来。

老叔人好，又是数十里村邻间唯一的大夫，每回附近有人生出意外，他都要翻山越岭去给人看病。当时还乱，山林里总有匪徒，有次我跟着老叔去邻村，遇见了这么一拨，我被砍伤了腿……对，我这条腿啊，就是那时候断的。

不过我们还算有运气，我和老叔跑得快，躲进了一个小地洞里。说是躲好了，但我很害怕，怕得想了许多，以为自己要死了，想留个遗言。

说出来你别笑，那个当下，我咬着牙，用手沾腿上流出的血，在地上写，若我死后，他为我而难过，把这件事写在纸上，烧给我。

但你看我现在还活着，就应当猜得到，我们被救下了。

可巧，救我的那支队伍是他身边的人，他们还认识我。我当时慌乱，第一反应就是跛着脚去擦那行血字。

真难擦啊，我擦了半天都没弄干净，还是那个姓于的老兵脸色尴尬地拽了拽我，叫我别擦了，说他们不会讲出去，更不会告诉他。

听见这句，我才心安一些。

若他知道这桩，怕是会笑我吧？那个曾经风风火火追着他说喜欢的小姑娘，后来竟那样藏着掖着，生怕被他听见，说她还惦念着他。

虽然偶尔我也希望他能知道，出自一些不好的小心思，比方，我希望自己能打动他，但那也就是脑子里转个圈就过去的事情，停不了多久。

这些个心思七弯八绕的，让你见笑了。

不过，他还活着的那些年里，我是真的想他，真想找他。电话拨了无数次，每回都是差着最后那个数字没按又被我挂上，没一回是真拨给了他的。

对不住啊，我的眼睛有些难受，我缓一缓。

对了，你瞧这份东西厚吗，里面是我做的剪报。

我每回想他，都是看报纸，这些纸张黄了也脆了，好在字儿还清楚，里边还有他的照片呢。那张我翻得最多，现在不敢动了。这些东西和现在隔得太久，我翻坏了，就没有了。

他是个名人，经常上报纸，联系方式是保密的，但我知道该怎么联系他。我也知道，那样的情境下，我找他，他肯定会理我。

可他那时候已经结婚了，我又惦着他，哪能随便找他。

换句话说，就算我真的打电话找他，又能说什么呢？你瞧，我还不如就看看报纸，对着报纸我还能放松些，还没有那么多的顾虑。

年纪大了，说话颠三倒四的，记性也不好……我只能想一点儿说一点儿，你别嫌我。

哎，我刚刚是不是和你说过，在认识他的时候，我还是个小女孩来着？

当年我什么都不会，每天就追着他，追不上就哭。我偷偷哭过许多回，但我每次都躲得好，没被他发现过，只有一次不小心，被他后来的爱人发现了。

你现在这么年轻，正是好年纪，像你们这个年纪的孩子，应该能明白那是多丢脸的一件事情。

前些年我去看了他的爱人，之前没告诉你，我和他的爱人很熟，我们甚至比他还先认识。只是有些意外，我去看她的时候，她差点儿没认出我。

她的眼睛不大好了。

我听人说，那还是他去世的那年弄的，他们说她哭得太厉害，几乎就瞎了。

在那之前，我一直以为，全世界，我最爱他，可见了她，那么一比较，发现我还是差了点儿。她还在等他，固执地不愿承认他回不来，而我只是想他。

我本想劝她放下，但话还没出口就看到边上窗户上映出来的我们。两个没几根黑头发的人，能再活几天都不晓得，放不放下的，好像也无所谓了。

于是我不说话了，我只听她说。她和我讲，在结婚之前，她便同他承诺，往后过日子，只要他不变心，她就不变，而在他离开之前，她也答应了等他。她说如今他没有变，只是没回来，她也不能说话不算数，她那么爱他，总不能食言，不能骗他。

听到这句，我有些羡慕。

我也希望自己当初是同他有一个承诺的，这样，也不至于用着一个"不紧要人"的身份，孤寂了这么一辈子，除了那些苍白的话，除了说我愿意，不知如何反驳别人说我不值。

那个说我不值的人……

别误会，那个人没什么坏心思，我知道他心疼我。

那是我还算年轻时遇见的人。

在健康的年纪里，我不晓得大家对跛子有那么大的歧视，是我这条腿废了之后，我才从周围人嫌弃的眼神里知道了这件事。我跟着老叔过了好久，老叔总是叹气，他想治好我的腿，可惜，老叔是大夫，不是神仙，没有点哪儿哪儿就能复原的法术。

总有些病症是药不能医的。

老叔记挂着我的腿，临去时也没松口气，他担心我一个小跛子生活艰难。我没什么用，那时只是哭，也没能说几句让他安心的话。这件事，即便是现在，我也还是想想就难受。

再后来，我遇见了一个人。

那个人不会歧视我的腿，还为我心疼，那个人很爱我，我明白，我也想过接受他。那个世道人人颠沛，谁不希望被珍重爱惜呢？

可说句酸的，即便如此，我的心里也始终关着一扇门，而握着唯一那把钥匙的人，他不愿意来开。我心里有人，忘不掉，自然没办法接受他，那太不负责了。

我很抱歉，也开始在日记本里抱怨，说都怪你。合上日记之后又恍恍惚惚叹了口气，翻回去撕掉了那一页。

其实不怪他，这哪能怪他？

我心里清楚，会那么写，就是觉得委屈。

你说奇不奇怪，分明是自己的选择，没人逼着你迫着你，你自己这么做了，人家也不希望，也不愿意，可你总还想转头怪人家，总还觉得自己委屈。

你说，人多坏啊。

不过，再坏也到头了。

我今年要八十四岁了，就差这几个月。老话说，七十三八十四，阎王

不叫自己去，这是个坎儿。近日里，我自觉身子一日不如一日，怕是这次
过不去了。

　　你是个好孩子，你别哭。

　　我这就是个故事，你就当顺耳听了一段，别往心上去。而生死这回
事，我是个老人了，见得多，自己早也有了准备，人生一世草生一春，这很
正常。

　　你非要问我有没有遗憾，那也有。

　　但不重要了。

　　我都活到了这把年岁，还有几件事情是算重要的呢。

　　唉……

　　前头不愿意和你说他是谁，可我讲了这么久，看你的模样，怕也猜到
了。他叫顾终南，打最后那仗时他还是个中将，可你们晓得他，都是叫的
上将吧？

　　那是追封，他自己都不知道。

　　那一战之后与他相关的很多事情，他都不知道。

　　他啊，真是错过了好多东西。

　　他错过了最想见到的战火停歇、国泰民安，我猜他会遗憾，我好想去
告诉他，想把现今的景象给他描述一遍。但就算去了地下，见了面，和他
讲这些的怕也轮不到我。

　　他还有爱人呢。

　　你要回去了？

　　是啊，天都快黑了，你快回吧。

　　我……

我也有些困了。

不妨事，人老了，难免嗜睡，没什么别的。

你走吧，记得把门带上，我看着你走了再睡。

好孩子，再见啊，我已经很久没说过这么多话了。我也上了年纪，嘴里说的脑子想的，没一个能跟上时代，人也发散着股陈朽味道，没人愿意看我听我。你今儿个陪了我一下午，我很开心，若下次我再想起了别的，我还给你讲故事。

走吧，路上当心些，天真要黑了，我也睁不开眼睛了。

我有些困。

我很困。

我撑不住了，孩子。

再见啊。

番外二
·
山河与归

欲寄彩笺兼尺素，山长水阔知何处

终南：

怕电话扰你，所以写信，也不晓得你几天才能看见。不过就算不是及时，这几天我也一直是念着你的。

昨日不忙，我出去在茶馆里坐了会儿，听见隔壁有人唱了《劝人方》。我记得上一回同你出门也是听着这首，你还在听见"那座烟花柳巷君莫去，有知疼着热是结发妻"时笑着在桌下捏我的手跟着那曲子乱改唱词，唱"烟花柳巷我才懒得去，知疼着热懂我者是你"。

想着实在好笑，若我有相机，真该把你那刻拍下来，好好收着，放到现在寄给你，让你看看自己那时是什么不正经样子，好好笑一笑。

怎么，你想起这桩事了吗？

我前些时候看报纸，报上说的比你和我说的严重得多，你还想瞒我，我明白你不愿叫我担心，但你换了位置想想，若你是我，而我是你，你能不担心？你们那儿日日紧张，你总喜欢把自己绷紧着，眉头中间即便不皱着都有纹路了。我也不多讲你，写这封信，只是想告诉你，我还在心疼你，你多保重些不行吗？

你们时间少，没工夫写信，我晓得。但若你那儿战事不那么吃紧了，记得给我回电话，我摆了电话在房里，只要你打，我总能接到的，我日日都在想你。

青崖

小黄连：

　　电话那事依你，但凡我有个空儿，我都拨给你。战场上炮火纷飞，都是不好听的声音，我一点儿也不愿它们入我耳朵，我只想听你的声音。但你也不要日日在房里守着，李四李同我讲了，最近天好，你该多出去走走。

　　这书信也是，不回不行，你都写来了，肯定是希望我回复的。也没有刻意择时间，是这几夜我心烦难寐，与其强行睡眠，倒不如起来给你写个信，比在榻上辗转好过得多。

　　我以前确然不爱惜自己，你为我担心也情有可原，但如今我有你有孩子，虽然那孩子还没出来，但也没关系，毕竟主要是你，我还能不保重？你也是，都不信我。

　　不过也罢了，我爱看你为我担心。你要想我，也可多想想。

　　不止对着那小调儿，对月对风对雨对沙，你都可想我，我喜欢你想我。

丈夫终南

终南：

听说你的手伤了？我听描述怪吓人的，连带着孩子都在肚子里抽动两下，我晓得你没那么多时间休息，要你静养也是奢望。等你回来，我给你炖汤，你安睡几日，好好补补。

我今日午间小憩，半睡半醒时恍惚梦见你，你也没个正行，一来就要弹我肚子，吓得我忙伸手挡，怕你弹疼了孩子。就这么一挡，我便醒了，早知不动了，让你弹它，也正好告诉孩子你有多坏。

不过就算坏也没什么，我横竖都嫁给你了，我是你的妻子。

刚刚想到，结婚时你同我承诺过，说以后但凡与你有关，你都听我的，但吃药这一桩你可没真听过。现下好了，我不在你边上，你更可不吃了，左右你的那些兄弟也不敢逼你。

说来说去，原本心疼着你，竟说气了，不愿多写了。

你看重些自己，注意休息吃食，别太累。

青崖

小黄连：

　　我这几日按时服药，按时睡觉，伤处休养得好了，右手写字，左手都能拍着压纸，不止压纸，举些东西也都可以。若非服药用药，是没法好这么快的，你要信我，我帮我妻子照顾她丈夫照顾得极好，我知你疼我。

　　这儿的天不好，近日总有雨，路上交通缓慢，我才收到你的信，才看见你说生气。但你晚间给我打电话，话里话外都在笑，想着这气应当是消了，消在那慢吞吞的来路上，看来这慢也还是有些好处的。

　　你尽可以和那孩子说我多坏，我不介意，只怀疑你说不说得出来，你本就不会说人坏话，更何况你这般爱我，怕是只会和孩子夸我。我极懂你，你这么可爱，我真是爱你得紧。

　　小黄连，你等我回来，回来以后，我定好好抱你吻你。

爱你的丈夫终南

终南：

　　这些时日肚子闹得厉害，我久坐不住，站立又不安，许久没动笔写信。今儿个，他消停了些，我去了一趟寺庙，那寺很灵，我刚祈祷完歇战，一出来就听见了这个消息。

　　想必过不了多久你就能回来了。

　　也不晓得，是我这封信先到你那儿，还是你能先到家呢。你加油争争脚步，争取看不到这封信吧。你看看，能不能在它去到你那儿之前回来。

　　这样，等它到了那儿再被退回，想必于你是个惊喜。我惯来不会做什么惊喜惹你喜欢，若这次做成了，你可要好好夸我。

　　兴许是这次你走得太久，我真想你了，今儿个一天，我总不时听见你的声音。我晓得是错觉，依然忍不住欢喜，恨不得那错觉再真切些，能在雨雾里见你一眼。

　　但要想想，也不必那么着急，我们还有一辈子。如今歇战，你也能安稳些了，这仗打得狠，怕是你身上旧伤叠新伤，叠了不知多少层了，真叫人心疼。等回来，我好好看顾你，好好养养你，即便不见，我也能猜到你又瘦了。

　　我真想你。

　　你得早些回来，可也别那么赶，路上要注意安稳，总归我在这儿等你，望你携山河同归，徐徐可关。

　　　　　　　　　　　　　　　　　　　　　　　你的小黄连

后 记
houji

感情靠的从来都是真心，不是会不会哄人

很久以前就想写一篇民国文，一直怕写不好没动笔，这次终于写了，超开心，有一种心愿达成的感觉。这个故事的地名和军事机构名称基本上是虚构的，算是半架空吧，或者也可以把它当作是平行世界里发生的故事。

我很喜欢这个故事，只是回头想想还是有些遗憾，因为设定的情节太多，写到后面发现篇幅不够，于是删了一些，觉得挺可惜的。如果以后有机会，希望能够让它完整些。

这个故事的结局不是很好，在写作临近结尾的那段时间里，我一想到结局是那样，就心里发堵。

我也在想，反正是我在写，不然就给他们一个好的结局吧，不要管那么多，我实在是太喜欢他们了，我喜欢这个故事里的每一个人。

可我敲字的手制止了我。

这个故事我自己来来回回修改了很多次，现在小可爱们看见的版本，顾终南打的最后一场仗，会有这样的结果，可以说是个意外。但在最开始的设定里是，那个情节有些弯弯绕绕的，那样写其实更好，前后的连接会更深一点。

然而顾终南那样的人，我实在不忍心让他死在一个阴谋里，太憋屈了。

在理性和感性里来回拉扯，这真是我写得最纠结的一个故事。

不过仔细想想，我更想表达的还是现在这个版本吧。

情节能随意改变，人生却需要代价，代价是合理的规则，脱开这样的规则，故事就只是故事，而在规则框架之内，才是一段生涯。

也许没办法写出心里想的所有东西，但我想尽力呈现我看见的那个世界。

以前做过类似于进入自己写的故事里的梦，在那个梦里，我和他们是朋友，这次因为遗憾，也超级希望能再做一个这样的梦，觉得它能稍微给我一点安慰，可惜没有。如果可以，我挺想去见见他们的。

当然，这只是我现在的想法，真见到了，说不准我也要上演一出叶公好龙。

故事里的每个人身上都有我很欣赏很喜欢的一部分，但每个人也都有一些不太好的地方。就像陆青崖有时候执着于规则，陈柯君比较自我，不太在乎别人的心情，李四季有些迂腐，顾终南性子急又直接，容易吃亏还喜欢自己硬挨。

尤其在感情里，顾终南是真的不会哄人，好在感情靠的从来都是真心，不是会不会哄人。

写到这里也差不多了，再说下去好像就很啰唆。

那么，希望小可爱们能够喜欢这个故事，我们下个故事再见啦。

大鱼文化 & 小花阅读
面向全国招聘兼职签约作者
长期有效哦！

公司介绍：

　　大鱼文化是中国一线青春文学图书策划公司，多年来与数十家国内出版社深度合作，每年向市场推出三百余个品种的青春类畅销图书，每年签约推出新人作者近百名。

　　其中公司子品牌"小花阅读"立足传统纸质出版，引导青年休闲阅读风向，主力打造和发掘新人创作者，采用编辑指导创作模式，创作出适合市场的优质阅读产品。

　　现面向全国各高校招聘兼职新作者。

我们的工作说明：

　　还未毕业？有其他正式工作？看清楚了，我们这次招的就是兼职！

　　从未有过发表史？国内一线青春编辑亲自教你点滴成文！

　　想要出版一本属于自己的图书？国内一线出版公司专业签约护航！

　　想要一份收入稳定岁月静好的兼职工作？做做白日梦写写小说最适合不过。

兼职的要求及待遇：

　　年龄不限，学历不限；爱看小说，想要创作。

　　每天只要 2~3 个小时，日过稿只要三千字，宅在室内，风雨不惊，月兼职收入不低于三千元！

我们需求的题材	清新恋爱，青春校园，都市言情，甜宠萌文，古风言情，悬疑推理，奇幻武侠，科幻冒险……

应聘的流程：

　　1. 上网下载一份标准简历模版，按自己的真实情况填写。

　　2. 自行构思一个自己最想创作的长篇故事内容，撰写三百字内容简介，将故事分为 12~20 个章节，每个章节用 100 字以内说明本节讲述的主要情节（内容简介和章节内容加起来不超过 2000 字）。

　　3. 将上述内容用 WORD 文档整理好，格式清楚，一起发送到以下邮箱：dayuxiaohua@sina.com （两周内百分之百回复，如两周内未收到回复则可视为发送途中邮件丢失，可再次投递）。

　　4. 简历和创作大纲如有合作可能，公司将于两周内派出专业编辑一对一联系，进行下一步沟通，指导创作、签约等流程。如暂时不符合合作条件，则可再次努力。

　　5. 一经签约，作品将按国家出版规定签订标准出版合同，成为正式出版物，所有程序遵守国家法律法规要求。

其他说明：

　　了解大鱼文化图书产品风格类型，有助于提高签约成功率。

了解途径：

　　公司产品广布于全国各大新华书店青春文学专架、全国各大网络书城、淘宝大鱼文化图书专营店及各大天猫书店

　　微信公众号**"大鱼文学"**和**"大鱼小花阅读"**均有签约作者作品试读。

　　关注新浪微博官方号"大鱼文学"，有每月产品即时消息发布。

图书在版编目（CIP）数据

春风吹散小眉弯 / 晚乔著 . -- 上海：上海文化出版社 , 2019.6

ISBN 978-7-5535-1607-3

Ⅰ.①春… Ⅱ.①晚… Ⅲ.①长篇小说 – 中国 – 当代Ⅳ.① I247.5

中国版本图书馆 CIP 数据核字 (2019) 第 098054 号

责任编辑	蔡美凤
特约编辑	欧雅婷　杨吉晨
装帧设计	刘　艳　西　楼
封面绘制	刀　鞘
印务监制	周仲智
责任校对	周　萍

春风吹散小眉弯

晚乔　著

出　　版	上海文化出版社
出　　品	上海故事会文化传媒有限公司
	（200020 上海市绍兴路 74 号　www.storychina.cn）
发　　行	上海文艺出版社发行中心
	（上海市绍兴路 50 号）
印　　刷	长沙鸿发印务实业有限公司
开　　本	880×1230　1/32　印　张　9.125
版　　次	2019 年 8 月第 1 版　印　次　2019 年 8 月第 1 次印刷
书　　号	ISBN 978-7-5535-1607-3/I.618
定　　价	36.80 元